Den Drachen überzeugen

Die Stonefire-Drachen
Buch 12

Jessie Donovan

Mythical Lake Press, LLC

Impressum

Dies ist eine erfundene Geschichte. Namen, Charaktere, Orte und Vorfälle sind entweder ein Fantasieprodukt der Autorin oder werden fiktional verwendet. Jegliche Ähnlichkeit mit Personen, ob lebend oder tot, Firmen, Ereignissen oder Orten ist rein zufällig.

Den Drachen überzeugen
Englisches Copyright © 2020 Laura Hoak-Kagey
Deutsches Copyright © 2025 Laura Hoak-Kagey
Deutsche Übersetzung von Anna Drago und Katrin Dolle.
Mythical Lake Press, LLC
www.JessieDonovan.com

Cover-Art von Laura Hoak-Kagey von Mythical Lake Design

ISBN: 9798891560840

Die Stonefire Drachen und Lochguard Highland Drachen Serien sind miteinander verflochten. Da so viele Leser nach der Lesereihenfolge fragen, habe ich sie in dieses Buch aufgenommen. (Diese Liste gilt ab April 2026.)

Dem Drachen geopfert (Stonefire Drachen #1)

Den Drachen verführen (Stonefire Drachen #2)

Die Drachen offenbaren (Stonefire Drachen #3)

Den Drachen heilen (Stonefire Drachen #4)

Den Drachen wiedererwecken (Stonefire Drachen #5)

Das Dilemma des Drachen (Lochguard Highland Drachen #1)

Vom Drachen geliebt (Stonefire Drachen #6)

Der Drachenwächter (Lochguard Highland Drachen #2)

Dem Drachen ergeben (Stonefire Drachen #7)

Das Drachenherz (Lochguard Highland Drachen #3)

Vom Drachen geheilt (Stonefire Drachen #8)

Der Drachenkrieger (Lochguard Highland Drachen #4)

Dem Drachen helfen (Stonefire Drachen #9)

Den Drachen finden (Stonefire Drachen #10)

Vom Drachen ersehnt (Stonefire Drachen #11)

Die Drachenfamilie (Lochguard Highland Drachen #5)

Skyhunter gewinnen (Stonefire Drachen Universum #1)

Kapitel Eins

Ivy Passmore öffnete langsam die Augen, musste aber gegen das grelle Licht über sich blinzeln.

Ihr Verstand war benebelt, und sie musste sich zusammenreißen, um ihre Augen offen zu halten und sich zu konzentrieren.

Doch als sie es schließlich geschafft hatte, verrieten ihr die kahlen, cremefarbenen Wände und die weiße Decke nichts über ihren Aufenthaltsort.

Eine vage Erinnerung daran, wie sie durch einen Wald rannte und verzweifelt Drachenwandler suchte, kehrte zurück.

Warum sollte sie nach Drachen suchen? Sie hasste sie. Sie hatte Geschichten darüber gehört, wie sie einige ihrer Kollegen terrorisiert hatten. Außerdem wusste jeder, dass die Drachenwandler bald Menschen fordern würden, um ihre Zahl zu erhöhen – ob die Frauen wollten oder nicht. Ihnen zu widersprechen hieß, ihren Zorn herauszufordern, und ehrlich, welche Chance hatte ein Mensch gegen jemanden, der sich in eine Bestie verwandeln konnte?

Schließlich konnte eine Gruppe von Drachen, die am Himmel flogen, jede kleine Stadt oder jedes Dorf in Großbritannien übernehmen, ohne auch nur ins Schwitzen zu geraten.

Sie versuchte, sich auf die Seite zu drehen, konnte sich jedoch keinen Zentimeter bewegen. Ihr ganzer Körper war schwer, als ob Steine auf ihrer Brust gestapelt wären, um sie davon abzuhalten, sich zu bewegen.

Obwohl Ivy noch nie die stärkste Person der Welt gewesen war, hatte sie sich verdammt nochmal umdrehen können. Etwas stimmte nicht mit ihr.

Als sie versuchte, einen Laut von sich zu geben, entkam ihr nur ein kaum hörbares Gurgeln. Innerhalb von Sekunden tauchte das Gesicht eines Mannes auf, seine dunklen Augenbrauen zusammengezogen.

Sie hatte keine Ahnung, wer das war, aber seine braunen Augen betrachteten ihr Gesicht, als müsste er jedes Detail katalogisieren.

Dann kam er besser in ihre Sicht, und sie bemerkte das Tattoo an seinem oberen Bizeps. Ihr Herz blieb einen Moment lang stehen, und sie schaffte es, nicht zu kreischen.

Ein Drachenwandler!

Und wenn man bedachte, dass sie mit den Drachenrittern zusammengearbeitet hatte, die es sich zum Ziel gesetzt hatten, Drachenwandler bei jeder Gelegenheit auszulöschen, sahen ihre Chancen nicht gut aus.

Er würde sie wahrscheinlich töten.

Sie versuchte zu schreien, aber nur noch mehr Gurgeln entkam ihr. Der Drachenmann seufzte, bevor sein nordenglischer Akzent den Raum erfüllte. „Sie sind also wach. Jetzt beruhigen Sie sich erstmal."

Ivy blieb still – nicht, dass sie viel mehr als ihre Augen und Lippen bewegen konnte – und wartete darauf, zu sehen, was er tun würde.

Sie war derzeit hilflos. Vielleicht könnte das sie retten. Drachen waren skrupellos, aber wenn sie sie hätten töten wollen, hätten sie es schon getan, richtig?

Er sagte leise: „Ich hole die Ärztin. Vielleicht hören Sie auf sie. Aber wir sind noch nicht fertig. Sie und ich werden uns noch oft sehen." Er beugte sich ein paar Zentimeter näher. „Weil Sie mir sagen werden, warum Sie hier aufgetaucht sind, ganz zu schweigen von dem, was Sie über die Ritter wissen."

Der Drachenmann lehnte sich zurück und ging, bevor sie überhaupt darüber nachdenken konnte, wie sie darauf reagieren sollte.

Obwohl seine Worte an etwas nagten – eine Erinnerung in ihrem Hinterkopf.

Wie sie durch den Wald rannte, ihr Magen vor Hunger knurrte.

Drachen, die am Himmel flogen.

Die Antwort war so nah, aber gerade außer Reichweite. Wenn sie überzeugend hätte knurren können, hätte Ivy es genau jetzt getan.

Es war nicht so, als litte sie unter Amnesie. Sie erinnerte sich an ihren Namen und dass sie in Brighton lebte.

Sie hatte auch einen Bruder, Richard.

Der Name löste überwältigende Trauer aus, die ihren Körper durchflutete und ihr Herz zusammenschnürte.

Dann fiel es ihr wieder ein: Richard war tot. Genau wie sein langjähriger Partner David.

Und es hatte etwas mit ihr zu tun.

Tränen stachen in ihren Augen. Verdammt, warum konnte sie sich nicht an alles erinnern?

Hatte der Tod ihres Bruders etwas mit den Drachenwandlern zu tun? Wenn ja, gäbe es für sie nur noch mehr Gründe, diese Bastarde zu hassen.

Und dennoch glaubte sie aus irgendeinem Grund nicht, dass sie es gewesen waren. Aber wer sonst sollte ihren Bruder töten?

Jemand betrat ihr Zimmer und erregte ihre Aufmerksamkeit. Ivy schaffte es, den Kopf ein paar Zentimeter zu drehen, um den Besucher zu sehen.

Eine große Frau mit aschbraunem Haar, das zu einem Pferdeschwanz gebunden war, kam auf sie zu.

Der Laborkittel und das Stethoskop um ihren Hals kennzeichneten sie als Ärztin.

Als ihre Pupillen zu Schlitzen blitzten, erstarrte Ivy erneut. Noch ein Drachenwandler.

Sie hatte mehr Angst vor der Drachenärztin als vor dem muskulösen Drachenmann. Ivy wusste instinktiv, dass man mit Medikamenten und medizinischem Wissen weitaus länger anhaltende Schmerzen verursachen konnte als mit Schlägen.

Schließlich hatten die Drachenritter in den letzten Jahren Drogen als ihr Hauptaugenmerk verwendet und an Drachen experimentiert, wenn sie konnten.

Drogen, an deren Formulierung sie mitgewirkt hatte.

Weitere Informationen schwebten so gerade außerhalb ihrer Reichweite. Hatte sie jemanden getötet, der mit diesen Drachenwandlern verwandt war? Wenn das so war, dann hatte sie keine verdammte Ahnung, warum sie sie am Leben gehalten hatten. Sollten sie nicht blutrünstig sein, wenn es um Rache ging?

Die Drachenärztin sprach mit dem gleichen nordenglischen Akzent wie der Mann. „Mein Name ist Dr. Sid. Und ich sehe am Schrecken in Ihren Augen, dass Sie Angst vor mir haben. Ich kann mir die Geschichten nur zu gut vorstellen, die Sie über die Jahre gehört haben und die Sie dazu brachten, mit den verdammten Drachenrittern zusammenzuarbeiten. Aber ich habe denselben Eid wie jeder menschliche Arzt geleistet, dass ich niemandem schade. Ich bin mit der Grund, warum Sie jetzt wach sind und noch leben. Also schlage ich vor, dass Sie sich beruhigen und mir ehrlich antworten. Lügen werden Ihnen auf lange Sicht nur schaden, und das wird dann Ihre eigene verdammte Schuld sein."

Ivy blinzelte fast bei den Worten der Drachenfrau. Würde sie wirklich versuchen, ihr zu helfen, wenn sie ehrlich wäre? Ja, die Ärztin *hatte* Ivy bis jetzt am Leben erhalten. Obwohl sie immer noch keine Ahnung hatte, zu welchem Zweck.

Vertrauen war nichts, was sie einem Drachenwandler entgegenbringen würde, aber wenn die Ärztin ihr helfen könnte, gesund zu werden, dann wäre Ivy zumindest ehrlich, was ihre Gesundheit betraf.

Sobald sie all ihre Erinnerungen zurückhatte und ihre Kräfte wiederhergestellt waren, musste sie einen Weg finden, den Drachenwandlern zu entkommen und in ihr Zuhause im Süden zurückzukehren.

Dr. Sid musterte sie kurz, bevor sie fragte: „Können Sie reden? Sagen Sie was, wenn Sie können, oder blinzeln Sie zweimal, wenn nicht."

Sie versuchte zu sagen, dass sie es könne, aber ihre Kehle und ihr Mund waren trocken, und alles, was herauskam, war „Aaahhhh".

Die Drachenfrau griff in eine ihrer Taschen, zog einen kleinen Plastikbeutel mit Eissplittern heraus und öffnete ihn. „Hier, probieren wir erst einmal das."

Dr. Sid legte Ivy einen Eissplitter auf die Lippen. Die Kühle zusammen mit der Nässe ließen sie erkennen, wie durstig sie war.

Da die Drachen sie nicht getötet hatten, als sie bewusstlos war, trennte sie ihre Lippen, um das Eis zu akzeptieren. Als es ihr in den Hals schmolz, stöhnte sie fast.

Nach ein paar weiteren fragte Dr. Sid: „Wie ist es jetzt?"

Sie krächzte: „Ich glaube, ich kann es."

Auch wenn ihre Stimme schwach und etwas kratzend in ihren eigenen Ohren war, schien es für die Ärztin gut genug zu sein, und sie fragte: „Haben Sie irgendwo Schmerzen?"

Den Kopf zu schütteln war einfacher, also tat Ivy das. Die Ärztin fuhr fort: „Können Sie mit einem Finger wackeln?"

Unsicher konzentrierte Ivy sich. Es musste ihr gelungen sein, bevor die Drachenfrau nickte. „Gut. Jetzt versuchen wir es mit anderen Teilen Ihres Körpers. Aber seien Sie nicht beunruhigt, wenn Sie noch nicht viel bewegen können. Sie haben seit etwa einem Jahr im Koma gelegen und Ihre Muskeln sind atrophiert. Es wird intensive Physiotherapie erforderlich sein, um Sie wieder zum Laufen zu bringen, und erst recht, damit Sie wieder in der Lage sind, ohne Hilfe aufrecht zu sitzen."

Ivy blinzelte. Sie war über ein Jahr weg gewesen?

Was zum verdammten Teufel war mit ihr passiert?

Nicht, dass sie Zeit gehabt hätte, darüber nachzudenken. Die Drachenärztin drängte sie dazu, Fragen zu beantworten und verschiedene Teile ihres Körpers zu bewegen. Aber während der ganzen Reihe von Fragen und Tests wollte Ivy nur, dass ihr Gedächtnis vollständig zurückkehrte.

Es war schlimm genug, dass sie ein ganzes Jahr ihres Lebens verloren hatte – obwohl, zugegeben, durch die Hände von Drachenwandlern noch am Leben, war besser, als tot zu sein –, aber sie wollte verzweifelt jede Erinnerung zurück, die sie besessen hatte, bevor sie einen Fuß auf das Land der Drachen gesetzt hatte.

Denn nur dann konnte sie wirklich anfangen, das, was ihr passiert war, wieder zusammenzusetzen und die nächsten Schritte ihrer Zukunft zu planen.

Nach einem verdammten Jahr des Wartens, bis die Frau endlich aufwachte, hasste Zain Kinsella es, noch länger warten zu müssen.

Er ging in Dr. Sids Büro auf und ab, ungeduldig, dass sie zurückkehrte. Während es Zains Aufgabe war, so viele Informationen aus Ivy Passmore zu holen, wie er konnte, konnte er seine Aufgabe erst beginnen, wenn ihre Gesundheit außerhalb der Gefahrenzone war.

Und angesichts der Tatsache, dass sie kaum ihren Kopf hatte bewegen können, könnte sie noch eine ganze Weile in dieser Zone sein.

Sein innerer Drache meldete sich zu Wort. *Sie kann wohl kaum bald davonlaufen, angesichts ihres Zustands und der Tatsache, dass die ganze Welt sie für tot hält.*

Das ist nicht der Punkt. Während Nathan und Lucien es geschafft haben, einige der Daten vom USB-Stick zu interpretieren, den wir bei ihr gefunden haben, könnte sie die verbleibenden Lücken mit Passwörtern füllen und die verschlüsselten Dateien aufbrechen. Vielleicht hätten wir dann die Informationen, die wir brauchen, um die Drachenritter endlich zu besiegen.

Vor etwa einem Jahr hatte Ivy Passmore im Wald bei Stonefire um Hilfe gerufen. Sie war bewusstlos gewesen, als Zain sie gefunden hatte. Aber ihre Durchsuchung hatte eine Goldmine aufgedeckt – eine Fundgrube von Informationen über die Drachenritter, die auf einem winzigen, in Plastik gewickelten USB-Stick gespeichert waren. Darauf waren ihre Formeln, der Ort der meisten ihrer Verstecke – sowohl online als auch physisch – sowie einige ihrer Rekrutierungsoperationen und -taktiken.

Doch einige der Dateien waren stark verschlüsselt. Nicht einmal die besten IT-Spezialisten von Stonefire hatten sie durchbrechen können, sodass ein Großteil der Informationen immer noch ein Rätsel war.

Für jemanden wie Zain, der lieber handelte, als untätig herumzusitzen und geduldig zu sein, war es die reinste Folter, auf Ivys Genesung zu warten. Die entscheidenden Informationen, die sie brauchten, um einen der Hauptfeinde von Stonefire endgültig auszurotten, waren fast in Reichweite; er konnte es spüren.

Sein Drache grunzte. *Sei geduldig. Sie kann nichts enthüllen, wenn sie tot ist.*

Zain antwortete seinem Tier, *Ich bin mir ihres Wertes mehr als bewusst. Deshalb lebt sie noch. Aber jeder Tag, der vergeht, ist ein weiterer, der mit einem toten oder verletzten Drachenwandler enden könnte. Ist das für dich in Ordnung?*

Sein Tier schnaubte. *Natürlich nicht, du Idiot. Aber wir können keine Gedanken lesen. Hilf ihr, ihre Kraft wiederherzustellen, sonst kommen wir nirgendwohin. Wenn sie in ein weiteres Koma fällt, wo werden wir dann sein?*

Zain kannte nicht alle medizinischen Details, aber Stonefires Ärzte Sid und Gregor, zusammen mit ihren Forschern, Trehan und einem Menschen namens Emily Davies, waren sich alle einig gewesen, dass das Mittel, das sie entwickelt hatten, um dem Gift entgegenzuwirken und Ivy aufzuwecken, nicht ewig halten konnte. Nur Zeit, Tests und Beobachtung würden sie wissen lassen, ob die Veränderung dauerhaft war.

Er ballte die Finger einer Hand zu einer Faust und widerstand dem Drang, etwas zu schlagen.

Wenn du glaubst, dass ihr zerbrechlicher Zustand mich sie bemitleiden lässt oder ich Sympathie entwickle, dann bist du verrückt. Die Drachenritter haben verdammt vielen unserer Freunde und Clanmitglieder geschadet. Sie sind nicht besser als die Drachenjäger, die unsere Freundin Charlie getötet haben.

Charlie Wells war eine Beschützerin von Stonefire gewesen. Sie wurde vor ein paar Jahren getötet, als die Drachenjäger ihr Blut genommen hatten, um es auf dem Schwarzmarkt zu verkaufen. Da Drachenblut heilende Eigenschaften für Menschen hatte, war es für Kriminelle unglaublich lukrativ.

Sein Drache knurrte. *Wenn du weiter dein Urteilsvermögen von Hass trüben lässt, wird Kai jemand anderen beauftragen, sie zu verhören, vielleicht wird er es sogar selbst tun.*

Kai Sutherland war der oberste Beschützer von Stonefire, verantwortlich für die Sicherheit des Clans und Zains Chef.

Als er noch überlegte, ob er antworten oder seinen Drachen ignorieren sollte – sie hatten im letzten Jahr viele Streitereien wegen der Menschenfrau gehabt –, kam endlich Dr. Sid in den Raum, mit ihrem Gefährten und Arztkollegen Gregor direkt hinter ihr.

Zain hob die Brauen. „Und?"

Sid machte seine Haltung nach. „Dein Alpha-Ton hilft deinem Fall nicht gerade, Zain."

Sein Drache schnaubte, aber Zain ignorierte ihn.

Drachenwandlerärzte waren eine Marke für sich, und er wusste, dass Sid sich niemandes schlechte Laune oder all den Scheiß gefallen ließ. „Entschuldige. Was habt ihr herausgefunden?"

Sid zuckte mit den Schultern. „Sie ist wach und erinnert sich größtenteils daran, wer sie ist. Obwohl ich nicht sagen kann, ob sie lügt, wenn sie behauptet, nicht zu wissen, warum sie hier ist, geschweige denn, ob sie weiß, dass sie in Stonefire ist oder nicht. Eine Kombination aus Warten und Fragen sollte bestimmen, ob sie nur so tut oder wirklich eine partielle Amnesie hat. Obwohl ich sagen werde, dass alles möglich ist, wenn man bedenkt, dass sie wegen dieser Droge fast ein Jahr lang bewusstlos war."

Na toll! Wenn diese Menschenfrau auch nur eine teilweise Amnesie hätte, würde das seine Arbeit so viel schwieriger machen. „Und wie geht's ihrer Gesundheit? Ich muss wissen, wann ich wieder mit ihr reden kann."

Sid sah Gregor an, und das Paar teilte einen Blick, einen, der ihm nichts Gutes verhieß.

Dr. Sid antwortete schließlich: „Sie ist unglaublich schwach, Zain. Ich kann eine ganze Weile nicht zulassen, dass du sie befragst. Sie muss stärker werden und dann wieder Muskelkraft aufbauen. Sie war ohnehin kaum fünfzehn Minuten wach, bevor sie wieder eingeschlafen ist."

Gregor grunzte und fügte in seinem schottischen Akzent hinzu: „Cassidy hat recht. Es hat keinen Sinn, dass du um den Menschen herumschwebst, aye? Wir sagen dir Bescheid, wenn sie stark genug ist, sich dir zu stellen."

Zain verkniff sich einen Fluch. „Verbietest du mir, ihr Zimmer zu betreten? Selbst wenn ich sie nicht verhören kann, könnte sie im Schlaf etwas murmeln, das dem Clan nützlich ist."

Gregor seufzte. „Du bleibst also fast jede Minute an ihrer Seite? Dann wirst du nur im Weg stehen, Junge. Wenn schon sonst nichts, wird sich ihre Genesung verzögern, weil sie in der Nähe jedes Drachenwandlers nervös ist und vermutlich nicht so gut schläft, wie sie sollte."

Sid machte ein zustimmendes Geräusch. „Eine der Krankenschwestern steht dem Menschen jederzeit zur Verfügung, und es gibt auch Sicherheitskameras im gesamten Gebäude. Obwohl wir normalerweise keine Kameras in den Patientenzimmern platzieren, ist sie ein besonderer Fall, und ich gestatte eine. Aber nur, wenn ich sie abschalten kann, wenn sie nackt ist, oder ich denke, dass sie ein bisschen Privatsphäre braucht."

Er wollte ausspucken, dass Drachenwandler Nacktheit nicht auf die gleiche Weise betrachteten wie Menschen – man durfte nicht schüchtern sein, wenn man nackt sein musste, um sich in einen Drachen zu verwandeln.

Aber er wollte Dr. Sid auch nicht verärgern. Widerworte waren der sicherste Weg, das zu tun, wie er schon vor langer Zeit gelernt hatte. Also hielt er seinen Ton so neutral er konnte, als er sagte:

„Wenn ich sie einmal am Tag besuchen darf, wenn sie bei Bewusstsein ist, verspreche ich, dass ich nichts tun werde, um ihre Genesung zu gefährden. Aber selbst eine Frage am Tag könnte Nathan und Lucien bei den kryptischen, ungelösten Daten sehr helfen."

Einen Moment lang erwiderte keiner der Ärzte etwas. Dann sagte Gregor schließlich zu seiner Gefährtin: „Eine Frage könnte nicht schaden, Cassidy. Vor allem, wenn die Kamera es aufzeichnet und wir zusehen können, um sicherzustellen, dass er sich benimmt."

Zain biss die Zähne zusammen. Er war kein neuer Beschützer, frisch aus der Ausbildung bei der britischen Armee wie Dacian. Er wusste verdammt nochmal, wie man sich benahm, und musste nicht beobachtet werden.

Sein Drache meldete sich zu Wort. *Gregor versucht absichtlich, dich ständig zu provozieren. Hör auf, den Köder zu schlucken.*

Verdammte schottische Drachen und ihre Eigenarten.

Ich fordere dich heraus, ihm das ins Gesicht zu sagen. Sid wird dich nie wieder auf die Krankenstation zurücklassen, auch nicht, wenn dir ein Arm fehlt und Blut aus einer durchtrennten Arterie spritzt.

Da Zain sich nicht mehr aufregen durfte, als er es bereits tat – wozu es sicherlich kommen würde, wenn er weiter mit seinem Drachen sprach –, konzentrierte er sich wieder auf die Ärzte, die diese seltsame Paarunterhaltung mit ihren Gesichtsausdrücken führten.

Vielleicht hätten die meisten es nicht bemerkt, aber Zain wurde dazu ausgebildet, Körpersprache zu beobachten. Und angesichts dessen, wie sehr er Geheimnisse hasste, waren Paargespräche verdammt nervig.

Sid sah endlich wieder Zain an. „Okay, eine Frage am Tag. Das war's. Überleg dir also vorher genau, was du sie fragen wirst. Denn auch sowas wie: ‚Was ist deine Lieblingsfarbe?' wird zählen, Zain Kinsella. Das sind meine Bedingungen."

Er grunzte, denn er wusste, dass er nicht mehr von Sid bekommen würde, auch nicht, wenn er tagelang drängte. „Gut, ich stimme zu. Und da ich ihr heute noch keine Fragen gestellt habe, sag mir Bescheid, wenn sie wieder bei Bewusstsein ist."

Sid sah so aus, als wollte sie etwas sagen, also drehte sich Zain um und verließ den Raum.

Als er den vertrauten Flur hinunterging, der zum hinteren Ausgang des Gebäudes führte, ballte er seine Hände zu Fäusten und öffnete sie wieder. Kai hatte sich geweigert, ihm andere wichtige Aufgaben zu übertragen, bis seine gegenwärtige – alles, was er konnte, von der Menschenfrau in Erfahrung zu bringen – erfüllt war. Was bedeutete, dass er entweder Dacians Fähigkeiten testen konnte, um festzustellen, ob er die Standards der Beschützer erfüllte, oder warten, bis Ivy aufwachte.

Da er sich wandeln und seine Flügel ausbreiten musste, entschied er sich für Ersteres.

Obwohl er hoffte, dass der junge Mann gut ausgeruht war, war Zain ein harter Trainer und Gutachter. Und angesichts seines bisher beschissenen Tages würde seine Missmutigkeit es dem Mann nur noch viel schwieriger machen.

Kapitel Zwei

Ivy hatte längst aufgehört zu zählen, wie oft sie das Bewusstsein wiedererlangt und wieder verloren hatte. Das Einzige, was tröstlich war, war, dass sie nicht wieder in ein Koma gefallen war.

Jedes Mal, wenn sie aufwachte, kehrten Teile ihrer Erinnerung zurück. Schließlich erinnerte sie sich auch, warum sie bei einer Gruppe Drachenwandler war – sie hatte sie aufgesucht.

Natürlich hatte sie sich auch daran erinnert, dass ihr Bruder ermordet worden war, weil sie vor der Operation der Drachenritter weggelaufen war. Zuerst hatte sie versucht, sich vor den Rittern bei Richard und David zu verstecken, in ihrem Haus am Stadtrand von Brighton. Aber eines Tages, als sie gegangen war, um Lebensmittel zu kaufen, hatte jemand sie gefunden. Sie hatte die beiden mit aufgeschlitzten Kehlen und dem Symbol der Ritter –

einem Schild mit einer Lanze dahinter – an der Wand im Wohnzimmer gefunden.

Sie würde diesen Anblick für den Rest ihres Lebens nicht vergessen. Ihr Bruder und ihr Schwager waren gestorben, nur weil sie versucht hatten, ihr zu helfen.

Selbst jetzt, wenn sie daran dachte, stiegen ihr Tränen in die Augen. Sie hatte diese beiden so sehr geliebt. Sie waren ihre einzige Familie auf der Welt gewesen. Rückblickend war sie jung und naiv gewesen, sich den Drachenrittern anzuschließen, kurz nachdem sie die Universität verlassen hatte. Mit einundzwanzig hatte Ivy nicht verstanden, wie ihre Taten eines Tages die beeinflussen würden, die sie am meisten auf der Welt liebte.

Aber das hatten sie. Und das war etwas, mit dem sie für den Rest ihres Lebens würde kämpfen müssen.

Als ob der Verlust von Richard und David nicht schon schlimm genug gewesen wäre, hatte sie die Morde nur der Polizei melden können, ohne ihre Verbindung zu den Drachenrittern preiszugeben, um die Mörder zu fangen – was diese ohnehin nie schaffen würden. Die Drachenritter waren äußerst vorsichtig und hatten sogar Maulwürfe in den verschiedenen Polizeidienststellen. Ein Flüstern dessen, was sie gewesen war, und sie wäre so gut wie tot.

Sobald sich die erste Gelegenheit bot, hatte sie ihre letzte Möglichkeit ergriffen: zu den Drachenwandlern zu fliehen und ihnen die gestohlenen Informationen aus der Datenbank der Drachenritter zu übergeben. Es stimmte, sie hatte Drachen den größten Teil ihres Lebens gehasst und gefürchtet, aber wenn es jemanden gab, der sich an den Rittern rächen konnte und wollte, dann waren es die Drachenwandler.

Der Feind meines Feindes ist mein Freund, oder so ähnlich.

Was sie nicht einkalkuliert hatte, war, dass sie auf Stonefires Land ohnmächtig wurde und für ein Jahr ins Koma fiel. Die Ärzte hatten ihr immer noch nicht gesagt, warum das passiert war oder ob es wieder passieren könnte.

Was bedeutete, dass ihre Zeit kurz sein könnte und sie sie davon überzeugen müsste, ihr zuzuhören. Ohne ihr Wissen würden sie nie alle Informationen auf dem USB-Stick knacken und wirklich in der Lage sein, die Ritter zur Strecke zu bringen.

Doch niemand lächelte sie an oder versuchte, ein Gespräch zu beginnen, das nicht bloß ihre Gesundheit betraf. Sie dazu zu bringen, sich alles anzuhören, was sie zu sagen hatte, und es zu glauben, würde etwas Arbeit erfordern.

Einer der Ärzte – Dr. Lewis, ein Drachenmann mit dunklen Haaren und Brille, der mit walisischem Akzent sprach – kam in den Raum. Von den drei Ärzten, denen sie bisher begegnet war, mochte Ivy ihn am liebsten. Er sprach selten, es sei denn, es war nötig, und er blieb nie, nachdem er die Routinekontrollen ihrer Gesundheit abgeschlossen hatte. Seltsamerweise blickte er sie weder mit Bosheit noch mit irgendeiner anderen Emotion an, außer vielleicht Neugier.

Vielleicht war er derjenige, der glaubte, sie hätte Informationen, die die Drachen noch brauchten.

Nachdem er ihre Vitalparameter an den Maschinen überprüft hatte, fragte er: „Irgendwelche merklichen Veränderungen?"

„Nein, ich bin immer noch müde und schwach."

Halbe Wahrheit. Sie hatte ihr ganzes Gedächtnis zurück, aber sie wollte das noch nicht mitteilen.

Er schrieb etwas auf sein Klemmbrett. „Dann beginnen Sie morgen mit einer leichten Physiotherapie. Wenn jedoch vor oder während des Prozesses etwas weh tut, sollten Sie es unbedingt sagen."

Sie hatte kaum genickt, bevor er das Zimmer verließ.

So viel dazu, Dr. Lewis für sich zu gewinnen. Vielleicht war er zu distanziert, um ihr nützlich zu sein.

Nicht, dass sie Zeit gehabt hätte, mehr zu tun, als zu bemerken, dass er gegangen war, denn eine Sekunde später kam der Drachenmann mit den dunklen Haaren und Augen, den sie zum ersten Mal beim Aufwachen gesehen hatte, in den Raum.

Er zog einen Stuhl neben ihr Bett, setzte sich hin und verschränkte die Arme vor der Brust.

Zweifellos wollte er sie mit seinen beeindruckenden Muskeln und seiner deutlich größeren

Gestalt einschüchtern. Aber angesichts der großen Anstrengungen, die die Ärzte unternahmen, um sie zu retten, würde er es nicht wagen, ihr wehzutun.

Zumindest noch nicht.

Der Drachenmann starrte sie an, und sie erwiderte den Blick. Wenn Drachenwandler kaum mehr als Tiere waren, wie viele glaubten, durfte sie ihre Angst nicht zeigen, sonst würde er über sie herfallen.

Obwohl Ivy im Hinterkopf zu denken anfing, dass Drachenwandler mehr Mensch als Tier waren. Aber sie verwarf das schnell. Wenn sie akzeptierte, dass sie ihr sehr ähnlich waren, würde das einen guten Teil ihres Lebens ungültig machen.

Konzentriere dich auf dein Ziel, Ivy. Das ist alles, was zählt..

Richtig, die Zerstörung der Drachenritter.

Um den Drachenmann dazu zu bringen, sie in Ruhe zu lassen, damit sie an einem Plan arbeiten konnte, krächzte sie: „Was wollen Sie?"

Er blieb stumm. Und als die Sekunden vergingen, missfiel es Ivy, dass sie sich nicht einmal im Bett aufsetzen, geschweige denn sich auf die Seite drehen und ihm den Rücken zukehren konnte, damit er ging.

Aber eine Sache konnte sie tun, und obwohl sie den Drachenmann nicht erzürnen sollte, schloss sie die Augen, um so zu tun, als schliefe sie.

Er grunzte. „Denken Sie nicht mal daran, einzuschlafen, bis ich fertig mit Ihnen bin."

Sie riss die Augen auf. Sein schroffer Ton ging

ihr gegen den Strich. „Ich bin müde, also gehen Sie weg!"

Er hob die Brauen. „Sie waren ein Jahr im Koma. Wenn ich Sie wäre, würde ich versuchen, so lange wie möglich wach zu bleiben."

Normalerweise würde Ivy, wenn sie bei vollen Kräften wäre, darauf etwas erwidern. Für sich selbst einzustehen, war ihr Weg gewesen, die Reihen der Drachenritter emporzusteigen, bis sie die Leiterin einer ganzen Forschungsabteilung wurde.

Aber jeder Zentimeter ihres Körpers schmerzte, und es stimmte – sie war erschöpft. Sie murmelte nur: „Ich schließe in zwei Minuten die Augen und werde schlafen. Wenn Sie also was zu sagen haben, tun Sie es vorher."

Seine Pupillen blitzten zu Schlitzen und zurück, und Ivy war froh, dass sie weder zusammenzucken noch das Gesicht verziehen konnte. Obwohl sie in ihren frühen Tagen Videos mit den Rittern gesehen hatte und wusste, dass es bedeutete, ein Drachen- wandler sprach mit seinem inneren Tier, erinnerte es sie auch an das Monster im Inneren. Eins, das raus- kommen und jede Person verheeren konnte, wenn es das wollte.

Zwar behauptete das Ministerium für Drachen- angelegenheiten – oder MDA –, alles unter Kontrolle zu haben, doch das war nicht die volle Wahrheit. Ivy hatte die Schäden in einigen der abge- legeneren Gebiete Großbritanniens gesehen, ganz zu schweigen von anderen Teilen Europas. Einige

Drachen nahmen sich, was sie wollten, entkamen und wurden nie gefasst oder später bestraft.

Denn ehrlich, wie sollte eine Regierungsbehörde einen ausgewachsenen Drachen zur Strecke bringen, ohne illegale Waffen oder chemische Wirkstoffe einzusetzen? Der Mann sprach endlich wieder. „Was war Ihre Rolle bei den Drachenrittern?"

Ivy kämpfte darum, ihre Augen offen zu halten. Selbst wenn dies die goldene Gelegenheit war, ihn zu überzeugen, dass sie ihre Hilfe beim Dekodieren der verschlüsselten Daten brauchten, konnte sie nicht länger wach bleiben. Vielleicht, wenn sie ihm einen Hinweis gab, würde er später wiederkommen, wenn sie mehr Energie hatte. Also sagte sie: „Ich war Forscherin."

Er öffnete den Mund, um etwas zu sagen, aber Dr. Sid kam herein und drängte den Mann, bis er aufstand und sich bewegte. Sie sagte: „Das reicht, Zain. Ich muss noch ein paar Dinge überprüfen, bevor Ivy wieder einschläft."

Obwohl die Drachenfrau kleiner und weniger muskulös war als der Mann, nickte er nur knapp und verließ den Raum.

Zain war offenbar sein Name.

Dr. Sid kam näher an ihr Bett und sagte: „Wenn er Sie zu sehr belästigt, dann lassen Sie es mich wissen, und ich halte ihn fern."

Ivy fragte sich, warum Dr. Sid das interessierte. Klar, sie wollten sie aus irgendeinem unbekannten Grund lebend. Obwohl sie nach Zains Frage vermutete, dass sie alle Informationen über ihre Forschungen und Projekte aus ihrer Zeit mit den Rittern wollten.

Trotzdem gab es keinen Grund, dass die Ärztin zum ersten Mal auch nur ansatzweise nett zu ihr war.

Zumal Drachenwandler sich angeblich nur für die Fähigkeit von Menschen interessieren sollten, ihnen Kinder zu schenken.

Dr. Sid hob eine Braue. „Okay, dann antworten Sie eben nicht. Aber im Moment bin ich in Ihrem Team, Ivy. Geben Sie mir keinen Grund, die Seite zu wechseln."

Ihre Augenlider fielen zu, aber sie blinzelte sie wieder auf. Bevor sie es überdenken konnte, fragte sie: „Warum?"

„Weil ich mir einige Rekrutierungsvideos und Taktiken angesehen habe und weiß, wie sie jemanden beeinflussen können. Sie sind völlig bescheuert, aber überzeugend. Und wenn Sie von der Wahrheit überzeugt werden können, dann vielleicht auch andere." Ivy öffnete den Mund, aber Dr. Sid fuhr fort, bevor sie ein Wort sagen konnte. „Gut, es ist Zeit, dass Sie sich noch etwas ausruhen. Morgen wird jemand Ihre Gliedmaßen bewegen und sie an Bewegung gewöhnen. Und es könnte verdammt wehtun, nach so langer Zeit der Nichtbenutzung. Also, ruhen Sie sich aus, und sparen Sie Ihre Energie."

Etwas im Ton der Drachenfrau weckte in Ivy

den Wunsch, ihr zuzuhören. Das war seltsam, denn das Gefühl hatte sie noch nie erlebt, den Wunsch zu gehorchen.

Vielleicht hatten Drachenwandler doch eine seltsame eigene Magie.

Sie gab jedoch den Kampf auf, ihre Augen offen zu halten, und driftete in einen traumlosen Schlaf.

Zain saß bei seinem Chef Kai Sutherland, zusammen mit den beiden IT-Spezialisten, die daran gearbeitet hatten, Ivys Daten auf dem USB-Stick zu knacken. Nathan kannte er besser, der speziell für die Beschützer arbeitete. Im vergangenen Jahr hatte Zain jedoch auch Luciens Beiträge schätzen gelernt, obwohl dieser manchmal unbewusst ins Französische wechselte, wenn er an einem Problem arbeitete.

Aber da die Mutter des Mannes Französin war, ergab es zumindest etwas Sinn.

Kai sprach schließlich zum ersten Mal, nachdem Zain Ivys Funktion enthüllt hatte. „Wenn sie Forscherin war, dann ist sie wertvoller, als wir dachten. Es muss alles getan werden, um ihr zu helfen, sich zu erholen, und vielleicht ihre Gehirnwäsche rückgängig zu machen, damit sie mit Nathan und Lucien spricht. Injektionen mit Drachenwandlerblut sollten auch ihre Genesungszeit verkürzen, wenn man an ihre Körperkraft denkt."

Zain grunzte. „Ich stimme zu, aber alles Medizinische liegt in Dr. Sids Händen."

„Vielleicht", entgegnete Kai. „Im Moment fehlt Stonefire ein Physiotherapeut, und Lochguard braucht seinen für irgendeine Verletzung, von der ich nichts Genaueres weiß. Was bedeutet, dass du auf den Plan treten und helfen musst, Zain."

Er runzelte die Stirn. „Ja, ich habe bei meiner Zeit in der Armee in der PT geholfen und im Job gelernt, was ich konnte, aber ich habe seit Jahren nichts damit gemacht."

Kai zuckte die Schultern. „Egal, du bist unsere beste Chance. Und bevor du die Ärzte nochmal erwähnst, werde ich mit Sid reden. Sie wird Ja sagen. Das Schwierige wird sein, einen Freiwilligen zu finden, der ihr regelmäßig Blut spendet."

Viel Glück, dachte Zain bei sich. Nur wenige würden einem Menschen helfen wollen, der darauf versessen gewesen war, ihre Art auszurotten.

Zain hob die Brauen. „Du klingst ziemlich zuversichtlich wegen Sid."

Kai antwortete: „Sie will die Hilfe meiner Gefährtin bei etwas, das mit ihrem Drachenarzt-Allianzprojekt zu tun hat. Und obwohl Jane es ohnehin tun würde, könnte ich es als Druckmittel verwenden."

Kais Gefährtin war eine ehemalige menschliche Reporterin namens Jane Hartley, die kein Problem damit hatte, mit Kais Alpha-Persönlichkeit mitzuhalten. Er schnaubte. „Richtig, denn das wird ja auch besonders gut bei Jane ankommen."

Kai grunzte. „Meine Gefährtin schuldet mir ein oder zwei Gefallen. Also sammle ich."

Zugegeben, Zain wusste nichts davon, wie es war, eine Gefährtin zu haben, geschweige denn eine menschliche. Er hielt es jedoch nicht für ideal, mit Gefälligkeiten zu handeln.

Aber wenn Kai sagte, es würde funktionieren, dann glaubte Zain ihm. Er antwortete: „Ich habe vielleicht eine PT-Ausbildung, aber ich weiß nichts darüber, jemanden zu deprogrammieren, der einer Gehirnwäsche unterzogen wurde. Wer wird dabei helfen?"

Kai zögerte nicht. „Serafina Rossi. Sie ist letzte Woche in Stonefire angekommen. Sie hat in Italien als Psychologin gearbeitet und sollte in der Lage sein, die Ausstiegsberatung zu übernehmen."

„Ich weiß, dass sie Brennas Cousine ist, aber woher weißt du, dass wir ihr vertrauen können?", fragte Zain.

Brenna Rossi war Beschützerin in Stonefire gewesen, bevor sie sich mit einem irischen Drachenmann gepaart hatte und dorthin gezogen war. Zain wünschte sich, sie wäre immer noch da, um mit Ivy zu helfen. Brenna wäre viel besser in einer aufgesetzt freundlichen Beziehung als Zain.

Lucien sprach zum ersten Mal. „Vertrau mir, ich habe die sorgfältigste Hintergrundüberprüfung durchgeführt, die ich hinbekommen konnte. Der italienische Clanführer hat Serafina vorgeschrieben, was sie mit allen Clanmitgliedern machen soll, egal ob es das Beste für ihre Gesundheit war oder nicht. Sie kam hierher, um Freiheit zu finden und die Fähigkeit zu haben, ihren Job zu erledigen, ohne, dass sich jemand einmischt."

Zain runzelte die Stirn. „Wie zur Hölle hast du das einer Hintergrundprüfung entnommen? Hast du Leute angerufen und sie verhört?"

Lucien verdrehte die Augen. „Natürlich nicht. Aber ihr Onkel wohnt hier, und er hat uns einiges erzählt. Das Hacken ihrer E-Mails und persönlichen Konten hat das meiste bestätigt, was Gabriele Rossi uns sowieso erzählt hat."

„Solltest du so locker hacken, Lucien?", fragte Zain gedehnt.

Der Mann grinste, seine Zähne waren weiß gegen seine leicht gebräunte Haut. „Das ist nur ein Problem, wenn man erwischt wird. Ich werde nie erwischt."

Er wollte noch mehr sagen, aber Kai warf ein: „Lucien hatte die Erlaubnis, Ende der Geschichte. Du und Serafina werdet zusammen daran arbeiten. Sobald Ivy an einem besseren Ort ist und stark genug, werden Lucien und Nathan ebenfalls mitmachen. Ich zweifle nicht an deiner Verhörfähigkeit – du hast verdammt gute Arbeit geleistet, sie zu überwachen und so schnell klare Antworten zu bekommen –, aber Lucien und Nathan können wahrscheinlich weniger einschüchternd mit ihr sprechen."

Er sah die beiden Männer an – einer mit blasser Haut und blonden Haaren, der andere mit hellbrauner Haut und schwarzem Haar, beide so bemuskelt wie jeder Drachenwandler in seiner Blüte – und schnaubte. „Richtig, weil sie ja auch viel weniger einschüchternd sind."

Nathan räusperte sich. „Ich knurre nicht annähernd so viel wie du, Zain. Das wirkt also zu meinen Gunsten."

Lucien lachte leise, und Zain starrte einen Mann und dann den anderen an. „Ihr zwei seid mir viel zu vertraut geworden. Es gab mal eine Zeit, da hat mir keiner von euch in die Augen sehen können."

Lucien zuckte mit den Schultern – eine lästige Angewohnheit von ihm – und sagte: „Es ist schwer, nervös bei jemandem zu sein, den man betrunken beim Karaoke gesehen hat."

„Das war einmal, und nur dieses eine Mal", presste Zain zwischen zusammengebissenen Zähnen hervor.

Kai grunzte – seine Art, sie zur Ordnung zu rufen – und sprach erst, als alle Augen wieder auf ihn gerichtet waren. „Genug gezankt, Kinder. Wir haben einen allgemeinen Plan, und wir werden ihn weiter verfeinern, wenn wir mehr über die Menschenfrau erfahren." Kai sah Zain direkt an. „Du triffst dich heute Nachmittag mit Serafina und erfährst, was sie von dir braucht."

Er nickte. Kai entließ Lucien und Nathan. Erst als sie wieder allein waren, fügte er hinzu: „Und sei nett zu dem Menschen. Ich weiß, dass sie schreckliche Dinge getan hat und eine Rolle dabei gespielt haben könnte, Sid oder sogar meine Schwester mit diesen verdammten Drogen anzugreifen. Wenn sie jedoch die gesamte Organisation zu Fall bringen kann, ist alles recht, dieses Ziel zu erreichen."

„Alles?"

„Ja."

Zain wollte widersprechen, hielt sich aber zurück. Kai war der sturste Bastard, den er kannte, manchmal sogar mehr als Stonefires Clanführer.

Wenn man dann noch hinzufügte, dass Kai bereit war, zu übersehen, dass die Drachenritter seine Schwester unter Drogen gesetzt hatten, was ihren Drachen monatelang zum Schweigen gebracht hatte, sprach das für Zain Bände darüber, wie wichtig Ivy für Kais zukünftige Pläne war.

Zains innerer Drache meldete sich endlich zu Wort. *Tu einfach so, als wäre es eine Art Undercover-Operation. Spiel die Rolle eines netten Mannes, vielleicht das Gegenteil deiner üblichen Mürrischkeit.*

Ich bin nur mürrisch, weil ich das letzte verdammte Jahr in den Babysitterdienst verbannt wurde.

Nur wegen Ivy Passmore. Hol alles aus ihr raus, was wir von ihr brauchen, bring die Drachenritter zu Fall, und vielleicht lässt Kai uns tun, was wir wirklich wollen – die Drachenjäger zu erledigen.

Mehr als alles andere wollte Zain den Tod seiner ehemaligen Freundin rächen. *Schön, ich werde nett sein. Aber nur, damit wir die Bastarde, die Charlie getötet haben, ausschalten und ihrem Gefährten und Sohn endlich etwas Ruhe geben können.*

Kais Stimme hinderte seinen Drachen daran, zu antworten. „Ich schreibe dir die Uhrzeit für das Treffen mit Serafina. Du musst sie über Ivy und alles, was wir über sie wissen, auf den neusten Stand bringen."

„Schön." Zain stand auf. „Das bedeutet nur, dass jemand anderes Dacian am Nachmittag trainieren muss."

„Keine Sorge. Es ist an der Zeit, dass ich seine Fähigkeiten mal selbst beurteile."

Zain beneidete den jüngeren Mann nicht deswegen. Wenn Dacian schon Zain für einen harten Bastard hielt, würde er nach Kais Routinen geschwächt in sich zusammensinken.

Und wenn der jüngere Mann das nicht durchstehen konnte, verdiente er es nicht, Beschützer zu werden.

Mit einem letzten Nicken verließ Zain den Raum und ging in das Büro, in dem er Informationen über Ivy gesammelt und gespeichert hatte. Vielleicht würde ihm all die Vorbereitungsarbeit, die er geleistet hatte, helfen, die Aufgabe früher zu erledigen. Weil es viel zu lange her war, dass Zain ein Team angeführt hatte, um einige Drachenjäger auszurotten. Oder er könnte in der Lage sein, nach den abtrünnigen Drachenwandlern zu suchen, die in den abgelegenen Teilen Großbritanniens lebten, denjenigen, die all den guten Willen und den Fortschritt, den die britischen Drachenclans in den letzten Jahren gemacht hatten, mit einer schlechten Tat zerstören konnten.

Bald. Es würde nicht lange dauern, bis Zain vergessen konnte, dass er Ivy Passmore jemals getroffen hatte, und endlich mit seinem Leben weitermachte.

Kapitel Drei

A m nächsten Tag saß Zain mit Serafina Rossi an seiner Seite vor einem Laptop und fragte sie: „Bist du bereit?"

Die Italienerin war Anfang dreißig, mit langem, dunklem Haar und braunen Augen.

Zwar war sie nicht so direkt wie ihre Cousine Brenna und sprach nur, wenn es unbedingt nötig war, doch Zain konnte es ihr nicht verdenken. Ihre Akte hatte ihm verraten, dass ihr gesamtes Leben in Italien von ihrem ehemaligen Clanführer bestimmt worden war.

Ehrlich gesagt war er sich nicht sicher, wie sie den Transfer nach Stonefire geschafft hatte. Sie waren in den letzten Jahren zwischen Großbritannien und anderen europäischen Ländern selten geworden.

Sein Drache meldete sich zu Wort. *Vermutlich, weil Bram und Evie Berge versetzt hatten, um sie hierherzuholen und Gabriele nach dem Verlust seiner Gefährtin zu unterstützen.*

Da Bram Clanführer war und seine Gefährtin eine ehemalige MDA-Mitarbeiterin mit vielen Verbindungen, hatte sein Tier wahrscheinlich Recht.

Serafina nickte und holte ihn aus seinen Gedanken. In makellosem Englisch sagte sie: „Leg los. Ich bin bereit."

Zain drückte die Play-Taste, lehnte sich zurück und verschränkte die Arme vor der Brust.

Obwohl er dieses Video ein halbes Dutzend Mal gesehen hatte, machte es ihn immer noch unruhig, ganz zu schweigen von der Wut über all die Lügen.

Eine ferne Aufnahme eines ausgebrannten Dorfes erschien auf dem Bildschirm, bevor die Kamera auf eine schmale Straße mit Cottages und einer kleinen, brennenden Kirche schwenkte, aus der Rauch in die Luft stieg.

Menschliche Körper lagen verstreut auf der Straße, reglos. Zain würde seinen rechten Arm darauf verwetten, dass es Schauspieler waren. Dennoch waren das Blut und die offenen, starren Augen so gespenstisch, dass er beinahe erschauerte.

Ein Voice-over wurde abgespielt, während das Filmmaterial weiter auf die Zerstörung zoomte. *„Dies ist ein kleines Dorf in Yorkshire, von dem niemand je gehört hat. Am Ende konnten weder seine geringe Größe noch seine relative Anonymität es retten."*

Die Aufnahme wechselte zum nun schwelenden

Inneren eines Cottages, mit einem halb verbrannten Kinderbett in der Ecke. Der Sprecher fuhr fort: *„Nicht einmal die Kinder wurden verschont."*

Auf dem Bildschirm blitzte ein winziger Sarg auf, der neben reihenweise weiteren stand, als die Kamera zu etwas wechselte, das wie ein ehemaliges Klassenzimmer aussah. Die Stühle und Schreibtische größtenteils verzogenes Metall und geschmolzener Kunststoff. *„Aber haben die Drachenwandler, die behaupten, Kinder zu schätzen, auch nur einen Gedanken daran verschwendet? Nein. Sie wollten dieses Land für sich haben, um das Essen und Vieh von den nahe gelegenen Farmen zu stehlen. Selbst als die Dorfbewohner wie jeder vernünftige Mensch fernbleiben wollten, wollten die Drachen nichts davon hören.*

„Und wir wissen das wegen einer Überlebenden."

Das Bild schwenkte auf die Silhouette einer Frau. Verzerrtes Schniefen war zu hören, bevor ihre veränderte Stimme ertönte. *„Ich ... ich habe sie angefleht, aufzuhören, mein Baby zu verschonen."* Weiteres Schniefen. *„A-aber sie haben gelacht, reichten sie einem von ihnen in Drachengestalt, und ich musste hilflos zusehen, wie sie sie in die Luft nahmen und keine drei Meter von mir entfernt fallen ließen. M-mein armes Baby."*

Sie brach in Schluchzen aus und legte das Gesicht in ihre Hände.

Einer der winzigen Särge kam zusammen mit dem Voice-over wieder auf den Bildschirm. *„Das ist* *die wahre Natur der Drachenwandler. Die Medien und das MDA erzählen Ihnen heitere Geschichten, um Sie davon zu überzeugen, dass die Drachen uns nicht schaden. Aber sie tun das nur aus einem Grund – um ihre Arbeitsplätze zu retten. Nichts sonst spielt eine Rolle. Und wie wir wissen, wollen die Drachen nur unser Land, unsere Frauen und sogar unser Leben. Sie sind Monster."*

Reihe um Reihe von Gräbern rollten vorbei, bis das Bild bei einem noch nicht gefüllten anhielt und ein winziger Sarg in den Boden gesenkt wurde.

Der Sprecher fuhr fort: *„Lassen Sie nicht zu, dass Ihnen oder Ihrer Familie dasselbe widerfährt. Die Drachen müssen getötet werden, jeder einzelne von ihnen. Schließen Sie sich noch heute unserer Sache an, und sorgen Sie dafür, dass etwas passiert, bevor es zu spät ist und wir den Krieg verlieren. Denn wenn wir verlieren, ist ganz England zum Scheitern verurteilt."*

Die Pilzwolke einer Atombombe erschien, bevor eine Webadresse ein paarmal aufblitzte.

Das Video stoppte, und Zain warf einen Blick auf Serafina. „Das ist einer von Hunderten Clips, die wir von dem USB-Stick herunterladen konnten."

Sie hielt den Blick weiter auf dem Bildschirm. „Ich muss sie mir alle ansehen. Aber was ist mit der Website, die sie beworben haben?"

Er grunzte. „Eine Sackgasse. Die Anfrage wird über ein Dutzend Mal umgeleitet und springt zwischen so vielen Servern hin und her, dass unsere

Spezialisten sie nicht verfolgen konnten. Sie ändern die Adresse in jedem Video, und wir vermuten, dass sie sie nur für einen kurzen Zeitraum aktiv lassen, bevor sie sie deaktivieren."

Serafina begegnete schließlich seinem Blick, ihre Augen waren neutral und verrieten keinen einzigen Gedanken. „Es gibt noch eine Information, die hilfreich wäre, um die Frau zu behandeln. Weißt du, wer der Anführer der Drachenritter ist? Denn wenn nicht, ist das eines der Dinge, die du herausfinden solltest. Kenntnis der Hierarchie wird es mir erleichtern, mit der Frau zu sprechen."

Unter dem Tisch ballte Zain seine Finger zu einer Faust. „Nein, wir wissen nicht, wer das Sagen hat. Wir sind uns nicht einmal sicher, ob es einen einzigen Anführer oder nur eine anonyme Online-Persona gibt, die so tut als ob."

„Nun, versuche zumindest, mehr herauszufinden, während ich die Daten durchgehe und mir alle Videos anschaue."

Er runzelte die Stirn. „Also, wann wirst du mit Ivy sprechen?"

„Bald, aber noch nicht sofort. Es wird einfacher sein, wenn ich alle Informationen habe, um den besten Behandlungsplan zu erstellen, obwohl noch kein Drachenwandler sich so mit einem ehemaligen Drachenritter hat auseinandersetzen müssen – zumindest gibt es keine Aufzeichnungen darüber –, also wird es eine Art Ad-hoc-Ansatz sein. Jeder, der mit ihr spricht, muss jede Änderung ihres Verhaltens oder auch nur ihrer Überzeugungen über uns notieren und sie mir melden."

Zain entschied, dass die Psychologin noch eine Sache wissen musste, bevor sie ging. „Wir haben eine Kamera in ihrem Zimmer. Die Ärzte schalten sie aus, wenn die Menschenfrau Privatsphäre braucht, aber ansonsten kann man sie jederzeit sehen, wenn das hilft."

Serafina nickte. „Ja, das wird sehr hilfreich sein. Sobald ich mir alle Propagandavideos angesehen habe, werde ich sie beobachten, um über die nächsten Schritte zu entscheiden. Nach dem, was wir wissen, kann das Gespräch mit anderen am Anfang alles sein, was sie braucht."

Er runzelte die Stirn. „Wird sie denn nicht mit dir sprechen? Ich dachte, deshalb bist du hergekommen, um ihr zu helfen?"

Sie hob eine Braue. „Ich werde viel tun. Sobald Ivy anfängt, die Realität anstelle der Lügen wie die im Video, das wir uns angesehen haben, zu akzeptieren, wird sie innerlich zu kämpfen haben. Ganz zu schweigen davon, dass laut den Notizen in ihrer Akte, die du mir gegeben hast, da noch die Trauer um ihren Bruder ist. Ich muss mich entscheiden, wann ich mit ihr sprechen soll – nicht zu früh oder zu spät. Darüber hinaus steht ihre gesamte Realität kurz davor, zerstört zu werden. Mir wäre es lieber, wenn sie in der Anfangsphase nicht auf mich losgeht, sonst wird sie mir vielleicht nie vertrauen, dass ich ihr auf lange Sicht helfen werde."

Er widerstand einem Knurren, weil es für Zain wie eine ganze Menge Nichts klang.

Sein Drache meldete sich zu Wort. *Sie hat die Ausbildung. Wir sollten ihr vertrauen.*

Für mich klingt das alles ziemlich vage.

Serafinas Stimme hinderte sein Tier daran, zu antworten. „Ich weiß, dass Drachenwandler meist lieber handeln, als zu warten. Das ist nur natürlich, angesichts unserer inneren Tiere. Aber ich will das Beste für Ivy. Nicht nur, weil sie jetzt meine Patientin ist, und es meine Pflicht ist, sondern das ist auch ein Test für mich. Ich werde es nicht vermasseln und nach Italien zurückgeschickt werden, wenn ich es verhindern kann."

Die Entschlossenheit in ihren Worten fiel sowohl Mensch als auch Tier auf. Zain würde alles, was er hatte, darauf setzen, dass die Frau sich lieber die Hand abhackte, als zu ihrem alten Clan zurückzukehren. „Ich werde versuchen, es zu verstehen, aber du wirst mir wahrscheinlich immer wieder alles erklären müssen."

Die Frau lächelte zum ersten Mal, was sie jünger aussehen ließ. „Das kann ich tun. Niemand hat mich jemals im Clan LupoForesta gebeten, etwas zu erklären. Stell mir also jederzeit eine Frage, und ich werde mein Bestes tun."

Seine natürliche Neugier wollte mehr wissen, aber Zain hatte alle Hände voll mit Ivy zu tun. Also hielt er sich zurück, mehr über Serafinas Vergangenheit zu erfragen. „Gut, dann werde ich nicht zögern,

Fragen zu stellen, wenn ich welche habe." Er deutete zum Laptop. „Nur zu, schau dir so viele an, wie du verkraften kannst. Ich werde später nach dir sehen, aber Lucien und Nate sind auch verfügbar, wenn ich dir nicht sofort antworten kann."

Die Frau nickte und schaltete sofort das nächste Video ein. Er hatte so das Gefühl, dass sie sich so viele wie möglich ohne jede Art von Pause ansehen würde, im Gegensatz zu ihm und den anderen, die nicht in der Lage gewesen waren, mehr als ein paar zu ertragen, bevor sie hinausgestürmt waren. Zain sagte zu seinem Drachen: *Ich frage mich, ob sie immer so konzentriert ist.*

Denk daran, dass dies wahrscheinlich das erste Mal ist, dass sie ihre Arbeit erledigen kann, ohne dass ihr jemand sagt, wie sie einen Patienten zu behandeln hat. Ja, sie will nicht zu ihrem alten Clan zurückkehren. Aber sie fühlt sich höchstwahrscheinlich zum ersten Mal seit Ewigkeiten wieder nützlich.

Ich schätze, du hast recht. Vielleicht sind wir auch bald wieder nützlich.

Auf dem Weg aus dem Hauptgebäude der Beschützer richtete Zain seinen Fokus von der Psychologin auf seine bevorstehende Aufgabe mit Ivy.

Um Serafina zu helfen, musste er seine begrenzte Fragezeit nutzen, um herauszufinden, ob (*a*) Ivy jemals den Anführer der Ritter getroffen hatte und (*b*) ob er oder sie überhaupt existierte oder nur eine anonyme Persona war.

Da er nicht in der Lage sein würde, etwas davon zu tun, bis sie wach und ausgeruht genug war, ging Zain zurück zu seinem Cottage. Er würde ihre Dateien noch einmal durchsehen – er hatte zusätzlich zu seinem Büro eine Kopie zu Hause –, nur für den Fall, dass er etwas übersehen hatte. Obwohl Stonefires Beschützer schon früh in ihrem Hintergrundcheck über Ivy den Mord an ihrem Bruder aufgedeckt hatten, wollte er es lieber nicht ansprechen, bis sie stärker war.

Wenn sie sich jedoch weigerte, zu kooperieren und ihm zu sagen, was er wollte, dann würde er alles Erforderliche tun, um seine Mission voranzutreiben.

Kapitel Vier

Ivy sehnte sich nach den Tagen, als sie selbstständig hatte essen oder trinken können.

Das Glas Wasser stand auf einem Tisch neben ihrem Bett, doch sie hatte nicht genug Kraft, um es zu ergreifen. Selbst wenn sie es geschafft hätte, es hochzuhalten und den Trinkhalm an ihren Mund zu führen, lag jenseits ihrer Möglichkeiten.

Ivy war nie besonders körperlich fit gewesen, aber sie hatte verdammt noch mal ein Glas ergreifen können, wann immer sie wollte.

Sie starrte das Glas an und überlegte, nach einer der Krankenschwestern zu rufen. Meistens kam die resolute Krankenschwester Ginny, wenn sie rief, mit einem Gesicht wie aus Stein gemeißelt. Ivy war sich jedoch nicht sicher, ob sie die Energie hatte, sich mit ihr auseinanderzusetzen. Die Drachenfrau verlangte eine klare Frage, dazu ein Bitte und Dankeschön, bevor sie irgendetwas tat.

Und selbst dann warf sie ihr einen finsteren Blick zu, bevor sie weitermachte.

Der einzige Hinweis auf die Feindseligkeit der Frau war ein einmaliges Flüstern: *„Sie könnte diejenige sein, die Sid verletzt hat, und jetzt helfen wir ihr."*

Nicht, dass Ivy Ginny fragen konnte, was Dr. Sid angetan worden war. Die Krankenschwester sprach ohnehin nur das absolute Minimum. Die Enthüllung von Geheimnissen gehörte definitiv nicht zu ihrem Job.

Bevor Ivy die Schwere ihres Durstes gegen ein Auseinandersetzen mit der Krankenschwester abwägen konnte, öffnete sich die Tür, und der Drachenwandler namens Zain trat ein.

Da sie ihn zum ersten Mal ohne Verwirrung oder Erschöpfung sehen konnte, bemerkte sie, dass er groß war, wie alle Drachen, mit dunklen Haaren und Augen. Seine Haut war leicht gebräunt, was seltsam war, wenn man bedachte, dass es Frühsommer war, und das bedeutete selten viel Sonnenschein im Norden Englands.

Seine finsteren Augenbrauen und sein entschlossener Kiefer verliehen dem Drachenmann etwas Bedrohliches, doch nun, da Ivy wusste, dass er sie nicht verletzen konnte – und Sid gesagt hatte, sie solle rufen, wenn er ihr Unbehagen bereitete –, hatte sie weniger Angst vor ihm.

Dennoch war Ivy nicht ganz immun gegen die Tatsache, dass er teils Drache war, und es drängte sie,

47

von ihm wegzukommen, für den Fall, dass er zuschlug. Zumindest war ihre Herzfrequenz noch nicht in die Höhe geschossen, was ein Fortschritt war.

Wie bei seinem letzten Besuch zog er einen Hocker heran und setzte sich neben ihr Bett, seine Arme vor seiner Brust verschränkt, sein Blick war stechend.

Worte rutschten ihr heraus, bevor sie sich bremsen konnte. „Was wollen Sie?"

Er grunzte. „Ihre Stimme klingt besser. Das bedeutet, dass Sie in der Lage sein sollten, mir genauere Antworten zu geben als zuvor."

Natürlich wollte er Informationen von ihr – warum sonst sollten sie sie am Leben erhalten? – aber sie konnte das zu ihrem Vorteil nutzen. Er war ihre beste Chance, die Drachenwandler zum Zuhören zu bringen. Nur dann würden sie ihren Feinden mit voller Kraft nachgehen. Sie presste zwischen zusammengebissenen Zähnen hervor: „Antworten worauf? Sie müssen keine Spielchen spielen. Fragen Sie einfach, und ich erzähle Ihnen fast alles."

Er zögerte nicht. „Wer ist der Anführer der Drachenritter?"

Von all den Dingen, die er hatte fragen können, musste er das fragen. Sie seufzte. „Ich weiß es nicht."

Er musterte sie. „Wie ist das möglich?"

Die Tür ging auf, aber Ivy antwortete, solange sie noch konnte. „Nur der engste Kreis hatte Zugang zum Anführer. Es gibt eine Struktur, um das Risiko einer Enttarnung zu minimieren."

Dr. Gregor Innes trat an die andere Seite ihres Bettes. „Sind Sie müde, Ivy?"

Sie nahm ihren Blick nicht von Zains und ignorierte die Frage der Ärztin. „Wollen Sie Beweise für meine Aufrichtigkeit? Eines der Passwörter lautet FX34KT982. Finden Sie die Dateien, die es öffnet, und sie werden die Strukturen offenlegen, die ich erwähnt habe, sowie einige Extras, die Sie davon überzeugen sollten, mir zuzuhören."

Sie bemerkte Dr. Innes neben sich kaum. Nein, sie wollte, dass Zain ihre Informationen nahm und zumindest versuchte, auf die Daten zuzugreifen, die er finden sollte. Sie starrte ihn an, als hinge ihr Leben davon ab, und wollte ihn dazu bringen, das Passwort sofort auszuprobieren.

Er erhob sich. „Das werde ich. Aber nicht, bevor wir Ihre Gliedmaßen ein bisschen bewegt haben. Sind Sie bereit?"

Sie blinzelte. „Moment, was? Ich hätte Sie nicht als Physiotherapeuten eingeschätzt."

„Ich bin ausreichend geschult, um Ihre Gliedmaßen zu massieren und zu bewegen, also müssen Sie heute mit mir vorliebnehmen."

Dr. Innes grunzte und erregte Ivys Aufmerksamkeit. „Sie wütend zu machen war nicht Teil des Planes, Zain."

Aber Zain wandte seinen Blick nicht von ihrem

Gesicht. „Ich bin mir sicher, dass sie so schnell wie möglich gesund werden will, oder, Mensch?"

Sie konzentrierte sich wieder auf Zain. „Schon, aber –"

„Gut. Dann lassen Sie uns anfangen, es sei denn, Sie haben extreme Schmerzen oder die Ärztin muss sie jetzt untersuchen."

Als der Drachenmensch sie anstarrte und seine Pupillen zwischen rund und geschlitzt blitzten, konnte Ivy nicht wegschauen.

Er mochte sie offensichtlich nicht, aber er wollte sie so schnell wie möglich gesund bekommen.

Was zu ihren eigenen Plänen passte.

Also antwortete sie: „Mir geht's gut, Dr. Innes. Ich bin bereit für alles, was Zain geplant hat."

Der schottische Arzt murmelte etwas, das Ivy nicht verstand, Zain aber offenbar, denn er kniff die Augen zusammen.

Innerhalb weniger Sekunden war Ivy wieder allein mit Zain. Sie sagte: „Versuchen Sie nur, mir nicht die Knochen zu brechen. Ich weiß, wie gern Sie das tun würden."

Sie verfluchte sich innerlich. Den Drachenmann zu verärgern, war nicht die beste Idee.

„Dann geben Sie mir keinen Grund dazu", erwiderte er.

Zain warf ihre Decke zurück und legte ihre Beine frei. Die kühle Luft ließ sie zittern.

Er nahm einen ihrer nackten Füße in die Hände.

Seine warmen, rauen Finger jagten einen Hitzesturm durch ihren Körper.

Eine Sekunde lang erstarrte sie. *Nein, nein, nein.* Sie durfte sich nicht zu einem Drachenwandler hingezogen fühlen!

Alles, was sie von Frauen wollten, war, viele Kinder zu gebären und sie dabei entweder zu töten oder zu verstoßen, sobald sie ihrer überdrüssig waren.

Aber als er ihre Füße rieb – wahrscheinlich, um ihre Durchblutung in Gang zu bringen –, konnte sie bei den Funken, die ihr Bein hinaufstürmten, ein Keuchen kaum zurückhalten.

Für ein Monster, das angeblich zum Vergnügen tötete, waren seine warmen Finger wie Magie.

Ivy knirschte mit den Zähnen und erinnerte sich an jedes Video, das sie von der durch Drachen verursachten Zerstörung gesehen hatte, an jeden Ort, den sie besucht hatte, um die Folgen zu sehen, und kontrollierte bald ihre Reaktion auf die Berührung des Drachenwandlers.

Es war so lange her, dass sie Hautkontakt gehabt hatte, dass ihr Körper auf einen achtzigjährigen Mann reagiert hätte.

Ja, das ist korrekt. Es lag nicht speziell an dem Drachenmann zu ihren Füßen.

Was sie sich immer wieder einredete, während er einen Fuß und eine Wade massierte, dann die andere Seite, ohne sich darum zu kümmern, ob es stimmte oder nicht. Sie durfte nicht anfällig für die Reize eines Drachen sein, nicht, wenn sie einen Weg finden wollte, zu entkommen, sobald sie stark genug war, um dies zu tun.

In dem Moment, in dem sich Ivys Pupillen bei seiner Berührung weiteten, brauchte es alles, was Zain hatte, um ihren Fuß nicht fallen zu lassen und hinauszustürmen.

Viele Menschenfrauen sehnten sich nach Drachenwandlern. Das war nicht neu.

Sie jedoch hatte eine Reihe von Jahren darauf verwendet, seine Art auszurotten. Sie konnte nicht beides haben.

Sein Drache meldete sich zu Wort. *Wenn du ihre Vergangenheit mit den Drachenrittern ignorierst und sie einfach als Frau ansiehst, ist sie hübsch.*

Wovon zum Teufel sprichst du?

Sein Tier grunzte. *Ich bin nur ehrlich. Ich würde ihr rotes Haar oder ihre blauen Augen nicht bemerken, wenn du dir öfter eine Partnerin nehmen und Sex haben würdest.*

Ich war, wie du sehr gut weißt, damit beschäftigt, auf den Menschen aufzupassen.

Nun, wenn du jemanden willst, den wir ficken und wegwerfen können, ist sie perfekt. Schließlich wird sie, sobald wir die Informationen von ihr erhalten haben, dem MDA übergeben, und wir werden sie nie wiedersehen.

Ich werde sie nicht benutzen und wegwerfen, Drache. Sie ist einer unserer Feinde, verdammt noch mal. Wir könnten schwanztief in ihr stecken, und sie würde uns ein Messer in den Rücken rammen.

Sein Tier schnaubte. *Sie kann nicht einmal allein aufstehen, also wann würde sie ein Messer finden und es hierherbringen? Ganz zu schweigen davon, dass die Kameras jeden alarmieren würden, wenn sie es versuchte.*

Nun, du verbringst viel zu viel Zeit damit, darüber nachzudenken.

Das ist nicht meine Schuld. Du bist derjenige, der sich all die dummen Regeln ausgedacht hat, welche Frauen wir ficken dürfen und welche nicht. Lockere deine verdammten Regeln, finde eine willige Partnerin, und dann hätten wir dieses Problem nicht.

Ja, Zain hatte Regeln. Aber diese Regeln erlaubten es ihm, seinen Job zu machen, Abstand zu halten und eine Wiederholung der Katastrophe zu verhindern, die er während seiner Zeit bei der britischen Armee vor fast zehn Jahren erlebt hatte, als sein Vorgesetzter versucht hatte, ihn zu zwingen, Sex mit ihm zu haben, wenn er nicht rausgeschmissen werden wollte. *Sobald wir diese Mission abgeschlossen haben, werde ich eine willige Frau finden. Nerv mich einfach nicht weiter mit der hier. Sie hat Blut an den Händen. Denk daran.*

Vielleicht nicht buchstäblich, aber einige der Kinder, die die Ritter mit Drogen vollgepumpt hatten – Drogen, an deren Entwicklung sie wahrscheinlich beteiligt gewesen war – könnten ihre inneren Drachen nie zurückbekommen.

Und für einen Drachenwandler war das gleichbedeutend damit, die Hälfte seiner Seele zu verlieren.

Sein Tier schnaubte. *Wir kennen noch nicht das volle Ausmaß ihrer Beteiligung, wir wissen nur, dass sie eine Forscherin war. Finde die Wahrheit heraus, und fälle dann ein Urteil, nicht vorher.*

Wünsch dir keine Regenbögen und Happy Ends, Drache. Sie ist unser Feind. Ein nützlicher, aber immer noch ein Feind.

Zain beendete die Massage von Ivys Beinen und ging zu ihrem rechten Arm über.

Er starrte eine Sekunde darauf und bemerkte zum ersten Mal, wie dünn und blass sie war.

Wenn er zu fest drückte, würde sie wahrscheinlich knacken.

Nein. Er würde kein Mitleid mit dem Menschen haben. Sein Clan hatte ihr bereits das Leben vor dem Gift in ihrem Körper gerettet, einer Mischung aus Chemikalien, die die Ritter ihr die ganze Zeit heimlich verabreicht hatten. Erst als sie das tägliche Gegenmittel nicht mehr erhalten hatte, begannen ihre Systeme zusammenzubrechen, so hatten es ihm die Ärzte gesagt.

Wie zum Teufel hatte sie nicht mitbekommen können, was sie ihr angetan hatten?

Sein Drache grunzte. *Ich würde ja was vorschlagen, aber du willst sie eindeutig hassen, also beende deine Arbeit. Weck mich, wenn wir wandeln müssen.*

Sein Tier rollte sich in seinem Hinterkopf zu einer Kugel zusammen und schlief ein.

Als ihm klar war, dass er dastand und nur auf ihren dünnen Bizeps starrte, nahm Zain ihre Hand in seine, um sich an dieser Gliedmaße hochzuarbeiten.

Seine Hände ließen ihre winzig erscheinen. Und doch hatten ihre kleinen Hände wahrscheinlich Mitglieder seines Clans verletzt.

Die Menschenfrau fragte: „Was starren Sie so? Wenn meine Nagelhaut Sie beleidigt, dann schauen Sie nicht hin."

Er kniff die Augen zusammen. „Versuchen Sie, mich zu verärgern? Denn es würde mir keine Mühe bereiten, einen Finger zu brechen."

Sobald die Worte seine Lippen verlassen hatten, bereute er sie. Er sollte ihre falschen Überzeugungen über seine Art nicht auch noch ermutigen.

Ivy hob die Augenbrauen. „Ich weiß, wie viel es Sie kosten muss, sich zurückzuhalten und nett zu tun. Ich bin mir sicher, dass Sie schon bald ein neues Opfer zum Foltern oder Töten bekommen werden."

Zain sollte nicht darauf eingehen. Sie versuchte nur, ihn aufzuregen, vielleicht um einige seiner Schwächen herauszufinden.

Oder sie war einfach verdammt wahnsinnig, und ohnehin könnte nichts, was er sagte, sie umstimmen.

Er konnte jedoch nicht anders, als herauszuplatzen: „Die Einzigen, die Unschuldige verletzen, sind

Ihre ehemaligen Freunde, die Drachenritter, und die verdammten Drachenjäger. Wer zielt auf Kinder? Ach ja, Sie und Ihresgleichen. Sie sind das Monster, nicht ich."

Sie öffnete den Mund, schloss ihn aber wieder. Zain konzentrierte sich ein paar Minuten lang auf seine Massage – arbeitete sich ihr Handgelenk, ihren Unterarm und schließlich ihren Bizeps hinauf – und wollte gerade zu ihrem anderen Arm wechseln, als ihre Stimme den Raum wieder erfüllte. „Das Anvisieren von Kindern ist der Grund, warum ich gegangen bin."

Sein Blick schoss zu ihrem. „Was?"

Sie wandte den Blick nicht von seinen Augen. Er war sich nicht sicher, ob er beeindruckt oder verärgert war, dass darin keine Emotionen zu sehen waren. „Es hat mir nichts ausgemacht, innere Drachen zum Schweigen zu bringen. Ich dachte, das könnte den Kindern helfen, ein normales Leben zu führen. Aber ich hatte keine Ahnung von einigen der brutalen Experimente und Folterungen. Als ich herausfand, dass das passierte, wusste ich, dass ich gehen musste. Und da jeder, der die Entscheidungen der Höheren in Frage stellte – es sei denn, es ging darum, Drachenwandler noch weiter zu verletzen –, auf mysteriöse Weise verschwand, entkam ich den Rittern und versteckte mich bei meinem Bruder."

Er musste sich daran erinnern, ihr keine Informationen über seine Art zu geben, also erwähnte Zain nicht, dass der Verlust eines inneren Drachen für manche fast so schlimm war wie Folter. „Sie haben also nur bestimmte Formen von Vorurteilen und Schurkerei gebilligt. Gut zu wissen."

„Sie tun so selbstgerecht, aber ich habe Frauen im Süden gesehen, die absichtlich geschwängert wurden. Und danach stahlen die Drachen ihre Babys, bevor sie die Frauen loswurden, egal ob sie bei ihren Kindern bleiben wollten oder nicht. Wie erklären Sie das?"

Zain hatte noch nie von diesen Gerüchten gehört. Schon, Clan Skyhunter im Süden hatte erst kürzlich anständige Clan-Co-Anführer gewonnen. Vor ihnen hatte ein Bastard regiert, der am Ende ermordete Menschen auf seinem Land begraben hatte.

Es war durchaus möglich, dass Marcus King, der ehemalige Skyhunter-Anführer, getan hatte, was Ivy sagte. Er würde den anderen Clan später danach fragen müssen.

Anstatt jedoch zu argumentieren, beschloss Zain, abzulenken. „Ich kann nur für meinen Clan sprechen, und wir terrorisieren oder verletzen niemals Menschen, es sei denn, sie greifen uns zuerst an oder versuchen, uns zu schaden."

Sie hielt eine Sekunde inne, bevor sie fragte: „Was ist mit diesen Dörfern in Yorkshire und Cumbria? Lassen Sie mich raten – Sie haben sie nicht niedergebrannt oder Babys zum Spaß getötet? Das hat eine andere Kreatur getan? Geister vielleicht? Oder Dämonen?"

Ivy sprach über die verdammten Propagandavideos. „Erstens gibt es verdammt noch mal keine Dämonen oder Geister. Und zweitens war alles in diesen Videos gefälscht. Und bevor Sie sagen, dass ich natürlich behaupten würde, unschuldig zu sein: Warum wurden die Ortsnamen nie erwähnt? Auch ein kaum bekanntes Dorf hat einen Namen. Nein, es ist immer ein namenloser Ort mitten im verdammten Nirgendwo. Wie praktisch."

Die Menschenfrau öffnete den Mund, schloss ihn dann aber sofort. Da er dachte, sie würde jetzt für eine Weile die Klappe halten, beendete er die Massage ihrer Arme und ging zurück zu ihren Beinen.

Bevor er jedoch erklären konnte, was er als Nächstes tun wollte, platzte Ivy heraus: „Aber wie konnte alles so schnell brennen? Es war das höllische Drachenfeuer, das alles so verstümmelt zurückgelassen hat."

Er schnaubte. „Für jemanden, der angeblich so schlau ist, können Sie verdammt dumm sein. Drachenwandler können kein Feuer speien. Das ist Basiswissen aus Was-Sie-über-Drachenwandler-wissen-sollten."

Sie kniff die Augen zusammen. „Sie lügen.

Er hob die Brauen. „Tue ich das? Soll ich ein paar andere herholen, um Ihnen zu zeigen, wie töricht Sie sind? Denn das würde ich nur zu gern tun. Um ehrlich zu sein, würde es mir den Tag versüßen."

Sie knurrte. „Sie sind ein Arschloch."

Er neigte den Kopf. „Sagt die Frau, die dachte, es sei in Ordnung, unsere Kinder mit Drogen vollzupumpen."

Eine Maschine, an die Ivy angeschlossen war, piepte mehrfach, und Zain versuchte herauszufinden, welche es war. Er hatte nicht beabsichtigt, den Menschen zu verärgern. Doch er hatte sich nicht zurückhalten können.

Dr. Trahern Lewis kam herein, sah auf die Maschinen und schob Zain zurück. „Geh. Du bringst ihre Gesundheit in Gefahr."

Zain sah an der Ärztin vorbei, direkt zu Ivy. „Wenn Sie die Wahrheit bestätigen wollen, fragen Sie Trahern nach dem Feuer. Sie scheinen ihn schließlich am meisten zu mögen."

Er drehte sich um und verließ den Raum, bevor die Menschenfrau noch etwas anderes sagen konnte.

Auf seinem Weg zum Ausgang, um Dr. Sids Schelte zu entgehen, begann er zu analysieren, was Ivy ihm gesagt hatte.

Konnte es wirklich wahr sein, dass Mitglieder der Drachenritter glaubten, Drachenwandler könnten Feuer speien und Menschen zum Spaß lebendig verbrennen?

Sein Drache wachte endlich auf. *Ich wünschte, wir könnten Feuer speien.*

Ich nicht. Eine Sache weniger, die das MDA einschränken kann, ganz zu schweigen davon, dass es eine Sache weniger ist, die die Menschen von uns befürchten müssen.

Dennoch sind ihre Worte nur ein weiterer Beweis dafür, dass die Drachenritter ihre Rekruten einer Gehirnwäsche unterziehen. Mehr als uns braucht sie Serafinas Hilfe.

Serafina recherchiert noch. Außerdem haben wir den Namen des Anführers nicht bekommen, nicht dass Ivy ihn zu kennen schien. Sie hat uns nur ein verdammtes Passwort genannt, um es an die anderen weiterzugeben.

Was wir so schnell wie möglich tun müssen. Hinter diesen geschützten Daten könnte was Wichtiges stecken.

Er grunzte zustimmend. Die Menschenfrau mochte sein Feind sein, aber jeder Versuch, mehr Informationen über die Ritter zu sammeln, war einer, den er unternehmen würde.

Zains inneres Tier fuhr fort: *Und denk doch nur, vielleicht wird Ivy, sobald ihr die Realität klar wird, den Schmerz erkennen, den sie anderen zugefügt hat. Sie wird auf jeden Fall alles tun, um Stonefire zu helfen, noch mehr, als sie es bereits getan hat. Und dann hätten wir endlich die Oberhand und könnten kämpfen und einen unserer größten Feinde besiegen.*

Zweifellos wollte sein Drache, dass Ivy sie am Ende als eine Art Heldin betrachtet, nur um sie ins Bett zu bekommen. *Der einzige Grund, warum ich möchte, dass sie aus dem Nebel der Lügen aufwacht, ist, dass sie dann Luciens und Nathans Problem werden kann.*

Bis sie wieder laufen und wieder funktionieren kann, wird sie unser Problem sein.

Erinnere mich nicht daran!

Zain beeilte sich. Er würde Lucien und Nathan das von ihr erwähnte Passwort geben und dann alles Serafina melden. Mit etwas Glück würde das neue Passwort alle kryptischen Daten rechtzeitig öffnen. Und vielleicht, nur vielleicht, wenn das wahr würde, könnte Zain ihre Physiotherapie durchführen, ohne ein weiteres Wort zu sagen.

Denn wenn sie ihm weiter unter die Haut ginge, könnte er seine Mission ernsthaft ruinieren, indem er etwas mitteilte, das er nicht sollte. Und da es für ihn alles war, ein Beschützer zu sein, konnte er das nicht zulassen.

Dann kam ihm eine Idee. Wenn Zain einer der Krankenschwestern die grundlegendsten Handgriffe beibringen würde, müsste er den Menschen nicht so oft sehen. Schon, er musste zurückkommen, wenn sie eine bestimmte Schwelle erreichte, aber nicht vorher.

Ja, das würde funktionieren. Gleich nachdem er Lucien und Nate besucht hatte, würde er sich mit der Idee an Gregor wenden. Denn Zain wollte dem Menschen nur Fragen stellen, mehr nicht. Und vielleicht war ihm gerade eingefallen, wie er das tun könnte.

Kapitel Fünf

I vy starrte auf die Tür ihres Zimmers, noch lange nachdem Dr. Lewis gegangen war.

Seine Antwort auf ihre Frage nach dem Drachenfeuer hallte noch lange in ihrem Kopf nach: *Nein, Drachenwandler können kein Feuer speien. Das ist physikalisch unmöglich. Lassen Sie mich die Gründe dafür erläutern.*

Sein wissenschaftlicher Jargon war ihr zum einen Ohr hinein und zum anderen Ohr herausgegangen, doch die Tatsache, dass er eine so ausführliche Erklärung hatte, brachte Ivy ins Grübeln, ob sie sich geirrt hatte. Vielleicht speien Drachenwandler wirklich kein Feuer.

Und wenn das der Fall war, was war ihr dann noch beigebracht worden, das ebenfalls eine Lüge war?

Sie drehte den Kopf ins Kissen, starrte an die

Wand und überlegte, wo sie zum ersten Mal von Drachenfeuer gehört hatte.

War es nicht in der Grundschule gewesen? Oder an der Universität?

Irgendwann vor den Drachenrittern, so viel stand fest.

Dann traf es sie – es war während der Einführungsberatungen gewesen, die sie mit dem Rekrutierer der Drachenritter gemacht hatte.

Damals hatte sie die Wahrheit hinter der Organisation, die sich „Freunde der Welt" nannte, nicht gekannt. Sie hatten ein Zelt im Stadtzentrum gehabt, das kostenlose Therapeuten und eine Sammlung von Büchern über die Drachenwandler bot. Die Bücher hatten behauptet, alle Geheimnisse der Drachenwandler zu enthüllen.

Ivy hatte als Kind stets Angst vor Drachenwandlern gehabt und bewusst Abstand gehalten. Wenn sie ihnen aus dem Weg ging, würden sie auch ihr aus dem Weg gehen. Aber aus irgendeinem Grund war sie an jenem Tag ins Zelt gegangen. Vielleicht war es der charmante Mann gewesen, der sie angelächelt hatte, oder etwas, das er gesagt hatte, um sie zum Lachen zu bringen. Sie war erst einundzwanzig Jahre alt gewesen und noch auf der Suche danach, wer sie war.

Damals hatte Ivy wahrscheinlich gedacht, dass die Therapeuten ihr helfen würden, alles herauszufinden.

Jedenfalls war sie mit ein paar Büchern und

einem Funken Selbstvertrauen nach Hause gegangen.

Erst als sie später eines der Bücher mit dem Titel *Die Wahrheit hinter den Drachen Großbritanniens* gelesen hatte, war ihr Selbstvertrauen verflogen, und ihr Lächeln wandelte sich in ein entsetztes Keuchen.

Es waren so viele grausame Geschichten gewesen, mit so vielen Toten und gestohlenen unschuldigen Leben.

Viele der Opfer waren zum Spaß aus großer Höhe gelassen worden, fast wie ein Wettkampf unter den Drachenwandlern.

Ganz zu schweigen von dem Drachenfeuer, das sie zur Folter verwendeten, und Überlebende hatten gesagt, die Drachen hätten über ihre Schreie gelacht, als sie bei lebendigem Leib verbrannten.

Ehrlich gesagt hätte die britische Regierung die meisten Drachenwandler einsperren oder in eine der weltweiten Gefängniskolonien schicken sollen, die eigens dafür geschaffen wurden, Drachenwandler festzuhalten.

Der Zweite Weltkrieg hatte jedoch die Anzahl der Drachen dezimiert, bis zu dem Punkt, an dem ihre Population gefährlich gering wurde. Da hatten sie sich als freundlich gegenüber den Menschen ausgegeben, Allianzen und Abkommen geschlossen – Drachenblut im Tausch gegen Menschenfrauen. Sie hatten in den 1980er Jahren noch mehr Abkommen mit dem MDA geschlossen, um der AIDS-Epidemie entgegenzuwirken.

Doch als Ivy nun in ihrem Krankenhausbett lag, mitten in einem Drachenclan, begann sie sich zu fragen, ob die Bücher geschrieben worden waren, um ihren Hass auf Drachenwandler zu schüren.

Dasselbe galt für die Videos, die sich jeder bei den Rittern ansehen musste.

Sie kniff die Augen zusammen und wünschte sich, sie könnte etwas schleudern. Nicht lange, bevor sie ins Koma gefallen war, hatte die Welt für Ivy einen Sinn ergeben. Alles, was Drachenwandler betraf, war schwarz oder weiß gewesen. Sie hasste und fürchtete sie. Sie verdienten es, eingedämmt zu werden und ihre inneren Drachen auf jede nichttödliche, humane Weise zu verlieren.

Aber jetzt? Jetzt hatte sie Drachenärzte, die darum kämpften, ihr Leben zu retten, sowie einen muskulösen Drachenmann, der sie mit starken, aber sanften Fingern massierte.

Und sie spien kein Feuer – und konnten es laut Dr. Lewis nicht einmal.

Die letzte Tatsache sollte keinen solchen Unterschied machen, aber Ivy hatte schon immer etwas für die Dreierzahl übriggehabt. Drei Dinge, die sie an ihren früheren Überzeugungen zweifeln ließen, reichten aus, um sie dazu zu bringen, mehr über den Drachenclan zu erfahren, bei dem sie sich befand. Vielleicht konnte sie, mit mehr Informationen bewaffnet, herausfinden, was wahr und was eine Lüge war.

Als sie noch versuchte, darüber nachzudenken,

wie zum Teufel sie das tun sollte, klopfte jemand an die Tür und trat ein, bevor sie fragen konnte, wer es war.

Eine große, dunkelhaarige Frau mit blasser Haut, die Ivy bereits im Fernsehen gesehen hatte, betrat den Raum. Sie war eine Art Reporterin, obwohl Ivy sich nicht an ihren Namen erinnern konnte.

Die Frau stellte sich neben ihr Bett und studierte sie. Da Ivy müde war, wartete sie nur darauf, was die Frau tun würde.

Schließlich sprach sie, und ihr Akzent sagte Ivy, dass sie von irgendwo unten im Süden stammte. „Sie wirken erschöpft. Zwar würde ich Sie normalerweise schlafen lassen und später wiederkommen, aber Zain meinte, Sie könnten einen anderen Menschen brauchen, der Ihnen hilft, ein paar Dinge zu verstehen."

Ivy wollte nicht, dass eine andere Person ihr einfach Dinge erzählte. Damit war sie fertig. Was sie brauchte, war, Drachen selbst zu sehen, in ihrem täglichen Leben.

Und da die Ärzte und Zain die Einzigen waren, die das tun konnten, verbarg sie ihre Ungeduld nicht. „Jemand, der mir geholfen hat, ein paar Dinge zu verstehen, ist der Grund, warum ich letztlich ein Jahr lang im Koma lag. Gehen Sie einfach, und lassen Sie mich schlafen!"

Die Frau hob die Brauen. „Sie erkennen mich wohl nicht aus dem Fernsehen, also lassen Sie es mich Ihnen sagen. Ich bin Jane Hartley, ehemalige

Reporterin und einer der hartnäckigsten Menschen, die Sie jemals treffen werden. Und wenn man bedenkt, dass mein Gefährte sogar noch sturer sein kann als ich – er ist für die Sicherheit von Stonefire verantwortlich –, sollten Sie nicht versuchen, mich zu provozieren. Am Ende werde ich doch gewinnen. Und heute? Nun, heute werden Sie mir und so vielen anderen Menschen zuhören, wie nötig sind, um die Lügen zu durchbrechen, an die Sie glauben."

Ivy antwortete: „Ich arbeite schon daran und brauche Ihre Hilfe nicht."

Jane neigte eine Sekunde lang den Kopf, bevor sie sich hinsetzte. „Wie ist das möglich?"

Sie wandte den Blick ab. „Ist nicht wichtig."

„Natürlich ist es das. Zumal Ihre ehemaligen Freunde meine Schwägerin als Teenager unter Drogen gesetzt, sie zusammen mit Kindern, die halb so alt waren, eingesperrt und ihre Drachen monatelang zum Schweigen gebracht haben."

Daraufhin begegnete Ivy wieder Janes Blick. „Ich wollte keine Kinder verletzen."

Jane musterte sie kurz, bevor sie antwortete: „Ich glaube Ihnen, denke ich. Aber egal, wenn Sie glauben, Drachenwandler könnten Feuer speien, haben Sie noch viel zu lernen, Ivy Passmore. Und zu Ihrem Glück habe ich eine Einführungsvideoserie über Drachenwandler. Vielleicht sollten wir dort anfangen."

„Nein, keine Videos. Videos haben mich schon

einmal angelogen, warum sollten es die also nicht tun? Bis ich diesen Raum verlassen und es mit eigenen Augen sehen kann, vertraue ich nichts und niemandem."

Jane machte Tss. „Und Sie haben mich gerade angelogen, Ivy. Sie haben Zain dieses Passwort anvertraut, und es hat mehr Dateien als nur die über die Organisationsstruktur der Drachenritter freigeschaltet. Eine der neu zugänglichen Dateien enthielt die Spezifikationen einer speziellen Formel. Und dank dessen sind unsere Ärzte in der Lage, einen Impfstoff zu entwickeln, der vor den meisten Chemikalien schützt, die entwickelt wurden, bevor Sie die Ritter verlassen haben. Würden Sie diese Informationen einfach irgendjemandem geben? Oder nur jemandem, dem Sie ein wenig vertrauen? Oder nur jemandem, dem Sie ein wenig vertrauen?"

Sie ignorierte das Prickeln, als sie hörte, dass Zain das Passwort weitergegeben hatte. „Es geht nicht um Vertrauen, sondern um quid pro quo. Ich habe Zain ein bisschen gegeben, damit er mir helfen will. Das ist alles."

„Verstehe." Jane erhob sich. „Nun, ich und die anderen Menschen werden Sie recht regelmäßig besuchen, also stellen Sie sich darauf ein."

Ihre Brauen zogen sich zusammen. „Ich dachte, Sie sind hier, um Lügen oder so etwas zu durchbrechen?"

Jane zuckte mit den Schultern. „Das war ich,

und ich werde wiederkommen. Aber ich habe erfahren, was ich für heute wissen musste. Also ruhen Sie sich aus, Ivy. Wahrscheinlich wird in Kürze noch jemand anderes vorbeikommen."

Damit verließ die große Frau den Raum.

Was hatte die Reporterin vorgehabt?

Nicht, dass sie sich lange dafür interessieren konnte. Ivy kämpfte darum, ihre Augen offen zu halten, und schlief allzu bald wieder ein.

Zain stand in einem nahe gelegenen Raum und sah sich Ivys Video-Feed an.

Jane schien der Menschenfrau unter die Haut zu gehen, und er war sich nicht sicher, ob das gut oder schlecht war.

Sein Drache meldete sich zu Wort. *Jane ist nicht bekannt dafür, auf Zehenspitzen zu schleichen. Und da sie entschlossen ist, wird sie alles tun, um herauszufinden, was sie braucht.*

Und doch muss ich sanft zu ihr sein?

Jane ist ein Mensch, wie Ivy. Es ist also weniger beängstigend für Ivy, als wenn ein großer, muskulöser Drachenwandler sie verhört.

Zain wollte sagen, dass in diesem Fall einfach Jane seinen Job übernehmen sollte, aber er hielt sich zurück. Es war unfair, eine der Menschenfrauen zu belasten, die so hart gearbeitet hatten, um die

Menschen dazu zu bringen, Stonefire und die anderen Drachenwandler der Welt zu mögen.

Aber vielleicht brauchte er Jane nochmal, wenn Ivy sich ihm in naher Zukunft nicht öffnen würde. Er würde diese Option für später im Hinterkopf behalten.

Jane trat ein und sprach ohne lange Vorrede. „Siehst du? Hab' ich dir doch gesagt. Sie vertraut dir mehr, als du meinst. Du hast in so kurzer Zeit ganz schön was aus ihr herausbekommen. Jetzt musst du also noch mehr Zeit mit ihr verbringen, um herauszufinden, wie die verbleibenden codierten Daten entschlüsselt werden können. Das Passwort, das sie dir gegeben hat, war nur der erste Schritt."

Er hob die Brauen. „Ich respektiere dich vielleicht, Jane, aber du bist nicht mein Boss. Sei vorsichtig mit deinen Befehlen."

Jane verdrehte die Augen. „Drachenmänner!" Sie sah ihm wieder in die Augen. „Du weißt, dass ich recht habe. Anstatt mir also mit dieser dominanten Hackordnung zu kommen, finde lieber einen Weg, sie dazu zu bringen, dir vollständig zu vertrauen. Vielleicht können wir dann sowohl sie als auch mehr von den Methoden der Drachenritter verstehen. Obwohl es noch eine Sache gibt, die ich wissen möchte." Jane musterte ihn eine Sekunde, bevor sie fragte: „Ist sie deine wahre Gefährtin?"

Er blinzelte. „Was? Wo zum Teufel kommt das denn her?"

Der Mensch zuckte mit den Schultern. „Ich bin

nur neugierig. Du scheinst ziemlich an ihr interessiert zu sein, und das könnte der Grund dafür sein."

Die Idee war lächerlich, aber Zain wollte immer noch die Wahrheit wissen, also stieß er seinen Drachen an, bis sein Tier aus dem Dösen erwachte. Dann fragte er: *Ist sie unsere wahre Gefährtin?*

Sein Drache gähnte. *Ich weiß nicht. Mit den Drogen und ihrer Gehirnwäsche hat sich die wahre Frau in ihr nicht gezeigt. Bis sie es tut, kann ich es dir nicht sagen.*

Die Tatsache, dass auch nur die geringste Chance bestand, dass sie seine wahre Gefährtin sein konnte, bereitete Zain Magenschmerzen. *Das kann nicht sein! Selbst wenn sie es ist, will ich nicht jemanden wie sie.*

Sein Tier grunzte. *Wir werden es für eine Weile so oder so nicht wissen. Aber nur für den Fall, dass sie sich als die Unsere erweist, versuchst du vielleicht nicht, sie dazu zu bringen, uns zu hassen? Denn selbst wenn du sie nicht willst, werde ich es vielleicht immer noch tun. Und da du mich nicht betäuben willst, wirst du den Kampf, dich von ihr fernzuhalten, am Ende verlieren.*

Zain grunzte innerlich. *Das werden wir noch sehen, Drache.*

Janes Räuspern erregte erneut seine Aufmerksamkeit. Zain antwortete schließlich: „Ich weiß nicht, ob sie es ist oder nicht."

Der Mensch tippte sich ans Kinn. „Nun, nun, ist das nicht interessant? Das wäre eine ziemliche

Geschichte, weißt du. Ehemaliger Feind wird zur Gefährtin eines Drachen. Wenn sich herausstellt, dass das der Fall ist, dann musst du mich einen Beitrag über euch beide machen lassen."

Er knurrte. „Lass mich einfach in Ruhe, Jane. Hast du nicht jemand anderen, den du nerven kannst?"

„Vielleicht." Sie drehte sich zur Tür um, sah aber nochmal über die Schulter, um seinem Blick erneut zu begegnen. „Tu es nur nicht ab, solange du es sicher weißt, Zain. Und selbst wenn sie nicht deine wahre Gefährtin ist, ist es in Ordnung, sie zu mögen. Einige von uns kämpfen für die Liebe und sagen dem Schicksal, dass es sich verpissen soll."

Kai und Jane waren keine wahren Gefährten, aber sie waren genauso hingebungsvoll – vielleicht sogar mehr – als viele wahre Gefährten in Stonefire. Er knurrte: „Ich liebe verdammt nochmal niemanden."

Sie neigte den Kopf. „Ivy hat viel riskiert, indem sie mit diesem USB-Stick hierhergekommen ist, unabhängig von ihren eigenen persönlichen Gründen. Wenn du an sie denkst, fang dort an."

Die Menschenfrau ging, und er drehte sich zurück zum Bildschirm, um Ivys schlafende Gestalt anzustarren.

Es stimmte, Ivy hatte sich zu Fuß in das Territorium von Stonefire gewagt und ihr Leben riskiert, um die Informationen der Drachenritter weiterzugeben.

Er bezweifelte jedoch, dass es aus rein selbstlosen Gründen war.

Zain vermutete, dass es mit dem Tod ihres Bruders zusammenhing.

Also musste er bei der ersten Gelegenheit diese Wunde aufreißen und mehr herausfinden.

Kapitel Sechs

Über eine Woche verstrich, ohne jede Spur von Zain. Keine Besuche bei Ivy, keine Nachrichten. Nichts.

Und wenn man bedachte, dass sie in einem Krankenhausbett gefangen war, hatte sie mehr als genug Zeit, sich jede Möglichkeit vorzustellen, warum er nicht zurückgekehrt war.

Selbst die Massagen und das Bewegen ihrer Gliedmaßen waren den Krankenschwestern überlassen worden.

Das bedeutete, dass sie keine Ahnung hatte, ob Zains Team die verschlüsselten Daten mit dem von ihr gegebenen Passwort entschlüsselt hatte, geschweige denn, ob die Ärzte, das Sicherheitsteam und Stonefires Clanführer sie so nutzen würden, wie sie es erhoffte. Alle sagten ihr nur, dass sie noch nichts darüber erzählen dürften.

Und als ob diese Unsicherheit nicht schon genug

war, hatte Ivy auch keine Gelegenheit gehabt, Zain von ihrem ultimativen Ziel zu überzeugen. Niemand sonst war nahe daran gewesen, ihr zuzuhören und ihr zu glauben, geschweige denn bereit gewesen, ihr ein Treffen mit den beiden IT-Leuten zu verschaffen, die an den verschlüsselten Daten arbeiteten. Ihr Instinkt sagte ihr, Zain sei der Schlüssel, um etwas zu bewirken.

Ivy widerstand einem Seufzen. Es war nicht so, als könnte sie ihn allein suchen gehen. Das Laufen war noch Wochen entfernt – selbst mit den rätselhaften Spritzen, die Dr. Sid ihr verabreicht hatte, um ihre Heilung zu beschleunigen –, und niemand würde sie in einen Rollstuhl setzen und direkt zu Zains Haus bringen.

Was bedeutete, dass ihre einzige Option war, darauf zu warten, dass er wieder auftauchte. Das könnte natürlich verdammte Wochen dauern, soweit sie wusste.

Sie brauchte dringend eine Ablenkung.

Ivy verschränkte die Arme vor der Brust, betrachtete den Stapel Bücher neben ihrem Bett und überlegte, ob sie endlich bereit war, sie zu lesen. Eines davon war angeblich von einer Menschenfrau in Stonefire – Melanie Hall-MacLeod – verfasst worden. Das andere Buch war ein Bericht aus erster Hand über das Leben mit Drachenwandlern in Kanada.

Aber selbst wenn Dr. Sid und Dr. Lewis beide behaupteten, die Bücher seien Tatsachen und nicht erfunden, hatte Ivy heutzutage Schwierigkeiten, einem Sachbuch zu vertrauen.

Das ließ ihr zwei wenig verlockende Möglichkeiten, ihre Zeit zu füllen – noch mehr TV-Seifenopern oder Bücher, die voller Lügen sein mochten oder auch nicht.

Was würde sie jetzt nicht für eine Chemiezeitschrift geben! Zumindest logen wissenschaftliche Formeln nie.

Kaum hatte Ivy nach dem Buch über Kanada gegriffen – ein Land, das ihr zumindest gedanklich Abstand zu dem bot, worüber sie las –, öffnete sich die Tür.

Ivy rechnete mit jemandem vom medizinischen Personal, aber stattdessen rasten zwei Kinder herein und blieben am Fuß ihres Bettes stehen.

Das Mädchen hatte gerötete, blasse Haut und lockiges, blondes Haar über den Schultern, das wippte, als sie von einem Fuß auf den anderen sprang. Der Junge war ruhiger, mit etwas hellerer Haut und kurzen, dunklen Haaren.

Das Mädchen sprach zuerst, ihr Akzent von irgendwo aus dem Norden. „Sie sieht gar nicht gefährlich aus."

Der Junge grunzte und sagte mit dem gleichen Akzent wie fast alle anderen in Stonefire: „Sie war früher eine Drachenritterin. Ich habe dir gesagt, was sie mit Drachenwandlern machen. Sie haben sogar mit einem Pfeil auf Dr. Sid geschossen, wodurch ihr Drache verrückt wurde."

Das Mädchen zeigte auf sie. „Aber sie kann nicht einmal aus dem Bett aufstehen. Hat dein Onkel deshalb endlich gesagt, dass wir sie sehen dürfen?"

Onkel? Da Ivy Antworten wollte, hob sie die Hand, und beide Kinder verstummten. Ivy fragte: „Wer seid ihr?"

Das Mädchen richtete sich höher auf. „Ich bin Daisy, und das ist mein bester Freund, Freddie. Wir führen bald ein Stück auf. Vielleicht kannst du es dir ansehen, wenn es dir besser geht. Es wird brillant werden."

Freddie runzelte die Stirn. „Ich möchte nicht, dass sie kommt. Sie wird es ruinieren."

Ivy öffnete den Mund, aber Daisy kam ihr zuvor. „Nein, ich glaube nicht. Ich meine, das Schlimmste, was sie tun kann, ist zu schreien. Und vielleicht Lärm machen. Sie wird uns nicht wehtun." Das kleine Mädchen sah Ivy direkt an. „Stimmt das? Freddies älterer Bruder hat gesagt, du versuchst jetzt, Stonefire zu helfen. Ich glaube, das heißt, dass du keine Drachen mehr verletzen willst. Was gut ist, weil sie toll sind."

Ivy blinzelte. Waren der Junge und das Mädchen Drachenwandlerkinder? Und wenn ja, wer hatte sie geschickt? Sie verstand zwar, dass es wahrscheinlich darum ging, zu versuchen, ihr unter die Nase zu reiben, wie schrecklich es war, dass sie versucht hatte, die inneren Drachen namenloser Kinder wegzunehmen, doch im Moment fehlte ihr die Energie, um mit ihnen umzugehen. „Wer ist dein Onkel? Und warum genau seid ihr hier?"

Freddie deutete auf die Tür. „Mein Onkel Zain ist im Flur. Ich kann ihn holen, wenn du willst. Ich wollte nicht einmal kommen, aber Daisy hat immer weiter gefragt und gefragt und gefragt. Also habe ich endlich na schön gesagt."

Also war der Junge ein Drachenwandler. Zumindest war das die logische Schlussfolgerung. Die Fähigkeit, sich in einen Drachen zu verwandeln, war dominant, und Drachenwandler adoptierten keine Menschenkinder oder wurden plötzlich zu ihren Onkeln.

Gerade als sie den Jungen bitten wollte, Zain zu holen, meldete sich das kleine Mädchen wieder zu Wort. „Warum hast du Drachen so sehr gehasst? Ich bin ein Mensch, wie du. Und Freddie ist nicht nur ein Drachenwandler, sondern mein bester Freund auf der Welt. Wir müssen uns nicht ärgern. Wir können alle Freunde sein."

Ah, wie einfach die Welt für ein Kind war!

Obwohl, als Ivy noch versuchte, darüber nachzudenken, wie sie es erklären sollte, versagten ihr die Worte.

Wie erklärte man einem Kind die Videos, die Bücher, die Bilder von Zerstörung und Tod?

Eine leise Stimme in ihrem Hinterkopf flüsterte: *Falls sie überhaupt wahr sind.*

Zain betrat den Raum und sagte: „Du willst mit

allen befreundet sein, Daisy. Aber nicht jeder akzeptiert das."

Daisy runzelte die Stirn. „Nicht mit jedem. Ich mag keine gemeinen Menschen."

Bevor sie sich zurückhalten konnte, lächelte Ivy über den Ton des Mädchens.

Zain räusperte sich, und Ivy war überrascht, dass sein Gesichtsausdruck verärgert war. „Richtig, keine gemeinen Leute. Ist notiert. Wirst du jetzt dein Geschenk überreichen? Ansonsten ist es Zeit zu gehen."

Daisys Gesicht leuchtete auf, und sie nickte. „Hab' ich vergessen!" Sie drehte sich zu Ivy um. „Ich vergesse viel, aber das ist okay. Normalerweise fällt es mir später wieder ein." Das kleine Mädchen griff in seine Tasche, zog ein Sammelalbum heraus und hielt es Ivy hin. „Das ist von meiner Zeit im Drachen-Camp. Es war fantastisch, mit all den Menschen- und Drachenkindern zusammen dort zu sein." Sie senkte die Stimme. „Da habe ich sogar zum ersten Mal Freddies Drachen gesehen."

Ivy sah den kleinen Jungen an, dessen Wangen dunkelrot waren.

Daisy sprach weiter und erregte Ivys Aufmerksamkeit. „Aber ich wollte dir zeigen, wie viel Spaß es macht, mit Drachenwandlern zu spielen. Also habe ich dieses Sammelalbum gemacht." Ivy hatte es noch nicht genommen, aber das kleine Mädchen legte es auf das Bett und öffnete es, die Bilder zu Ivy gerichtet.

„Siehst du? Hier basteln wir Armbänder mit unseren Namen in der alten Drachensprache. Das ist ein Haufen lustiger Symbole, aber kein anderes Kind in meiner Schule hat das." Sie blätterte um. „Und hier lassen sie uns an der Flanke eines erwachsenen Drachen hinunterrutsche. Also, unentschieden für das Beste. Freddies Drachen zu sehen, war auch cool."

Als das kleine Mädchen weiterredete und eine Seite nach der anderen erklärte, fragte sich Ivy, ob all das ein Trick war, um sie dazu zu bringen, den Drachen zu vertrauen.

Oder konnte es die Wahrheit sein?

Denn wenn es stimmte, dass Drachen- und Menschenkinder sich trafen und miteinander spielten, alles unter Aufsicht des MDA und mit Zustimmung der menschlichen Eltern, würde Ivys Weltanschauung sich ein wenig verändern.

Schließlich freundeten sich Drachen laut den Drachenrittern nie mit Menschen an, es sei denn, sie könnten etwas dafür bekommen.

Und wenn die Drachenwandler keine Kinder aufnahmen, damit sie schließlich Drachengefährten wurden – was selbst Ivy ein wenig weit hergeholt erschien –, begrüßten sie Menschen auf ihrem Land, ohne viel zu gewinnen. Sicher, vielleicht gäbe es eine positive PR, aber als sie sah, wie der kleine Junge sich dem kleinen Mädchen näherte und ihr half, die Bilder zu erklären, spürte Ivy eine wahre Freundschaft zwischen ihnen.

Ivy brauchte eigene Antworten. Vielleicht waren

die Kinder extrem talentierte Schauspieler, aber angesichts der Tatsache, dass Daisy von einem Thema zum anderen flog und ihre Gedanken nicht immer beendete, bezweifelte Ivy das.

Was bedeutete, dass die Kinder ihr helfen konnten – sie konnten brutal ehrlich sein, und sie brauchte das. Also fragte Ivy in der nächsten Pause, auf die sie sich stürzen konnte: „Daisy, ich weiß, dass du Drachenwandler magst, aber akzeptiert jeder, den du kennst, sie auch?"

Daisy seufzte. „Nein. Ich habe meine alte beste Freundin Lucy verloren. Ihre Mum mag keine Drachen und hat mich nicht mehr mit ihr spielen lassen."

Ivy hakte weiter nach. „Wenn du morgen zu Lucy zurückkehren könntest und ihr wieder beste Freunde sein könntet, würdest du aufhören, dich mit Drachenwandlern zu treffen?"

Ivy konnte Zains Blick auf sich spüren, aber sie ignorierte ihn und wartete auf Daisys Antwort.

Zain wartete ab, wie die Freundin seines Neffen antworten würde.

Er musste Daisy natürlich nicht antworten lassen. Er konnte ihr und Freddie sagen, sie sollten in den Empfangsbereich der Krankenstation zurückkehren, wo Nikki – eine weitere Beschützerin – auf sie wartete. Er war jedoch neugierig. Die Frage würde dem Kind nicht schaden, und Daisy hatte so eine Art, Menschen zu gewinnen, ohne es zu versuchen oder es zu merken. Wenn sie Ivy gewinnen konnte, konnte die Menschenfrau mit Stonefire zusammenarbeiten, um die Drachenritter auszurotten.

Sein Drache meldete sich zu Wort. *Es könnte auch dazu beitragen, dass Ivy uns mag, anstatt uns zu hassen.*

Das spielt für mich keine Rolle, nur für dich.

Sein Tier schnaubte und verstummte, als Daisy schließlich den Kopf schüttelte und Ivys Frage beantwortete. „Nein, ich würde nicht zurückgehen und das tun. Ich vermisse Lucy jeden Tag und werde es wahrscheinlich immer tun. Aber ich habe hier so viele Freunde gefunden, die mit Drachen spielen, sowohl Menschen als auch Drachen. Und außerdem planen Freddie und ich, Stonefire zu helfen. Und dafür brauchen wir viel Zeit miteinander. Stimmt's, Freddie?"

Freddie zuckte nur mit den Schultern, was Daisy genügte, weil sie hinzufügte: „Und außerdem sagt meine Mum, dass wir manchmal Entscheidungen treffen müssen. Es ist nicht immer einfach, und wir mögen manchmal traurig sein, aber wenn wir diejenige auswählen, die uns für die Zukunft glücklich macht, dann werden wir später weniger traurig sein. Ich denke, das ist es, was irgendwann mit mir passieren wird. Mich für Freddie und die anderen hier entschieden zu haben, wird mich eine lange Zeit glücklich machen."

Daisy und Freddie teilten einen Blick – die beiden mochten es, sich zu verschwören, was wahrscheinlich nicht gut für den war, der das Ziel war –, aber Zain ließ sie. Seine Schwester und Daisys Mum konnten sich Sorgen darum machen, welchen Ärger die beiden anstellten.

Stattdessen beobachtete er Ivy.

Die Falte zwischen ihren Brauen sprach Bände. Er vermutete, dass sie immer mehr zu zweifeln begann, was sie bei den Drachenrittern erfahren hatte.

Obwohl er selbst ein wenig stochern musste, um zu sehen, wie weit sich dieser Zweifel eingenistet hatte. Also sah er seinen Neffen an. „Freddie, ich denke, es ist Zeit für dich, Daisy zum Mittagessen nach Hause zu bringen." Daisy öffnete den Mund, um zu protestieren – das kleine Mädchen kümmerte sich nie um Dominanz oder Hierarchien und würde allen Kopfschmerzen bereiten, wenn sie älter war –, aber Zain kam ihr zuvor. „Nein, Daisy. Du hast versprochen zu gehen, wenn es Zeit ist. Wenn du dein Versprechen brichst, lässt Freddies Mum dich für den Rest deines Besuchs nicht mit ihm und Alfie durch Stonefire streifen."

Alfie war Zains anderer Neffe, der alt genug war, um auf die beiden aufzupassen und sie aus den schlimmsten Schwierigkeiten herauszuhalten.

Daisy ließ den Kopf mit einem übertriebenen

Seufzer hängen. Aber sie sprang schnell zurück und schob das Sammelalbum in Richtung Ivy. „Schau dir alle Bilder an, und vielleicht kann ich zurückkommen und dir noch ein paar Geschichten erzählen." Sie senkte dramatisch ihre Stimme. „Wir hatten sogar spezielle Übungen im Camp, wo wir unter der Erde warten mussten, bis irgendeine Gefahr vorüber war."

Da Zain nicht wollte, dass das kleine Mädchen Stonefires Notfallmaßnahmen enthüllte, trat er an die Seite der beiden Kinder und drehte sie sanft zur Tür. „Das reicht. Geh zu Nikki, damit sie dich zum Mittagessen nach Hause bringen kann."

Die beiden winkten, und dann gelang es Freddie, Daisy zum Mitkommen zu bewegen.

Wie sein Neffe dieses Bündel ununterbrochener Energie kontrollierte, hatte Zain keine Ahnung.

Sobald sich die Tür schloss, erfüllte Ivys Stimme den Raum. „Warum haben Sie sie hierhergebracht?"

Er drehte sich zu der Menschenfrau um, die das Sammelalbum an ihrer Brust hielt. Während sie noch blass und zu dünn war, war es gut zu sehen, dass sie wieder etwas Kraft gewonnen hatte. Andernfalls wäre seine Bereitwilligkeit, ihr etwas von seinem Blut zu geben, sinnlos gewesen.

Sein Drache summte, sagte aber nichts. Zain wusste bereits, dass es seinem Tier gefiel, dass die Menschenfrau ihr Blut in ihren Adern hatte.

Er versuchte, nicht an den Grund zu denken.

Zain ignorierte seinen Drachen und antwortete

Ivy: „Ich könnte behaupten, dass ich sie mitgebracht habe, weil Daisy immer wieder nach Ihnen gefragt hat."

„Das könnten Sie, aber das ist es nicht ganz. Was ist die volle Wahrheit?"

„Die volle Wahrheit?" Er trat einen Schritt näher an das Bett. „Ich dachte, Sie glauben ihr vielleicht eher als mir. Daisy liebt Drachenwandler fast mehr als jeder andere Mensch, den ich je getroffen habe. Und auch wenn es sie und ihre Mutter in ihrer Stadt einiges gekostet hat – sowohl bei Freunden als auch bei Nachbarn –, kommt Daisy immer wieder mit dem Segen ihrer Mutter zurück. Ich dachte, wenn ein kleines Mädchen so viel opfern kann und uns dennoch sehen will, würden Sie ihr mehr glauben als irgendwelchen Büchern oder Videos."

Ivy starrte schweigend für ein paar Sekunden auf das Sammelalbum, bevor sie wieder sprach. „Ich ... ich weiß nicht mehr, was ich glauben soll."

Vielleicht wären einige der anderen Beschützer zurückgetreten, wenn sie den Menschen so unsicher und zerbrechlich gesehen hätten.

Aber nicht Zain. Er hatte ihr eine Woche gegeben, um wieder genug Kraft zu gewinnen und sich seinen Fragen zu stellen. Vor allem wegen Traherns Anweisungen, aber auch, weil Zain in dieser Angelegenheit nicht mit dem walisischen Drachenarzt hatte streiten wollen.

Und nach dem Warten – immer das verdammte Warten – war es endlich an der Zeit, die Antworten zu bekommen, die er brauchte. „Dann sagen Sie mir, warum Sie nach Stonefire gekommen sind. Nur weil die Drachenritter Ihren Bruder Richard getötet haben und Sie Rache wollten? Oder steckt da mehr dahinter?"

Eine Sekunde verging, und dann die nächste. Auch das Wissen, dass Serafina sie über den Video-Feed beobachtete, ließ Zain den Menschen nicht drängen. Da die Ärzte an einem Treffen mit dem Clanführer von Stonefire teilnahmen, gab es niemanden, der hereinplatzen und ihm sagen konnte, dass er gehen sollte. Und Zain würde nirgendwohin gehen, bis sie ihm geantwortet hatte.

Bei der Erwähnung von Richards Tod hielt Ivy ihren Blick auf dem Sammelalbum in ihren Armen und wollte ihre Tränen zurückhalten.

Sie hatte ihr Bestes getan, um sich ihrer Trauer zu stellen, aber als sie Richards Namen hörte, stürzte der Großteil der Mauern, die sie um ihren Schmerz herum gebaut hatte, ein.

Ivy spielte mit einer Seite des Sammelalbums, fuhr mit dem Nagel hin und her, atmete tief durch und drängte die Trauer langsam zurück. Sie würde später wiederkommen, aber sie musste sie nur lang genug fernhalten, um Zain dazu zu bringen, sie in Ruhe zu lassen.

Als sie sich ziemlich sicher war, dass sie seinem

Blick begegnen konnte, ohne zusammenzubrechen, hob Ivy den Kopf und sah dem Drachenmann in die Augen. Augen, die neutral und frei von Emotionen waren. Nach ein paar weiteren Sekunden fragte sie: „Warum fragen Sie mich das?"

Er zuckte mit einer Schulter. „Weil es meine Aufgabe ist, das zu tun."

Sie starrte den Drachenwandler an. Ivy sollte wütend auf ihn sein, weil er ihr immer noch trauerndes Herz gestochen hatte. Und doch war seine Geradlinigkeit erfrischend. Anders als das medizinische Personal versuchte er nicht, sie zu ignorieren oder das Nötigste zu fragen. Nein, Zain wollte mehr über sie wissen.

Sicher, es war für seine eigenen Zwecke und würde wahrscheinlich ihr endgültiges Schicksal besiegeln, aber nachdem sie das Leben aufgegeben hatte, das sie seit Jahren gekannt hatte, und ihren Bruder und dessen Partner darüber hinaus verloren hatte, brauchte Ivy dringend jemanden, der sie als mehr als nur einen verhassten Feind behandelte.

Außerdem war es ja nicht so, als hätte sie was zu verlieren, wenn sie ihm von Richards Ermordung erzählte. Wenn überhaupt, könnte er offener für die Bitte sein, die sie stellen musste.

Sie legte das Sammelalbum beiseite und antwortete: „Mein Bruder und dessen Partner wurden von den Drachenrittern getötet. Und obwohl ich außer einem an die Wand gezeichneten Symbol keine konkreten Beweise habe, weiß ich, dass sie es waren, weil mein Bruder mich aufgenommen hat, nachdem ich vor den Drachenrittern geflohen war."

„Dann wurde er also ermordet."

Ivy versuchte, nicht zu viel in die Art zu lesen, wie Zains Stimme etwas weicher war als zuvor. „Ja." Da sie nicht wieder weinen wollte, sah sie auf die Decke hinab und zupfte daran. „Ich bin diejenige, die sie gefunden hat. Aber ich konnte der Polizei nicht alles sagen, obwohl ich darauf gebrannt habe."

„Warum?"

Es gab überhaupt keinen Grund zu verraten, dass die Polizei Maulwürfe in ihrer Organisation hatte, die Informationen an die Ritter weitergeben würden.

Und doch, was brachte es, die Informationen jetzt für sich zu behalten? Also erklärte sie es und fügte hinzu: „Deshalb habe ich es gemeldet, aber nicht verraten, dass es meine Schuld war, dass sie getötet wurden. Der USB-Stick voller Informationen war meine Versicherung gegen die Ritter, die hinter mir her waren. Aber am Ende war es nicht genug, um diejenigen zu schützen, die ich liebte."

Tränen prickelten in ihren Augen, und sie atmete ein paarmal tief durch, um sie zurückzuhalten. Sie würde nicht – könnte nicht vor diesem Drachenmann weinen.

Nach ein paar Sekunden füllte Kais Stimme erneut den Raum. „Gibt es Informationen auf dem USB-Stick über die Spione innerhalb der Polizei?"

Sie blinzelte und begegnete erneut seinem Blick. „Sie glauben mir?"

Er grunzte unverbindlich. „Vielleicht. Wenn es jedoch detaillierte Informationen gibt, die wir verwenden können, dann sagen Sie mir, wie ich darauf zugreifen kann."

Hier war sie – ihre Chance, um ein Treffen mit den IT-Leuten zu bitten. „Das könnte ich, oder Sie könnten die Männer oder Frauen, die an der Entschlüsselung der Daten arbeiten, herbringen, und ich könnte ihnen sagen, wie sie dies tun sollen."

Zain schüttelte den Kopf, und ihre Hoffnung schwand. Er antwortete: „Nein, noch nicht. Auch wenn Daisy übermäßig nachgiebig sein mag und das Gute in Ihnen sieht, ohne mit der Wimper zu zucken, ist es bei den Erwachsenen nicht dasselbe. Es ist besser, wenn Sie vorerst durch mich kommunizieren."

Sie vermutete, dass er der einzige Kontakt sein wollte, den sie innerhalb des Drachenclans hatte. Obwohl sie nicht versuchte, jemanden zu täuschen, waren die Drachen zweifellos immer noch in Alarmbereitschaft bei allem, was mit ihr zu tun hatte.

Ivy wollte jedoch mehr als nur mit einem Vernehmungsbeamten sprechen. Sie sehnte sich nach einer Art Kontakt, um sich daran zu erinnern, dass sie am Leben war und vielleicht einen Weg finden könnte, ihren Bruder zu rächen und etwas Gutes anstelle von Schaden in der Welt zu tun.

Ja, Richard hatte Gerechtigkeit verdient. Das

war das Mindeste, was sie tun konnte, wenn man seine Geduld bedachte und dass er sie wortlos zurückgenommen hatte. Zum Teil wegen seines Vorschlags, die Drachenwandler um Hilfe zu bitten, hatte sie den Mut gesammelt, sich nach Norden nach Stonefire zu wagen.

Ivy benutzte die Erinnerung an ihren Bruder und platzte heraus: „Dann lassen Sie die Kinder mich wieder besuchen. Stimmen Sie dem zu, und ich werde die Schritt-für-Schritt-Anweisungen für den Zugriff auf die polizeilichen Akten diktieren."

Zain hob die Brauen. „Ich habe nicht gedacht, dass Sie danach fragen würden. Trotzdem hängt es von den Eltern ab. Wenn sie einverstanden sind, bringe ich sie mit. Wenn nicht, werde ich sie nicht zwingen."

Sie nickte. „Ich werde nehmen, was ich kriegen kann."

Zain holte sein Handy heraus, tippte ein paarmal darauf und näherte sich ihrem Bett. Obwohl sie wusste, dass er stand, was ihn natürlich größer machte, musste sie ihren Hals verrenken, um sein Gesicht ansehen zu können.

Und als er sich vorbeugte, überfluteten sie seine Hitze und sein Duft. Sie sollte sich um seine Nähe Sorgen machen, aber seine Nähe fühlte sich einfach … richtig an. Als ob er so oft wie möglich an ihrer Seite sein sollte.

Was? Er ist ein Drache. Das ist verrückt. Das Wohlbehagen verschwand, ersetzt durch den

Wunsch, auf die andere Seite des Raumes zu rennen. Nur weil ein paar Kinder sie dazu gebracht hatten, zumindest einige ihrer Überzeugungen in Bezug auf Drachenwandler in Frage zu stellen, hatte sie nicht vor, mit einem ins Bett zu springen.

Nicht, dass sie eine ganze Weile mit irgendjemandem schlafen würde, wenn überhaupt jemals. Aber ein Drachenwandler stünde ganz am Ende dieser Liste.

Zain grunzte. „Ich werde Sie aufnehmen. Sind Sie bereit?"

Endlich begegnete sie wieder seinem Blick und tat ihr Bestes, nicht zu keuchen, als seine Pupillen blitzten.

Die Schlitze gaben ihm ein reptilhaftes Aussehen, und früher hätte der Anblick eine Mischung aus Angst und Hass hervorgerufen.

Aber jetzt beobachtete sie die Veränderung mit Neugier. Innere Drachen sollten zu ihren menschlichen Hälften sprechen. Sie hatte jedoch keine Ahnung, wovon sie sprachen. Die Ritter hatten immer gesagt, dass es Anweisungen für die menschlichen Hälften waren, Frauen zu finden, um sie zu schwängern, oder jeden Menschen zu töten, der sie herausforderte.

Angesichts der Tatsache, dass der Drachenmann neben ihrem Bett stand, ihr sein Telefon hinhielt und darauf wartete, ihre Stimme aufzunehmen, fiel es ihr schwer zu glauben, dass dies die Wahrheit war.

Ohne nachzudenken, fragte sie: „Was hat Ihr Drache gesagt?"

Er runzelte die Stirn, und seine Pupillen wurden rund und blieben so. „Nichts von Bedeutung. Ich weiß nicht, wie lange ich noch habe, bis das medizinische Personal zurückkehrt, also sagen Sie unserem Team, wie man auf die Dateien zugreifen kann."

So viel zum Thema, mehr über innere Drachen herauszufinden. Vielleicht würden die Kinder ihr mehr erzählen, wenn sie jemals wieder zu Besuch kämen.

Und auch wenn sie bereit war, Zain die Anweisungen zu geben, gab es noch eine Sache, auf die sie alle achten mussten. „Geben Sie diese Informationen bloß nicht dem MDA, okay? Sie sind nicht so vertrauenswürdig, wie Sie denken."

Seine Augen blitzten erneut, bevor er grunzte. „Schön. Aber beeilen Sie sich. und erzählen Sie mir, was ich wissen muss."

Ihr Instinkt sagte ihr, sie solle sich stur stellen und nichts zu sagen. Ivy zwang sich jedoch, ihm die Anweisungen zum Entschlüsseln und Lesen der polizeibezogenen Dateien zu geben.

Sobald sie fertig war, tippte Zain ein paarmal auf sein Handy und ging ohne ein weiteres Wort.

Alles, was sie jetzt tun konnte, war abzuwarten und zu hoffen, dass Zain die Informationen sofort weitergab. Sowohl sie als auch die Drachenwandler würden davon profitieren.

Nicht, dass sie dem Mann irgendwas befehlen

konnte. Also lehnte sie sich an ihre Kissen zurück, und die Erschöpfung setzte ein, die es ihr schwer machte, aufrecht zu sitzen.

Ivy hasste es, einzuschlafen, und kämpfte gegen die Schwere ihrer Augenlider an. Auch jetzt noch, nach so vielen Tagen des problemlosen Aufwachens, fürchtete sie, wieder ins Koma zu fallen. Eines, das sie beim nächsten Mal vielleicht nicht abschütteln konnte.

Und angesichts all dessen, was die Ärzte ihr über die Vergiftung durch die Ritter erzählt hatten und wie fragil ihre Gesundheit war, nahm sie es nicht auf die leichte Schulter, wach zu sein.

Sie kämpfte gegen die Schwere ihrer Gliedmaßen an und schaffte es, nach dem Sammelalbum zu greifen und es zu öffnen. Dort war ein Bild von Freddie, Daisy und einem anderen kleinen Mädchen, die ihre Bilder hochhielten. Auch wenn keiner von ihnen sehr talentiert war, erkannte Ivy, dass es sich um Bilder von Drachen handelte.

Aber die Kunst war nicht das, was ihr ins Auge fiel. Nein, sie konzentrierte sich auf ihr Lächeln. Sie waren so glücklich.

Würde sie je wieder solch einfaches Glück finden? Spaß zu haben und sich keine Sorgen um die nächste Frist zu machen oder zu riskieren, isoliert zu werden, bis sie sie erfüllt hatte.

Mit ein wenig Abstand fragte sich Ivy, warum sie sich jemals in die Schar der Ritter eingereiht hatte.

Dort hatte es kein Glück gegeben, keine Feiern, nichts als Fristen und Angst.

Sicher, ein gewisses Gefühl von Zweck und Zugehörigkeit, aber das überwog nicht das Schlechte.

Hör auf, an die Vergangenheit zu denken, Ivy. Sie konnte es nicht ändern, aber vielleicht wäre ihre Zukunft besser.

Sie berührte das Bild der drei Kinder. Es war zwar keine Garantie, aber wenn die Kinder nochmal zu Besuch kamen, wäre es schön, Zeit mit Leuten zu verbringen, die ihre Existenz ausnahmsweise einmal nicht hassten. Und vielleicht konnte sie endlich auch eine Weile lächeln.

Kapitel Sieben

Zain legte die ausgedruckten Dokumente auf den Tisch und ballte die Finger zu einer Faust. Zu seinem Chef Kai sagte er: „Die verdammten Drachenritter haben auch die Polizei von Cumbria unterwandert."

Cumbria war die Grafschaft, in der sich der Lake District in England befand, zu dem auch Stonefire gehörte. Sie waren sie keineswegs die einzige Polizei mit drachenhassenden Sympathien. Die Liste war um einiges länger, als es Zain lieb war.

Einer der anderen Beschützer im Raum – Nikki Gray, Kais Stellvertreterin – schnaubte. „Ich habe schon vermutet, dass einige von ihnen uns nicht ausstehen konnten. Zumindest waren sie meiner Erfahrung nach abweisend und herablassend, als wäre es Zeitverschwendung, mit mir zu sprechen. Aber ich hätte nie gedacht, dass sie voll und ganz mit einer Gruppe zusammenarbeiten, um uns auszurotten. Es fühlt sich falsch an, dieses Wissen intern zu behalten."

Zain erklärte: „Aber wir können es dem MDA nicht verraten, zumindest nicht, bis wir sicher wissen, ob Ivys Warnung stimmt."

Nikki tippte sich ans Kinn. „Vielleicht können wir es nicht irgendjemandem verraten, aber ich bin sicher, dass Evie ein paar vertrauenswürdige Leute kennt. Und Bram könnte sich wahrscheinlich an die MDA-Direktorin wenden. Ich kann mir nicht vorstellen, dass Rosalind Abbott mit den Rittern im Bunde ist, nicht angesichts dessen, wie hart sie für unsere Rechte und Akzeptanz gekämpft hat."

Kai hob schließlich eine Hand, um ihr Gespräch zu beenden, und sagte: „Im Moment wenden wir uns an niemanden." Er begegnete Zains Blick. „Während wir einen Teil des Inhalts der Dateien überprüfen, möchte ich, dass du mehr Zeit mit dem Menschen verbringst. Es ist durchaus möglich, dass sie die beste Schauspielerin der Welt ist und uns die Informationen liefert, die wir hören wollen."

Es war sicherlich eine Möglichkeit, obwohl sowohl Zains Bauch als auch sein Drache sagten, dass sie nicht so verachtenswert war. Dennoch fragte er: „Was ist mit dem Mord an ihrem Bruder? Glaubst du, dass sie auch daran beteiligt war?"

Kai hob seine blonden Brauen. „Es würde mich nicht überraschen, wenn einige der Ritter ihre Familienmitglieder für den großen Zweck opfern würden."

Zain versuchte sich vorzustellen, dass Ivy vorschlug, ihren Bruder zu ermorden, damit die Drachenwandler ihr glauben würden.

Aber dann erinnerte er sich an die Tränen in ihren Augen, das niedergeschlagene Fallenlassen ihrer Schultern und das Bedauern, das in ihren Augen aufblitzte, wenn sie dachte, dass niemand hinsah. Er hätte nie geglaubt, dass er den Menschen verteidigen würde, aber Zain sagte: „Ich glaube nicht, dass sie diesen Plan vorgeschlagen oder ihm zugestimmt hat. Ich beobachte sie seit fast zwei Wochen im Video-Feed, und wenn sie allein ist, sieht sie immer traurig aus. Wenn man bedenkt, dass sie keine Ahnung hat, dass wir eine Kamera in ihrem Zimmer haben, sollte man doch denken, dass sie unvorsichtig wird, wenn sie allein ist."

Kai lehnte sich in seinem Stuhl zurück, und seine Pupillen blitzten auf, bevor er antwortete: „Es reicht vielleicht nicht aus, sich einen Video-Feed anzusehen. Zumal es viele menschliche Spione gibt, die seit Jahrzehnten ein Leben voller Lügen führen und ihr wahres Gesicht nie gezeigt haben. Es ist durchaus möglich, dass sie das auch tut, mit einer hochentwickelten Rolle, die sie spielt." Kai hielt eine Sekunde inne, bevor er hinzufügte: „Es gibt jedoch einen besseren Weg, um festzustellen, ob sie die Wahrheit sagt oder nur so tut."

Zain mochte das Funkeln in Kais Augen nicht. „Ich weiß, dass du einen Plan hast, also sag uns einfach, was es ist."

Kai trommelte mit den Fingern auf den Tisch. „Nimm sie als deine Gefährtin, lebe mit ihr zusammen und finde die Wahrheit heraus."

Zain blieb der Mund offen stehen, als er versuchte, Kais Worte zu verarbeiten. Drachenwandler nahmen Paarungen ernst, und eine Scheidung war schwierig. Zudem würde ein Großteil des Clans ihm vermutlich den Rücken kehren, wenn er sich mit Ivy zusammentäte.

Es war verdammt viel von ihm verlangt, wenn es ihnen vielleicht nicht einmal die Antworten oder Beweise lieferte, die sie brauchten.

Als er endlich seinen Mund wieder zum Laufen brachte, knurrte Zain: „Ich weiß, dass du und Jane Kommentare darüber gemacht habt, dass ich eine Gefährtin finden soll, aber das ist verdammt lächerlich."

Nikki beugte sich vor und sagte: „Es ist doch eine brillante Idee. Du könntest alles herausfinden, was sie weiß, sie genau beobachten, um zu sehen, ob sie echt ist oder nicht, und nicht einmal Dr. Sid könnte deine Zeit an ihrer Seite einschränken, wie sie es jetzt kann. Es sei denn, dein Ruf und deine Beliebtheit sind dir wichtiger, als den Schlüssel zu finden, um einen unserer Feinde zu vernichten?"

Zain kniff die Augen zusammen und sah in Nikkis Richtung. Die Frau konnte ganz schön dick auftragen, wenn sie es versuchte. „Würdest du dich mit einem ehemaligen Drachenritter oder Drachenjäger paaren, nur um Informationen zu bekommen?"

Sie winkte das mit einer Hand ab. „Das ist ein lahmer Punkt, nicht wahr? Ich bin schon gepaart und habe noch dazu eine Tochter. Ich bin definitiv vom Markt."

Er war versucht, Nikki zu einer Reihe von zermürbenden Flugroutinen herauszufordern, damit er ihr in den Arsch treten konnte, wie ihr menschlicher Gefährte es erlaubte.

Kai klopfte mit den Knöcheln auf den Tisch. „Hier geht's nicht um Nikki. Ich könnte einen der anderen Beschützer fragen, aber du bist am geschicktesten darin, Körpersprache zu lesen, ganz zu schweigen von meinem Top-Vernehmungsbeamten. Und der Mensch fühlt sich in deiner Nähe auch immer wohler. Sei ehrlich – das ist die beste Option, und du weißt es. Und es ist ja nicht so, als müsstest du mit ihr schlafen, sondern nur mit ihr zusammenleben."

Sein Drache wurde hellhörig. *Warum sollten wir sie nicht ficken? Das ist doch der beste Teil an der Paarung – immer einen Sexpartner zu haben.*

Mag sein, dass du mit allem schlafen würdest, was eine Vagina hat, aber ich habe gewisse Standards. Und mörderische Eiferer gehören definitiv nicht dazu.

Kais Stimme hinderte seinen Drachen daran, zu antworten. „Denk einfach darüber nach. Ich werde dich morgen nochmal fragen und von dort aus Pläne schmieden."

Würde ein Tag wirklich seine Reaktion und sein Herz verändern? Nicht wirklich.

Obwohl er es gern mit allem, was er hatte, leugnen würde, *war* der Plan seine beste Chance, alles über Ivy Passmore herauszufinden.

Und je früher er das tat, desto eher konnte sein Clan planen, die Drachenritter ein für alle Mal zu demontieren und zu zerstören.

Mit anderen Worten: Um seine Mission zu erfüllen, müsste er eine Weile seine eigenen Wünsche hintenanstellen. Und es war ja nicht so, als wäre das dauerhaft. Er könnte sich schließlich scheiden lassen.

Was die Tatsache anging, dass er gemieden würde: Sobald er seine Rolle und den Grund dafür enthüllen konnte – einen ihrer Feinde zur Strecke zu bringen und die Angst zu beenden – würden die Clanmitglieder, die ihn geächtet hatten, ihn wieder willkommen heißen.

Sein Drache grunzte. *Wenn sie uns in den harten Zeiten nicht zur Seite stehen, warum sich dann später mit ihnen abgeben?*

Also sage ich Kai Nein? Es ist nicht einfach, gemieden zu werden, wenn man den gesamten Clan beschützen soll.

Wir können immer noch unsere Arbeit machen. Und es ist ja nicht so, als wärst du jetzt Mister Gesellschaftslöwe.

Zain seufzte innerlich. *Du wirst so lange weitermachen, bis ich dem zustimme, nicht wahr?*

Natürlich. Außerdem, überleg es mal so – Ivy um uns zu haben, ist einen Schritt näher daran, mit einer Frau zu schlafen als jetzt.

Und die Leute dachten, menschliche Männer dachten die ganze Zeit nur an Sex. Innere Drachen waren so viel schlimmer.

Bevor sein Tier ein Wort sagen konnte – und erst recht, bevor Zain seine Entschlossenheit verlor –, platzte er heraus: „Ich mache es. Allerdings habe ich noch ein paar Bedingungen."

Kai nickte. „Dann lass mal hören."

Als Zain durchging, was er wollte, versuchte er, das Gefühl der Vorfreude zu ignorieren, das in seinem Magen schwirrte.

Nicht, weil er sich darauf freute, die Frau zu paaren. Nein, das war verdammt lächerlich. Es war für das ultimative Ziel, einen langjährigen Feind zu besiegen, und nicht mehr.

Ivy hatte gerade ihr Mittagessen beendet – was würde sie nicht dafür geben, wieder eine Pizza oder ein Curry essen zu können, anstatt der weichen, faden Mahlzeiten, die sie ihr gaben –, als jemand an die Tür klopfte. Sie erwartete Dr. Sid oder Dr. Innes und rief: „Herein!"

Die Tür öffnete sich und enthüllte eine große Frau mit gebräunter Haut, braunen Augen und dunklen Haaren bis zur Taille. Ein etwas anderer, aber vertrauter Tattoo-Stil spähte aus ihrem kurzärmeligen Oberteil hervor. Bevor sie sich zurückhalten konnte, platzte Holly heraus: „Sind Sie wirklich eine Drachenwandlerin?"

Die Frau lächelte, nickte und schloss die Tür hinter sich. „Ja, das bin ich. Mein Name ist Dr. Serafina Rossi."

Ihr Englisch war perfekt, aber mit einem leichten Akzent. In Kombination mit ihrem Namen und Aussehen vermutete Ivy, dass sie aus Italien stammte. „Noch eine Ärztin? Nun, warum sind Sie hier? Ich glaube nicht, dass noch viel Blut in mir ist, das sie entnehmen könnten."

„Nein, ich bin nicht die Art von Arzt." Sie trat einen Schritt näher an Ivys Bett. „Ich bin Psychologin."

Ivy hatte nie wirklich viel über Psychiater nachgedacht, bevor sie von den Freunden der Welt angelockt worden war. Aber da diese Therapeuten sie einer Gehirnwäsche unterzogen hatten, um sich den Drachenrittern anzuschließen, betrachtete Ivy die Frau vorsichtig. „Ich brauche Ihre Hilfe nicht."

Serafina neigte den Kopf. „Ich habe erwartet, dass Sie das sagen würden."

Sie musterte die andere Frau. „Warum sind Sie überhaupt hier?"

Die Drachenfrau zuckte mit den Schultern. „Ich habe mit Zain an Ihrem Fall gearbeitet und hatte das Gefühl, dass es Zeit für mich war, mit Ihnen zu sprechen."

Sie hatte schon vermutet, dass die Leute hinter ihrem Rücken über sie sprachen, aber es schien, als würden sie mehr tun als nur zu klatschen. Ivy fragte: „Warum jetzt? Ich bin seit fast zwei Wochen wach."

Serafina hob ihre dunklen Augenbrauen. „Hätten Sie mir in den ersten Tagen zugehört?"

„Nein", antwortete sie.

„Richtig, also habe ich gewartet, zugeschaut und zugehört. Sie haben in kürzester Zeit viel erreicht, doch Ihr Leben wird bald weitere Veränderungen erfahren, daher dachte ich, wir sollten uns unterhalten."

Sie musterte den Blick der Drachenfrau. „Was für Veränderungen?"

Serafina deutete im Raum herum. „Sie werden nicht für immer in diesem Krankenhausbett sein, richtig? Was werden Sie tun, sobald Sie wieder laufen können? Wohin werden Sie gehen? Wenn die Drachenritter nicht besiegt werden, werden sie Sie in dem Moment, in dem Sie Stonefire verlassen, finden und eine ihrer Schwächen auslöschen."

Ivy hatte sich nie als eine der Schwächen der Ritter angesehen, aber angesichts der Daten, die sie gestohlen hatte, war sie wahrscheinlich eine größere Bedrohung, als sie gedacht hatte. Damals, als sie den Stick gestohlen hatte, waren die Daten nur ein Mittel zur Sicherheit gewesen.

Was gescheitert war.

Richard. Bilder von ihrem älteren Bruder, wie er lachte, seinem Partner, der Ivy neckte, und wie sie zu dritt im Sommer etwas Zeit auf dem Brighton Pier genossen, kamen zurückgerauscht.

Serafinas leise Stimme drang in ihre Erinnerungen. „Sie denken an Ihren Bruder, richtig?"

Ihr Blick schoss zu der Drachenfrau. „Warum sagen Sie das?"

„Nach allem, was ich gelesen habe, waren er und sein Partner Ihre einzige Familie, Ihre einzigen Schwachstellen. Nun, es sei denn, Sie sehnen sich heimlich danach, zu den Rittern zurückzukehren."

„Niemals", fauchte sie und die Heftigkeit überraschte sogar sie selbst.

Serafina nickte. „Das dachte ich mir, und Ihre Antwort ist glaubwürdig. Sie werden jedoch hart daran arbeiten müssen, alle davon zu überzeugen, dass das die Wahrheit ist."

Ivy sollte nichts sagen und der Drachenfrau nur erzählen, was sie hören wollte. Das würde sie so schnell wie möglich aus ihrem Zimmer bringen.

Und doch überflutete Wut ihren Körper. Wut darüber, was sie ihrem Bruder angetan hatte, auf die Ritter, weil sie sie benutzt und entsorgt hatten, und sogar Wut, weil niemand ihr glaubte, wenn sie doch verdammt aufrichtig war.

Sie hatte schreckliche Dinge getan und würde immer damit leben müssen. Aber Ivy versuchte ihr Bestes, es wiedergutzumachen, und niemand schien es zu bemerken oder sich einen Scheißdreck darum zu scheren.

Und während Serafina nichts gesagt hatte, was nicht schon von anderen gehört hatte, machte etwas in Ivy Klick. „Was muss ich verdammt nochmal sonst tun? Ich wäre fast gestorben, als ich mit Informationen hierherkam, die Sie gebraucht haben. Dann habe ich ein Jahr meines Lebens im Koma verloren, dank einer unbekannten Droge, die mir die Ritter verabreicht haben. Und ich habe Informationen angeboten, wann immer ich danach gefragt wurde. Muss ich mir ein Bein abschneiden, um zu beweisen, wie ernst es mir ist? Oder muss ich selbst in den Kampf stürmen und helfen, die Ritter zu besiegen, bevor mir jemand eine Chance gibt? Sagen Sie mir, Dr. Rossi, was ist der magische nächste Schritt, den ich auf meinem Weg der Genesung unternehmen muss?"

Die Ärztin zögerte nicht. „Mit dem Clan ist das einfach – geben Sie ihnen alle Informationen, die sie benötigen, um die Daten zu entschlüsseln, die Sie mitgebracht haben."

„Ich habe bereits angeboten, das zu tun, aber Zain sagte, ich könne mich nicht mit den Männern oder Frauen treffen, die für diese Aufgabe zuständig sind."

Serafina verschränkte die Arme vor der Brust. „Dann werde ich sehen, was ich ausrichten kann. Aber der andere Aspekt, sich innerlich mit dem, was Sie getan haben, zu arrangieren, wird viel schwieriger sein."

Ivy dachte nicht, dass sie sich jemals verzeihen könnte, was ihrem Bruder und David geschehen war. Nichts würde einen von ihnen von den Toten zurückbringen.

Sie war jedoch in einer solchen Stimmung, dass sie mit der Hand deutete und verlangte: „Dann geben Sie mir Ihren Rat, Doktor."

„Sie müssen in erster Linie richtig trauern. Und sich zu regelmäßigen Sitzungen mit mir verpflichten. Ich denke, Sie brauchen mindestens eine Person, bei der Sie ganz Sie selbst sein können, ohne etwas verbergen zu müssen. Und da Sie meine Patientin sind, werde ich kein Urteil fällen. Jeder Schritt, den ich mache, basiert auf dem, was meiner Meinung nach getan werden muss, um Ihnen bei der Heilung zu helfen."

Ivy knurrte: „Das kommt dem nahe, was mir die Freunde der Welt erzählt haben, als sie mich angelockt haben, damit ich mich den Drachenrittern anschließe."

Serafina neigte den Kopf. „Während die Beschützer mehr über diesen Prozess mit den ‚Freunden der Welt' erfahren wollen, mache ich mir größere Sorgen um Sie. Ich bin eine voll lizenzierte Psychologin, im Gegensatz zu den unechten, mit denen Sie zuvor zu tun hatten. Mein Ziel ist nicht die Gehirnwäsche. Nein, es ist genau das Gegenteil – Ihnen zu helfen, die Welt mit Ihren eigenen Augen zu sehen."

Für den Bruchteil einer Sekunde sehnte sich Ivy danach, jemanden zu haben, bei dem sie alles abladen konnte, eine Person, mit der sie sprechen konnte, die nicht knurren, herablassend sein oder sie voller Hass anreden würde.

Und doch machte der Gedanke, Serafina so viel von sich zu geben, sie nervös. Die Ritter hatten die Informationen aus ihren Sitzungen im Laufe der Jahre gegen sie verwendet, um sie auf der Spur zu halten. Nicht nur das, sondern ihre persönlichen Enthüllungen hatten sie wahrscheinlich auch direkt zu ihrem Bruder und dessen Partner geführt.

Diesmal hatte Ivy jedoch nichts zu verlieren. Keine Familie, keine Freunde. Nicht einmal ein paar Pfund gehörten ihr.

Da sie nichts zu verlieren hatte, zuckte sie mit den Schultern und sagte: „Gut. Aber nicht heute. Ich brauche Zeit, um mich an den Gedanken zu gewöhnen, mit jemandem über einige der schlimmsten Dinge zu sprechen."

Serafina stand auf und nickte. „Ich hatte ohnehin nicht vor, heute mit Ihnen anzufangen. Aber rufen Sie mich jederzeit, Ivy. Ich habe so das Gefühl, dass Sie mich früher brauchen werden, als Sie vielleicht denken."

Mit dieser kryptischen Aussage verließ Serafina den Raum und ließ Ivy wieder allein, bevor sie nach einem Treffen mit dem IT-Personal fragen konnte, das an ihren USB-Stick-Daten arbeitete.

Diese Bitte würde sie so schnell wie möglich erneut stellen müssen.

Als Ivy jedoch in ihrem Bett saß und auf die leere Wand starrte, war es schwer zu glauben, dass sie wirklich gerade zugestimmt hatte, regelmäßig mit

Serafina zu sprechen, wobei sie höchstwahrscheinlich ihre Seele entblößen würde.

Das einzig Gute war, dass es stimmte – Ivy hatte
nichts zu verlieren. Nein, sie hatte nur Dinge zu
gewinnen. Nämlich die Fähigkeit, zu trauern und
gelegentlich Dampf abzulassen. Es würde einige Zeit
dauern, um zu den schwierigeren Dingen vorzusto-
ßen, wie ihrer massiven Schuld, und vielleicht sogar
dazu, sie eines Tages zu überwinden.

Und es war nicht so, als hätte sie irgendwelche
Freunde unter den Drachen, mit denen sie das tun
konnte.

Wenn also niemand mit ihr reden wollte, nur
weil sie versuchte, besser zu sein und den ersten
Schritt zu machen, dann würde sie alles nehmen,
was sie bekommen konnte. Selbst Ivy konnte einsam
werden, und die Krankenschwestern und spärlichen
Besuche von Zain und ein paar anderen reichten bei
weitem nicht aus.

Nur die Zeit würde zeigen, ob ihre Sitzungen mit
Serafina einen verdammten Unterschied in ihrer
Situation in Stonefire bewirken würden.

Kapitel Acht

Am nächsten Morgen hatte Ivy ihre Physiotherapie-Sitzung mit Krankenschwester Ginny gerade beendet, als Zain ins Zimmer kam.

Sie hatte ihn nach den Kindern fragen wollen, ob sie sie wieder besuchten, aber etwas an der Entschlossenheit in seinem unerschütterlichen Blick ließ ihr die Stimme in der Kehle ersterben.

Er blieb neben ihrem Bett stehen und starrte weiter, als hätte er sie noch nie zuvor gesehen.

Zwar hatte die Krankenschwester ein Trockenshampoo verwendet, um ihr Haar von Fett zu befreien, doch es war nicht so, als würde ein sauberes Aussehen die Aufmerksamkeit des Drachenmannes erregen.

Er nickte und sagte dann: „Heute ist Ihr Glückstag, Ivy Passmore."

Etwas daran, dass seine Augen blitzten, machte sie misstrauisch. Vorsichtig fragte sie: „Warum?"

„Weil Sie einen Gefährten bekommen, was bedeutet, dass Sie vorerst vor dem MDA und den anderen Clanmitgliedern geschützt sind."

Gefährte war der Begriff, den Drachen für ihre Ehepartner verwendeten, und sie schnaubte fast über die Absurdität von Zains Aussage. „Hören Sie auf, Witze zu reißen und Zeit zu verschwenden, Zain. Ich würde lieber besprechen, ob Sie auf die Informationen über die korrupten Polizisten zuge-griffen haben oder nicht?"

Er grunzte. „Das haben wir, und wir reden später darüber. Aber ich mache keine Scherze, Ivy. Wir werden noch heute gepaart."

Sie blinzelte. „Was?"

„Nein, ich werde jetzt nicht gestehen, dass ich heimlich in Sie verliebt bin. Aber jetzt, da Sie wach sind, ist es nur eine Frage der Zeit, bis jemand beim MDA durchsickern lässt, dass Sie hier sind. Also sind wir proaktiv."

Zu viele Gedanken schwirrten durch ihr Gehirn, und alles, was sie sagen konnte, war: „Ich kann keinen Drachenwandler heiraten."

Zain beugte sich vor, seine Augen nur wenige Zentimeter entfernt. „Sie können und Sie werden."

Etwas an der Gewissheit in seinem Ton, als ob er ein Vater wäre, der einem Kind sagt, was es zu tun hat, riss sie aus ihrem Schock heraus. „Ich weiß, man sollte einem geschenkten Gaul nicht ins Maul schauen, aber selbst wenn ich einen Drachen-wandler zum Schutz heiraten würde, würde ich hoffen, es wäre jemand, der mich nicht so offensicht-lich hasst."

Er beugte sich noch näher vor, bis zu dem Punkt, an dem sie die Hitze seines Atems auf ihrem Gesicht spüren konnte. „Hass ist ein starkes Wort. Außerdem kann ich Sie auf diese Weise im Auge behalten."

Sie hatte das Gefühl, dass dies der wahre Grund für den absurden Paarungsvorschlag war.

Und während Zain weiter in ihren persönlichen Raum eindrang und Ivy sich nicht zurückziehen konnte, versuchte sie, nicht auf seine Lippen zu schauen. Das sollte sie wirklich nicht. Doch ihre Neugier gewann die Oberhand, und sie bemerkte sofort, wie voll und verführerisch seine Lippen waren, als sollte sie sie jeden Tag küssen.

Ganz zu schweigen von der Hitze und dem Duft, der für Zain einzigartig war und ihre Nase füllte, und für ein paar Sekunden spielten ihre Traurigkeit, ihre Vergangenheit, all das keine Rolle mehr. Sie fühlte sich ... geborgen.

Nein. Sie musste aufhören, auf die seltsamen Pheromone des Drachen hereinzufallen, oder was auch immer es war, das mit ihrem Gehirn spielte, wenn Zain in der Nähe war.

Ivy zwang ihren Blick knapp über seine Schulter und fixierte ein verblasstes Bild eines Sees mit Bergen im Hintergrund, was ihr half, sich auf Zains

Worte zu konzentrieren, nicht auf seinen unbestreitbar athletischen Körper.

Wenn sie ihn paaren würde, müsste sie zweifellos die ganze Zeit in seiner Nähe sein. In seiner ruhigen Präsenz musterte er sie, als wäre sie ein seltenes Insekt.

Niemals sagte er etwas, um sie aufzumuntern, oder scherte sich auch nur darum, was in ihrem Gehirn vor sich ging.

Schon, sie hatte Serafina, der sie sich bis zu einem gewissen Grad anvertrauen konnte. Aber Ivy hatte die Ehe – ähm, Verpaarungen – immer als einen ernsten Schritt in ihrem Leben gesehen. Sie musste es vielleicht zum Schutz tun, aber es musste einen weniger intensiven Drachenwandler geben, der sich dazu bereit erklärte.

Sie sagte schließlich: „Es muss jemand anderen geben."

Er wich zurück. „Nein, es gibt nur mich. Bram und ein paar Zeugen werden in Kürze hier sein. Und bevor Sie dagegen protestieren, in ihrem Krankenhaushemd gepaart zu werden, werden Nikki und Jane kommen, um Ihnen zu helfen, etwas anderes anzuziehen. Ich habe keine Ahnung, was – und ehrlich gesagt ist mir das gleich –, aber Sie können Nikki für diese kleine Geste danken."

Sie zwang ihren Blick wieder zu seinem, zu dem schroffen Mann, den sie heiraten sollte. „Es ist mir egal, ob ich hübsch aussehe oder eine Art von Freundlichkeit empfange. Ich gewöhne mich kaum daran, dass Sie einmal am Tag vorbeikommen. Sie die ganze Zeit in meiner Nähe zu haben, wird meiner Gesundheit schaden."

Er schnaubte. „Klar, sagen Sie das. Aber keine Sorge. Sie haben Serafina kennengelernt, und sie wird Ihnen helfen, Ihre Angst vor Drachenwandlern zu überwinden. Mit ihr und den Kindern, die Sie besuchen, sollten Ihre Befürchtungen langsam dahinschmelzen."

Er sprach, als hätte sie absichtlich Angst, nur um ihn zu irritieren. Ivy beugte sich ein Stückchen vor. „Sie können nicht einfach mit den Fingern schnipsen und alles in Ordnung bringen."

„Nein, aber es ist nicht so, als hätten Sie in dieser Angelegenheit eine Wahl, oder?"

Als sie einander anstarrten und keiner von ihnen sprach, stieg Ivys Herzfrequenz.

Die harten Ebenen seines Gesichts sollten sie erschrecken. Und doch zog das tiefe Braun seiner Augen sie an, was sie dazu brachte, mehr über ihn wissen zu wollen.

Nein. Sie rutschte so weit von ihm weg, wie sie konnte, was nicht viel war. Eine längere Zeit in der Nähe von Zain zu verbringen, war eine schlechte Idee, eine wirklich schlechte Idee.

Weil sie es zwar leugnen konnte, aber sie würde vielleicht anfangen, den Drachenmann zu wollen, wenn er die ganze Zeit da wäre und auch nur den geringsten Hauch von Freundlichkeit zeigte.

Und Ivy wollte nicht, dass die Versuchung sie

von ihrem eigentlichen Ziel ablenkte: die Drachen-ritter auszurotten.

Er richtete sich langsam wieder auf. „Und noch eine letzte Sache – öffnen Sie sich mir und arbeiten Sie mit uns zusammen, dann sorge ich dafür, dass derjenige, der Ihren Bruder und seinen Partner getötet hat, ganz oben auf meiner Liste der Drachen-ritter steht."

Also ließ er jetzt einen Leckerbissen vor ihrer Nase baumeln? Das musste er nicht, was ihre Neugier weckte. „Warum versprechen Sie das?"

„Ich möchte, dass alle Ritter ausgeschaltet werden, also ist es nicht so viel zusätzliche Arbeit, einen oder eine kleine Gruppe von ihnen zu finden."

Wenn Ivy mit den Stonefire-Drachen koope-rierte, würden sie die Mörder ihres Bruders sowieso finden.

Sie würde jedoch vielleicht nie erfahren, wer sie waren.

Nein, das könnte die einzige Möglichkeit sein, die Namen der Mörder zu erfahren und einen Abschluss zu bekommen. Denn selbst wenn sie sie nicht persönlich gekannt hatte, würden Namen allein es ihr ermöglichen, eine bestimmte Person oder jemanden zu beschuldigen.

Nun, zum größten Teil. Ivy würde nie voll-ständig von ihrem Anteil an allem freigesprochen werden.

Sie wollte jetzt nicht mehr darüber nachdenken, während über ihre Zukunft entschieden wurde, und sah Zain an. Sie spürte, dass er recht hatte – sie hatte keine andere Wahl. Ivy hatte jedoch noch eine letzte Frage, bevor sie dem lächerlichen Plan zustimmte. „Es wird nur rechtlich gesehen eine Ehe sein, nicht wahr?"

Zains Pupillen blitzten ein paarmal, bevor er sich räusperte und sagte: „Ja. Trotz allem, was die Ritter Ihnen vielleicht gesagt haben, vergewaltige ich keine Frauen zum Vergnügen. Wenn eine Frau in meinem Bett ist, ist sie bereitwillig da."

Er war arrogant, so viel stand fest. Das war eine der wenigen Behauptungen der Ritter, die sich in Bezug auf Drachenwandler als wahr erwiesen hatten, zumindest in Zains Fall. „Das ist keine Antwort."

Er hob die Brauen. „Nur, wenn es bedeutet, dass Sie das geringste Interesse daran zeigen, in meinem Bett zu sein."

Ivy zog die Decken bis zu ihren Schultern, obwohl der dünne Stoff nichts tun konnte, um sie vor dem großen, muskulösen Drachenmenschen zu schützen, der nicht mehr als einen halben Meter entfernt war. Sie räusperte sich. „Das wird für mich kein Problem sein."

„Gut. Dann sind Nikki und Jane in Kürze da. Das nächste Mal, wenn Sie mich sehen, wird es sein, um mich zu paaren."

Zain verließ den Raum, und Ivy ließ die Decke fallen, während sie einen riesigen Seufzer ausstieß.

Wenn ihr noch vor ein paar Tagen jemand gesagt

hätte, dass sie einen Drachenmann paaren würde, hätte sie demjenigen ins Gesicht gelacht.

Schon, es war nicht so, dass sie wirklich eine Wahl in dieser Angelegenheit hatte, wenn sie weiter Schutz wollte. Ihre ehemaligen Kollegen hätten jedoch eher versucht, sie zu entführen und in eine Höhle zu ketten, anstatt sie das durchziehen zu lassen.

Natürlich waren sie nicht mehr ihre Kollegen. Nein, sie waren ihre Feinde.

Also würde Ivy es durchziehen. Aber wenn Zain dachte, sie würde jemals sein Bett teilen, konnte er lange warten. Selbst wenn man ihre Ängste und Zweifel an seiner Spezies beiseiteließ, hatten Menschenfrauen, die Halb-Drachenwandler-Babys zur Welt brachten, nicht nur eine fünfzigprozentige Wahrscheinlichkeit, bei der Entbindung zu sterben, sie wurden oft auch von einem großen Teil der menschlichen Gesellschaft geächtet.

Ivy wollte nichts davon. Sie hatte fast fünf Jahre ihres Lebens damit verbracht, im Geheimen mit den Rittern zu arbeiten und jeden, den sie kannte, außerhalb dieser Organisation zu verlassen. Sie wollte das alles nicht nochmal durchmachen müssen.

Sobald die Ritter erledigt waren, würde Ivy einen Weg finden, zu entkommen und irgendwo auf der Welt mit einer neuen Identität von vorn anzufangen.

Und das wäre ihre Motivation, die Paarungszeremonie zu überleben und wahrscheinlich mit einem mürrischen Drachenmann zusammenzuwohnen, wer wusste wie lange.

Weniger als eine Stunde später, kurz nachdem Ivy schließlich eingeschlafen war, klopfte es laut an ihrer Tür. Sie hatte kaum die Augen geöffnet, als zwei Frauen den Raum betraten.

Nun, eine war eine Menschenfrau – Jane. Die andere mit dunklem Haar und hellgoldener Haut hatte das verräterische Tattoo eines Drachenwandlers auf ihrem Bizeps.

Die Drachenfrau war ein bisschen kleiner als Jane, was selten war, da Drachenwandler normalerweise sehr groß waren. Vielleicht war ihre Mutter ein Mensch gewesen.

Nicht, dass sie diese Frage jemals stellen und riskieren würde, einen Drachenwandler zu verärgern, den sie noch nie zuvor getroffen hatte.

Als Ivy noch versuchte, sich zu überlegen, was sie tun oder sagen sollte, meldete sich die Drachenfrau zu Wort. Ihr Akzent war das gleiche nördliche Englisch wie bei allen anderen, die ursprünglich aus Stonefire kamen. „Sie müssen mich nicht so ansehen, als wollte ich Sie ausweiden. Vielleicht wäre ich, bevor ich meine Tochter bekommen hab', in Versuchung gewesen, aber jetzt muss ich mit gutem Beispiel vorangehen. Toleranz beim ersten Treffen und all das. Aber nur, weil Sie uns so viele nützliche

Informationen gegeben haben." Die Drachenfrau trat näher auf Ivys Bett zu. „Aber tun Sie irgendwas, um meinen Gefährten oder meine Tochter zu verletzen, und Toleranz ist aus dem Fenster."

Ivy war immer beigebracht worden, dass weibliche Drachenwandler schwach waren und taten, was die Männer wollten. Doch nach Dr. Sid und jetzt dieser Drachenfrau begann Ivy zu glauben, dass es eine weitere Lüge war, die sie wegwerfen musste.

Jane schnaubte. „Sei ein bisschen netter, Nikki. Sie wird Zain paaren, was bedeutet, dass sie noch genug Drohungen und Alpha-Gehabe bekommen wird."

„Hey, das ist ihre Wahl, nicht meine." Nikki sah Ivy an. „Außerdem war ich diejenige, die sich dafür eingesetzt hat, dass Ivy ein echtes Kleid für ihre Paarungszeremonie bekommt. Ich weiß ja nicht, wie es dir geht, aber ich wollte nicht, dass mein Po bei diesem Anlass raushängt."

Da die beiden mehr miteinander als mit Ivy zu sprechen schienen, beschloss sie, etwas einzuwerfen. „Es ist mir egal. Es ist ja keine richtige Ehe."

„Paarung", korrigierte Jane. „Egal, ich möchte Ihren Po bei der Zeremonie nicht sehen. Und da ich da sein werde, zusammen mit meinem Gefährten, ziehen wir Sie jetzt aus meinen eigenen egoistischen Gründen um."

Jane verhielt sich nonchalant, aber Ivy spürte, dass die Frau nur so tat, als ob es ihr nichts bedeutete, in Wirklichkeit jedoch wollte, dass es ein wenig Normalität bei dem Ereignis gab.

Ivy hatte nicht gelogen – es war ihr egal, was sie trug, so oder so. Aber als sie sich vorstellte, dass Fremde auf ihren Po starrten, tat sie ihr Bestes, sich aufzusetzen, wenn auch langsam. „Schön. Dann beeilen wir uns und bringen es hinter uns."

Jane setzte sich auf die Bettkante. „Noch nicht ganz. Zuerst werden wir uns unterhalten."

Verdammt großartig. Alle schienen ein Gespräch oder eine Unterhaltung im Sinn zu haben. Sogar die Kinder waren vorbereitet gekommen.

Da der schnellste Weg war, es hinter sich zu bringen, zu schweigen und zu nicken, tat Ivy dies.

Nikki lachte. „Es ist fast so, als ob sie dich schon kennt, Jane. Sie wehrt sich nicht einmal gegen das Gebot."

Jane hob eine Braue. „Und ein Ratschlag, Ivy – machen Sie das mit dem Nicken und Lächeln nicht bei Ihrem Drachenmann. Zain ist stur und entschlossen und im Vergleich zu den meisten anderen Drachenwandlern, die ich kenne, eine ziemlich verschlossene Person. Wenn Sie nicht versuchen, ihn gelegentlich zu überrollen – indem Sie Ihre Meinung sagen und nicht nachgeben –, werden Sie nie etwas über ihn erfahren."

Sie runzelte die Stirn. „Warum sollte ich das überhaupt wollen? Sobald jeder von mir bekommen hat, was er braucht, wird er sich von mir scheiden lassen. Ich denke doch, Drachenwandler lassen sich scheiden, nicht wahr?"

Nikki nickte. „Das tun sie, aber es ist selten. Wenn Sie jedoch am Ende Zains wahre Gefährtin sind, etwas, das er nicht wissen wird, bis Sie nicht mehr mit Drogen vollgepumpt und endlich wieder gesund sind, wird er Ihnen vielleicht keine geben."

Ivy blinzelte. „Moment, wovon sprechen Sie? Ein Drache sieht seine wahre Gefährtin, beansprucht Sie, ob sie will oder nicht, nimmt dann das Kind und lässt die Frau links liegen, bis er für weiteren Nachwuchs bereit ist. Ich kann nicht Zains Gefährtin sein, da er nichts von diesen Dingen getan hat."

Nikki hob die Brauen. „Ist das der Müll, den sie einem da beibringen? Kein Wunder, dass Sie uns so sehr hassen. Mein wahrer Gefährte ist übrigens ein Mensch. Und wenn Sie Rafe fragen, wird er bestätigen, dass ich ihn nicht vergewaltigt habe, um ein Kind zu zeugen." Sie lächelte verschmitzt. „Die Empfängnis eines Kindes kann der spaßige Teil sein, wenn man es richtig macht."

Sie blinzelte. „Ihr Gefährte ist ein Mensch? Ich hätte nicht gedacht, dass menschliche Männer mit einer Drachenfrau zusammen sein können."

Jane warf Nikki einen Blick zu, bevor die Frau zu Ivy sagte: „Sie haben Ihnen aber einen echten Mist erzählt, nicht wahr? Ich bin schon fast so weit, Zain zu sagen, er solle warten mit der Verpaarung, bis Nikki, ich und wahrscheinlich Mel und Evie uns mit

Ihnen hingesetzt und Ihnen die Wahrheit über das Leben mit einem Drachenwandler erzählt haben."

Ivy erkannte einen der Namen. „Melanie Hall-MacLeod. Sie hat doch dieses Buch geschrieben, das fiktive, um Drachen gut dastehen zu lassen."

Jane runzelte die Stirn. „Nein, das stimmt alles. Ich habe von den Büchern gehört, zu denen sie Sie zwingen, sie zu lesen, und nachdem ich selbst Auszüge aus den Akten gelesen habe, die Sie uns gebracht haben, verstehe ich allmählich, warum Sie Drachen so sehr fürchten. Aber das ist alles Müll, Ivy. Mel liebt Tristan, und während Tristan für den Rest von uns ein mürrisches Arschloch sein kann, verehrt er Melanie und seine Kinder. Sie sollten es selbst sehen."

Ivy sah von Jane zu Nikki und wieder zurück. Sagten sie die Wahrheit? War alles, was sie jemals über Drachenwandler von den Rittern erfahren hatte, eine Lüge gewesen?

Sie schloss die Augen, legte eine Hand auf ihre Stirn und atmete ein paarmal tief durch. Die meisten, die sie in Stonefire getroffen hatte, schienen so normal zu sein. Und die meisten von ihnen waren glücklich und machten sogar gern Witze.

Sicherlich konnte doch nicht ein ganzer Clan schauspielern und nur versuchen, sie zu täuschen.

Vielleicht waren die Drachenwandler und ihre Gefährten wie Menschen anderswo auf der Welt. Sie liebten, lebten und versuchten ihr Bestes, um den Tag zu überstehen.

Aber wenn das die Wahrheit war, dann hatte Ivy so viele verletzt, weil sie das geglaubt hatte, was ihr beigebracht worden war – einige von ihnen irreparabel. Schließlich war sie jahrelang die leitende Drogenforscherin gewesen, bevor sie die Ritter verlassen hatte. Nur wegen ihrer Formeln hatten die Drachen endlich begonnen, schwächer zu werden.

Und wenn man überlegte, dass sie seit einem Jahr bewusstlos gewesen war, wer wusste schon, was sich die Ritter in dieser Zeit ausgedacht hatten.

Die Drachenwandler konnten in echter Gefahr sein.

Ivy konnte ihnen mehr helfen, als nur die Dateien zu entschlüsseln; sie konnte ihnen Gegenmittel nennen oder mitwirken, sie für etwaige neue Versionen zu entwickeln, die aufgetaucht waren, während sie im Koma gelegen hatte. Aber konnte sie sich überwinden, den Drachen zu helfen? Konnte sie den Sprung schaffen und glauben, dass die Drachenwandler nicht aus einer Laune heraus Menschen vergewaltigen und töten wollten, mit dem einzigen Ziel, die Weltherrschaft zu übernehmen?

Sie rieb sich erneut die Stirn, obwohl dies nichts dazu beitrug, den Schmerz in ihrem Gehirn und Herzen zu lindern.

Nikkis leise Stimme erreichte ihre Ohren. „Ich weiß, das alles ist zu viel und zu früh. Und wenn ich ehrlich bin, sollten wir uns mehr zurückhalten, als wir es haben. Aber ich sage: Quatsch! Freunde von mir haben wegen der Ritter gelitten. Wenn es auch nur eine geringe Chance gibt, dass ich Ihnen ein paar Dinge erzähle, die Ihnen helfen werden, Ihren Verstand zu beeinflussen, dann werde ich es tun und nicht aufhören. Denn so sehr wir einander auch in der Vergangenheit gehasst haben mögen, wir können in Zukunft viel Gutes tun, wenn wir zusammenarbeiten. Vielleicht können Sie sich sogar vor dem Clan reinwaschen und haben dann einen Ort, an den Sie gehören können."

Ivy senkte die Hand, öffnete die Augen und begegnete Nikkis dunkelbraunem Blick. Sie bemerkte kaum die blitzenden Pupillen, ein wahrer Beweis dafür, wie weit sie in so kurzer Zeit gekommen war. Und zum ersten Mal sah Ivy Nikki einfach als eine weitere Person und nicht als potenziellen Feind, der so vielen Menschen wie möglich schaden wollte.

Und selbst wenn die Drachen sie schließlich hinauswarfen, hatte Ivy viel wiedergutzumachen. Sie konnte ihren Bruder oder dessen Partner nicht zurückbringen, geschweige denn den ganzen Schaden reparieren, den sie mit ihren chemischen Verbindungen angerichtet hatte. Sie konnte die Drachenwandler jedoch mit so viel Wissen wie möglich ausrüsten, um die Ritter zu besiegen, die die wahren Übeltäter waren.

Nikki streckte eine Hand aus, als sollte Ivy einschlagen. „Werden Sie uns helfen, Ivy? Ich weiß, dass Sie noch nicht stark genug sind, aber wenn Sie uns jetzt versprechen, uns zu helfen, dann werden

Jane und ich daran arbeiten, Sie einige Zeit von Zain wegzubringen und den Kontakt zu anderen innerhalb des Clans herzustellen."

Ivy starrte Nikkis Hand an. Es sollte einfach sein, ihren Arm zu heben und sie zu schütteln – sie hatte wieder genug Kraft gewonnen, um es zu tun –, aber sie zögerte.

Sie war nun seit etwa zwei Wochen wach, und ihre Gedanken schwirrten mit allen möglichen Widersprüchen in Bezug auf die Drachenwandler und Drachenritter.

Aber als sie an die kleine Daisy und Freddie dachte und dass die Kinder trotz aller Widrigkeiten Freunde waren, wollte Ivy glauben, dass es eine bessere Zukunft für alle gab. Eine, die nicht so viel Tod, Drogen und Zerstörung beinhaltete.

Das ist es. Das war der Wendepunkt, von dem sie nicht zurückkehren konnte, wenn sie vorwärts ging.

Würde sie weiter an dem festhalten, was die Ritter sie gelehrt hatten? Oder würde sie versuchen, offener zu sein und zu glauben, was sie mit eigenen Augen sah?

Zu diesem Zeitpunkt gab es nur einen wirklichen Weg, und Ivy traf ihre Entscheidung. Sie riskierte jedoch, nach ein paar Dingen zu fragen, um zu sehen, ob sie sie bekommen könnte. „Ich möchte Ihren Gefährten und Ihre Tochter treffen sowie die anderen Menschen, die in Stonefire leben, damit ich mit ihnen reden kann. Stimmen Sie dem zu, und ich werde Ihnen helfen."

Nikki hätte sie abweisen können, aber die Drachenfrau zuckte mit den Schultern. „Sie werden Sie sowieso treffen wollen, also wüsste ich nicht, warum wir es nicht arrangieren können."

Es schien fast zu einfach, aber sie behielt ihre Zweifel für sich. „Dann in Ordnung." Ivy hob ihre Hand und packte Nikkis. Nach ein paarmal Schütteln ließ Nikki ihre Hand los und sagte: „Ich hole die Sachen, die in der Halle auf Sie warten, damit wir an die Arbeit gehen können."

Nikki rannte aus dem Raum und Jane sagte: „Sie haben die richtige Wahl getroffen, Ivy. Ich hoffe, Sie halten Ihren Teil der Abmachung ein."

Sie nickte, hoffte aber insgeheim, dass sie es auch könnte. Auch wenn Ivy ihre Ängste und all die Fehlinformationen, die ihr beigebracht worden waren, überwinden wollte, würde es Zeit brauchen. Die einzige Frage war, ob die Drachenwandler geduldig genug mit ihr wären oder sie frustriert in ein Cottage sperren und versuchen würden, sie zu vergessen.

Oder im schlimmsten Fall übergaben sie sie dem MDA, und sie sah den Himmel für den Rest ihres Lebens nie wieder.

Aber dann kam Nikki mit ihren Armen voller Taschen und Kartons hereingerannt, und Ivy hatte keine Zeit, an der Zukunft zu zweifeln oder darüber nachzudenken, als die beiden Frauen dazu beitrugen, dass sie sich wieder wie ein Mensch fühlte.

Kapitel Neun

Zain stand in einem privaten Wartezimmer und widerstand dem Drang, auf und ab zu gehen. Bram sollte inzwischen eingetroffen sein, um der Paarungszeremonie beizuwohnen. Und da sein Clanführer immer pünktlich war, machte er sich ein wenig Sorgen.

Sein Drache meldete sich zu Wort. *Das hier wurde in letzter Minute arrangiert. Und da er drei Kinder und eine Gefährtin zu Hause hat, abgesehen davon, dass er sich um den gesamten Clan kümmern muss, darf er doch wohl ein bisschen zu spät kommen.*

Vernünftig betrachtet wusste Zain das. Doch er wollte seine Mission mit Ivy so schnell wie möglich beginnen.

Sein Tier schnaubte. *Jemanden zu paaren ist nicht wirklich eine Aufgabe.*

Für mich schon. Es gibt keine Gefühle zwischen uns, und ich habe nicht vor, mich für sie zu erwär-

men. Wie ich schon sagte, werden wir sie nicht ficken, niemals.

Vielleicht. Ich wehre mich nicht oft gegen dich, aber wenn ich es tue, gewinne ich normalerweise. Du solltest also besser hoffen, dass ich den Menschen nicht will, sonst hast du keine Chance.

Ein Grund mehr für mich, so schnell wie möglich die Informationen zu bekommen, die ich brauche. Und sobald ich sie habe, kann ich meine Energie darauf konzentrieren, den oder die Mörder ihres Bruders zu finden, wie ich es versprochen habe, was bedeutet, dass ich nicht mehr in der Nähe des Menschen sein muss.

Sein Drache schnaubte, aber seine Antwort wurde abgeschnitten, als Bram durch die Tür kam.

Zain erwartete, Kai und Jane direkt hinter ihm zu sehen, aber Bram war allein. Er schloss die Tür und drehte sich zu ihm um. Als die blauen Augen des Clanführers ihn musterten, hielt er den Mund. Bram hatte den härtesten Job innerhalb des Clans und hatte viel getan, um das Leben aller, die in Stonefire lebten, zu verbessern. Zain hatte zu viel Respekt vor dem Mann, um anspruchsvoll oder mürrisch zu sein, wie er es bei fast allen anderen war.

Bram hob schließlich die Brauen. „Bist du sicher, dass das dein Wunsch ist? Nur weil Kai es für die beste Option hält, bedeutet das nicht, dass du zustimmen musst."

Zain schüttelte den Kopf. „Es ist nicht nur Kais Meinung, die zählt, Bram. Die Menschenfrau spricht mehr mit mir als mit jedem anderen, was bedeutet, dass ich im Moment am besten zu ihr passe. Ich kann sie beschützen, sie beobachten, um festzustellen, ob sie aufrichtig ist oder mit uns spielt, und erfahren, was sie über unsere Feinde weiß. Es gibt keine Kehrseite."

Bram schnaubte. „Sagt ein Mann, der noch nie verliebt war."

Bram war jetzt einer von einer Handvoll wahnsinnig verliebter Männer innerhalb des Clans, was gelegentlich irritierend sein konnte. „Ich respektiere Evie wie jeder andere, und ich freue mich, dass du sie gefunden hast, aber solch ein Familienleben ist nichts für mich, Bram. Meine Stärken liegen im Schutz des Clans. Das ist die Zukunft, die ich mir wünsche, mehr nicht."

„Wir werden sehen, Zain. Wir werden sehen." Er öffnete den Mund, um weiter zu protestieren, doch Bram kam ihm zuvor. „Ich werde nicht versuchen, es Dir auszureden. Allerdings würde ich meinen Job nicht machen, wenn ich nicht sicherstellen würde, dass das dein Wunsch ist, aye?" Er nickte, und Bram fuhr fort: „Dann lass uns gehen. Kai ist auf dem Weg, Jane hat die Paarungsarmreife, und mit Nikki werden wir mehr als genug Zeugen haben. Evie wäre auch hier gewesen, aber unser Jüngster ist unruhig, und sie wollte bei ihm bleiben."

Sie hatten zwei Jungen und ein Mädchen, die noch zu jung waren, um auch nur zur Schule zu gehen. Zain beneidete Bram und Evie kein bisschen.

Sein Drache grunzte. *Es wäre nicht so schrecklich.*

Setz deine Hoffnung nicht auf Kinder, Drache.

Wenn wir unsere wahre Gefährtin finden, dann spielt deine Ansicht keine Rolle.

Zain ignorierte sein Tier und folgte Bram aus dem privaten Wartebereich und den Korridor hinunter zu Ivys Zimmer.

Nur um Dr. Sid vor Ivys Tür stehen zu sehen, die Arme vor der Brust verschränkt und ein Stirnrunzeln im Gesicht.

Sein Drache flüsterte: *Das wird nicht gut gehen.*

Sobald sie nahe genug waren, bedeutete Sid ihm mit dem Kopf, ihr zu folgen. Bram seufzte. „Kann das nicht warten, Sid?"

„Nein, aber es wird nicht lang dauern. Lass uns nach nebenan gehen und reden. Du auch, Zain."

Da niemand in Stonefire sich mit Sid anlegte, außer vielleicht ihrem Gefährten und Bram, wenn sie zu weit ging, folgten sie. Als sich die Tür schloss, sprach sie wieder. „Ivy hat gerade erst begonnen, ihre Kraft wiederzuerlangen, und du willst ihr eine Paarungszeremonie aufzwingen? Und nein, versuche nicht zu sagen, dass es eine Art Wirbelwind-Romantik ist, denn das ist Bullshit."

Bram hob die Brauen. „Es ist nicht so, als würde Zain sich auf sie stürzen, Sid. Das ist für ihre Sicherheit genauso wie für unsere. Sobald das MDA erfährt, dass sie hier ist, habe ich keinen Einfluss auf ihr Schicksal, es sei denn, sie ist mit jemandem im Clan verpaart."

Sein Drache brummte, *Also denkt er auch an die Menschenfrau.*

Sid sah Zain an. „Schwöre hier und jetzt, dass du sie so behandeln wirst, als wäre sie deine wahre Gefährtin, Zain. Das heißt, freundlicher zu ihr zu sein, sie nicht zu reizen und alles zu tun, damit sie sich so schnell wie möglich erholt. Egal, was sie in der Vergangenheit getan hat, sie verdient keinen Gefährten, der sie nur verbal und emotional missbraucht."

Sein Drache stand auf und knurrte. Zain antwortete Sid, bevor sein Tier anfangen konnte zu schreien. „Ich kann nicht sofort nett zu ihr sein, aber ich werde sie auch nicht als verbalen Boxsack benutzen."

Bram sprang ein. „Sie wird überwacht werden, Sid. Ivy mag Zain paaren, aber Nikki und Jane haben vor, sie zu besuchen und sie Mel und Evie vorzustellen. Vielleicht auch einigen Kindern. Sie wird gut genug behandelt werden. Ich schwöre es."

Sid sah zu Bram, dann zu Zain und wieder zurück. „Na schön, aber du wirst meinen medizinischen Rat bezüglich des Menschen befolgen. Sie ist immer noch unglaublich labil und könnte jeden Moment einen Rückfall erleiden. Zumindest bis wir ein dauerhaftes Gegengift für sie finden. Und, ja, ich arbeite daran. Oder besser gesagt, Gregor bittet alle, die unserem Verband von Drachenärzten beigetreten sind, um Hilfe."

Zain grunzte, denn er mochte es nicht, dass die Ärztin das Schlimmste von ihm dachte. Wirkte er wirklich wie so ein Arschloch auf andere? „Ich werde nichts tun, was ihre Gesundheit zu gefährdet. Du hast mein Wort, Sid."

„Gut." Sid deutete auf die Tür. „Dann geh und lass sie nicht länger warten."

Bram nickte Sid beim Abschied zu, bevor er den Raum verließ und den daneben liegenden betrat, der Ivys Zimmer war. Zain folgte seinem Clananführer. Sobald Bram jedoch zur Seite trat und die Sicht auf die Menschenfrau freigab, blieb Zain abrupt stehen und blinzelte.

Die blasse, ungepflegte Frau war verschwunden. Ivy würde immer blass sein, aber das Blau ihres schlichten Kleides ließ ihre Haut strahlen, und ihr rotes Haar war auf ihren Kopf gesteckt, mit ein paar Strähnen, die ihr Gesicht umrahmten. Statt jedoch wie zuvor eher orangefarben zu wirken, erschien ihr Haar nun tiefrot.

Wenn er nicht gewusst hätte, wer sie war oder welche früheren Verbindungen sie hatte, hätte er gesagt, dass sie wunderschön war.

Sein Drache knurrte. *Ja, das ist sie. Aber das wusste ich immer. Du warst einfach zu blind, um hinzusehen. Es ist traurig, dass sie eine Frisur und andere Kleidung braucht, um dich davon zu überzeugen, dass sie hübsch ist.*

Zain wollte sein Tier nicht ermutigen, ignorierte es und ging die verbleibenden Schritte zu ihrem Bett. Bevor er es ich anders überlegen konnte, sagte er: „Du siehst schön aus." Sie jetzt noch zu siezen wäre ihm albern vorgekommen.

Vorsicht erfüllte ihren Blick. „Äh, danke?"

Nikki schnaubte. „Sei nicht bescheiden. Du siehst fantastisch aus, also steh dazu."

Zain sah seine Beschützerkollegin stirnrunzelnd an. „Ihr scheint ja schon sehr vertraut."

Nikki zuckte mit den Schultern. „Wir sind zu einer Art Verständigung gekommen. Vielleicht solltest du das auch probieren."

Er wollte gerade schon knurren – Nikki war viel zu gut darin, Leute zu verärgern, wenn sie es wollte –, aber Bram sprach, bevor er es tun konnte. „Genug. Lasst uns mit der Zeremonie beginnen, damit ich nach Hause gehen und Evie mit dem kleinen Gideon helfen kann."

Bei der Erwähnung von Brams jüngstem Kind überfluteten Schuldgefühle Zains Körper. Sein Clanführer nahm sich Zeit, die er sonst mit seiner Familie verbracht hätte, um Zain bei seiner Aufgabe zu helfen. Er würde es also nicht länger hinauszögern. Er fragte: „Wo sind die Paarungsbänder?"

Jane hielt einen Kasten hoch. „Genau hier. Aber sollten wir nicht auf Kai warten? „Er wird jede Sekunde hier sein."

„Es gibt sowieso ein paar Dinge zu tun, bevor wir

anfangen." Bram deutete auf Ivy. „Hat Ihnen jemand erklärt, wie das funktioniert, Ivy?"

Ivy zuckte mit den Schultern. „Ein bisschen. Aber Nikki sagte, Zain wäre zuerst dran, also könnte ich es ihm einfach nachmachen, wenn es um den Wortlaut der Gefährtengelübde geht."

Bram grunzte. „Ja, das stimmt. Es ist Ihnen jedoch freigestellt, die Gründe zu ändern, warum Sie ihn zum Gefährten nehmen. Jeder in diesem Raum kennt die Wahrheit sowieso, also brauchen Sie nicht zu lügen."

Kai kam in den Raum gerauscht und blieb an Janes Seite stehen. Er beugte sich vor, um die Wange seiner Gefährtin zu küssen, bevor er sprach. „Beeilen wir uns. Ich muss zu meinen letzten Beschützer-Bewertungsübungen mit Dacian zurückkehren."

Jane öffnete den Kasten mit den Paarungsbändern und reichte sie Bram. Sobald Stonefires Anführer sie hatte, sagte er: „Dann wollen wir mal anfangen."

Zain sah Ivy an. Eine Röte färbte ihre Wangen und ließ sie lebendiger erscheinen, als er sie je gesehen hatte, seit er sie zum ersten Mal bewusstlos im Wald entdeckt hatte. Vor allem ihre Augen strahlten und waren verlockend.

Und ja, wenn er sie nicht gekannt hätte, hätte er sie für mehr als hübsch gehalten – sie war verdammt schön.

Dies wäre jedoch eine Vernunftpaarung, mehr

nicht. Was bedeutete, dass er aufhören musste, das tiefe Blau ihrer Augen oder die Röte ihrer Lippen zu bemerken.

Sein Drache schnaubte. *Kein Grund. Mit der Zeit könnten wir sie wahrscheinlich gewinnen.*

Nein. Und jetzt benimm dich, oder ich werfe dich in ein mentales Gefängnis.

Schön.

Sein Drache rollte sich zu einer Kugel zusammen, schlief aber nicht ein. Eine Paarungszeremonie war ein menschliches Bedürfnis, aber der Drache erkannte die Bedeutung und erlebte sie auch gern.

Zain nahm den kleineren silbernen Armreif, in den sein Name in der alten Drachensprache eingraviert war. Er schob ihn auf Ivys Oberarm – einen, der für ihn zu dünn war, weil er ihn daran erinnerte, wie unsicher ihr Leben war – und sagte: „Ivy Passmore, du warst einst unser Feind, aber du beweist allmählich, dass du es nicht mehr bist. Ich sehe Potenzial in dir und Intelligenz. Als Gegenleistung für deine Hilfe werde ich dich mit meinem Leben beschützen. Wirst du meinen Anspruch akzeptieren?"

Nicht die romantischste aller Erklärungen, aber das sollte sie ja auch nicht sein.

Ivy nickte. Bram senkte daraufhin den Kasten, damit sie den größeren Armreif nehmen konnte, in den ihr Name in der alten Drachensprache eingraviert war. Er trat näher, damit sie seinen Bizeps leichter erreichen konnte. Als sie ihm den Armreif umlegte, streiften ihre Finger seine Haut. Jedes Kitzeln sandte Hitze durch seinen Körper und weckte eine Sehnsucht, dass sie mehr als nur seinen Arm berührte.

Vorsichtig darauf bedacht, sein Gesicht ausdruckslos zu halten, ließ er sich nicht anmerken, welchen Einfluss sie auf ihn hatte.

Er musste auf jeden Fall Abstand zu ihr halten, sonst könnte sein Schwanz seinen Verstand besiegen.

Sein inneres Tier lachte, aber Zain würdigte es nicht mit einer Antwort.

Sobald das Band an seinem Arm war, richtete er sich wieder auf, und Ivy sprach. „Zain Kinsella, als wir uns zum ersten Mal trafen, war ich fest überzeugt, dass du mich töten, foltern oder andere Dinge tun würdest, die mir über Drachenwandler erzählt wurden. Du hast mir jedoch langsam geholfen, eure Art besser zu verstehen. Ich hoffe, dass diese Paarung das zumindest tut. Wirst du meinen Anspruch akzeptieren?"

Er wollte bei ihrer Formulierung schnauben, widerstand aber. Ehrlichkeit war besser, als sich ein paar vorgetäuschte Lügen über Gefühle auszudenken.

„Ja."

Obwohl dies nicht erforderlich war, endeten Paarungszeremonien normalerweise mit einem Kuss.

Zains Augen schossen zu ihren Lippen, die dank einer Art Lipgloss voller aussahen.

Sein Drache summte. *Ja, küss sie. Dann wirst du sie vielleicht nicht mehr so sehr hassen.*

Nein, das werde ich nicht riskieren.

Weil immer eine geringe Chance bestand, dass sie seine wahre Gefährtin war. Und sie war nicht stark genug für einen Rausch.

Moment mal, was? Es würde keinen Rausch geben. Niemals. Nicht nur, weil er ihre Lippen nicht küssen würde, sondern weil das Schicksal nicht so beschissen sein konnte.

Zain wollte nicht bei seinem Ausrutscher verweilen, beugte sich vor und küsste ihre Wange.

Was sich als Fehler herausstellte. Ihre weiche, warme Haut war schlimm genug, aber der zarte Duft von Frau und Blumen füllte seine Nase, sodass er sich vorbeugen und tiefer einatmen wollte.

Als hätte er sich verbrannt, richtete Zain sich so schnell wie möglich auf und sah zu Bram. „Was ist mit dem Papierkram?"

Er schnaubte. „Das ist wahrscheinlich das erste Mal, dass jemand so schnell nach der Paarung mit einem Menschen an den verdammten MDA-Papierkram gedacht hat." Zain hob nur seine Augenbrauen, und Bram seufzte. „Gut, gut. Mein Assistent arbeitet noch daran, da das alles so schnell passieren musste. Aber sobald er fertig ist, wird er sie herbringen. In der Zwischenzeit bleibst du hier bei deiner Gefährtin. Eine kleine Überraschung von uns allen wird in Kürze eintreffen, und du musst dich unbedingt um Ivy kümmern."

Er musterte Bram genau, konnte aber keine zusätzlichen Informationen aus seinem Gesichtsausdruck entnehmen. „Was ist denn das für eine geheimnisvolle Aussage?"

Nikki grinste. „Das nennt man eine Überraschung, Zain."

„Ich mag keine Überraschungen", knurrte er.

Ivy lächelte – das erste echte Lächeln, das er bei ihr gesehen hatte –, und ihm stockte für einen Moment der Atem. Die Menschenfrau sah um Jahre jünger und weniger wie ein Feind aus, wenn sie lächelte.

In Kombination mit ihrer Frisur und ihrem blauen Kleid würde sie eine größere Bedrohung für ihn darstellen, als er gedacht hatte. Und Zain war erst seit ein paar Minuten mit ihr verpaart.

Sein Drache lachte, sagte aber nichts. Wahrscheinlich, weil er den Menschen nicht mit blitzenden Drachenaugen erschrecken wollte.

Immer noch lächelnd sagte Ivy: „Es ist so lange her, dass ich eine gute Überraschung hatte, dass ich es nicht abwarten kann."

Natürlich mochte sie Überraschungen, obwohl es für Zain überhaupt keinen Sinn ergab. Ihre letzte große Überraschung war der Mord an ihrem Bruder gewesen.

Und einfach so erinnerte sich Zain, warum er sich mit Ivy gepaart hatte und wie es laufen würde. Er würde nicht mehr bemerken, wie hübsch sie war, und nicht mehr denken, dass sie öfter lächeln sollte.

Nein, er würde sie beschützen und mit ihr arbeiten, sonst nichts.

Er erwartete, dass sein Drache etwas sagen würde, aber der schwieg einfach. Und das machte Zain nervöser als alles andere.

Kapitel Zehn

Ivy hatte erwartet, dass die Paarungszeremonie ernst und nüchtern verlaufen würd. Und obwohl ihre Gelübde nicht das waren, wovon so mancher träumte, waren die Folgen ziemlich nett gewesen.

Zuerst hatte das Gefühl von Zains Muskeln unter ihren Fingern ein erregtes Prickeln durch ihren Körper geschickt. Zudem hatte der Kuss auf ihre Wange sie heftig erröten lassen und Körperpartien geweckt, von denen sie nie gedacht hatte, dass sie je auf die Berührung eines Drachenwandlers reagieren würden.

Aber dann war Zain so schnell wie möglich von ihr zurückgewichen, und der Zauber war gebrochen und hatte sie daran erinnert, dass dies nicht irgendeine Art von Märchen war. Sie war ein Mensch, er ein Drachenwandler, und eine unüberwindbare Kluft aus Hass und Angst trennte sie.

Nikkis Erwähnung einer Überraschung erregte jedoch ihre volle Aufmerksamkeit. Bei den Drachenrittern war nichts gefeiert worden. Schließlich hörten Drachen nicht an einem Geburtstag oder zu Weihnachten auf zu existieren. Zwar hatte sie ihr Bestes gegeben, sich diese Dinge nicht zurückzuwünschen – es waren einige ihrer liebsten Zeiten im Jahr gewesen, bevor sie zu den Drachenrittern kam –, doch es war schwer gewesen, keinen Baum zu schmücken oder die Vorfreude auf das Öffnen eines Geschenks zu spüren.

Aber ihre Vergangenheit war genau das – vergangen. Ivy musste anfangen, die kleinen Dinge zu feiern, wie Überraschungen.

Bram schüttelte ihr die Hand, lächelte sie an – war es aufrichtig, fragte sie sich – und ging. Und ohne nachzudenken, drehte sich Ivy zu Nikki um. „Kannst du mir keinen Hinweis geben, was uns erwartet?"

Nikki lachte. „Wow, hätte ich gewusst, dass etwas so Simples wie eine Überraschung die wahre Ivy zum Vorschein bringen würde, die sich hinter all diesem Hass und Fehlinformationen verbirgt, hätte ich es früher vorgeschlagen."

Die Worte stachen ein wenig, aber Ivy würde nicht zulassen, dass sie die erste echte Freude, die sie seit langer, langer Zeit hatte, ruinierten. „Das ist immer noch kein Hinweis."

Jane schnaubte. „Ganz schön hartnäckig, oder? Vielleicht passt du mit der Zeit gut hierher."

Da sie nicht über ihre ferne Zukunft nachdenken wollte, riskierte Ivy einen Blick auf Zain. Die Furchen seiner Augenbrauen ließen sie blinzeln. „Warum bist du so wütend?"

Er grunzte. „Ich mag keine Überraschungen."

Und ohne nachzudenken, platzte sie hervor: „Gut, dann gibt es mehr für mich!"

Sein Stirnrunzeln vertiefte sich, und Ivy hatte keine Ahnung, warum. Wenn sie Gefährten sein sollten, musste er in Zukunft mehr von ihrem wahren Selbst sehen.

Seltsam, wie eine Scheinehe die alte Ivy, die sie vor ihrem Beitritt zu den Drachenrittern gewesen war, ermutigt hatte, aus der Versenkung aufzutauchen.

Nein, Auslöser war nicht die Tatsache, dass sie jetzt gesetzlich an einen Drachenwandler gebunden war. Die Erwähnung einer Überraschung war der einzige Grund gewesen. Ja, das war's.

Ein Klopfen an der Tür ließ sie zusammenzucken. Was würde sie nicht geben, um aus dem Bett steigen und nachsehen zu können, was auf der anderen Seite wartete.

Allerdings hatte sie vorhin sowohl Nikkis als auch Janes Hilfe gebraucht, um sich umzuziehen. Ivy hatte noch einen langen Weg der Genesung vor sich.

Aber als eine blasse, dunkelhaarige Frau durch die Tür kam und einen Rollstuhl in den Raum schob, wusste Ivy nicht, was sie sagen sollte. Wenn das ihre

Überraschung war, dann hatte sie sie weit überschätzt.

Nikki winkte der Frau zu. „Das ist Dr. Emily Davies. Sie ist eine Menschenfrau, wie du, und hat unseren Ärzten hier in Stonefire geholfen. Sie hat die anderen Ärzte überzeugt, dir einen kurzen Besuch außerhalb der Krankenstation zu ermöglichen, vorausgesetzt, Emily ist da, um dich zu überwachen, und du sitzt im Rollstuhl."

Zain knurrte, bevor Ivy ein Wort sagen konnte. „Nein. Sie aus dem Raum zu lassen, wird sie zwangsläufig in einen Rückfall versetzen."

Emily hob die Augenbrauen, ihr walisischer Akzent erfüllte den Raum. „Nur weil ich den Großteil meiner Zeit mit Forschung verbringe, bin ich nicht weniger eine Ärztin. Ich kenne die menschliche Physiologie besser als jeder andere Arzt hier, Zain. Oder möchtest du mich in dem Punkt herausfordern?"

Bevor jemand anderes etwas einwerfen konnte, platzte Ivy heraus: „Warum lebt eine menschliche Ärztin in Stonefire?"

Emily lächelte sie an. „Das ist eine lange Geschichte, und eine, die ich für einen anderen Tag aufheben werde. Wir haben nur etwa eine Stunde, bevor ich dich hierher zurückbringen muss. Und da es gerade sonnig ist, sollten wir das Wetter nutzen, bevor es seine Meinung ändert. Denn ich weiß, wenn ich so lange im Koma gelegen hätte, würde ich die Sonne wieder auf meiner Haut spüren wollen."

Nikki schlug die Decke um Ivys Füße zurück. „Komm. Sie hat recht, und wir sind sowieso zu viert gegen Zain. Er kann nicht gegen uns gewinnen."

Zain sagte: „Ich bin ihr Gefährte. Oder haben alle einfach vergessen, was hier passiert ist?"

Als sie spürte, dass dies eine Art Test war, der bestimmen würde, wie sich ihre falsche Ehe entwickeln würde, schaute sie Zain an und sagte: „Die Ärzte haben den Ausflug genehmigt, also gehe ich. Wenn du mich nicht physisch im Bett festhalten willst, dann hör auf, die wenige Zeit zu verschwenden, die ich außerhalb dieses Zimmers habe."

Nikki grinste. „Ich wette, Zain hätte da Ideen, wie er dich in diesem Bett festhalten könnte."

Blut strömte in Ivys Wangen, als ein Bild von Zain, der auf ihr lag, sein Gesicht nur wenige Zentimeter von ihrem entfernt, in ihren Kopf blitzte.

Nein. Sie konnte sich kaum aufrichten. Ivy würde nicht an Sex denken.

Und dann auch noch Sex mit einem Drachen!

Vor allem mit einem mürrischen, verbal verkümmerten.

Zain trat zurück und deutete auf den Rollstuhl. „Dann riskiere deine Gesundheit. Aber niemand kann mir einen Vorwurf machen, wenn sie stirbt. Ich vertraue sie dir an, Nikki, was bedeutet, dass sie deine Verantwortung ist, bis ich zurückkomme."

Damit stürmte Zain aus dem Raum.

Jane schaute zur Decke. „Der überdramatische Zain ist nicht seine beste Seite."

Während sie sich danach sehnte, zu fragen, was seine beste Seite war, ließ sie es für den Moment fallen, da Emily den Rollstuhl neben ihr Bett stellte und Nikki anwies, ihr zu helfen.

Emily nickte zum Stuhl. „Okay, lass uns dich da reinsetzen und gehen. Wir haben einen sehr wichtigen Termin mit einer großen Gruppe von Leuten, für die wir nicht zu spät kommen dürfen."

Da sie all ihre Kraft aufbringen musste, um sich auch nur ganz wenig zu bewegen, als Nikki und Emily sie darum baten, behielt Ivy ihre Fragen für sich.

„Eine große Gruppe von Leuten" klang nach einer Herausforderung. Vor allem, wenn es um diejenigen ging, die sie nicht einfach nur hassten oder dem MDA ausliefern wollten.

Es schien, als wäre die ganze Bandbreite ihrer Überraschung noch nicht vorbei.

Doch so seltsam es auch war, sie begann, Nikki zu vertrauen. Sie und Ivy waren ungefähr im gleichen Alter, und die Drachenfrau schien immer so glücklich zu sein.

Konnte sie jemals genauso sein?

Da Ivy das bisschen Zeit außerhalb ihres verdammten Krankenhauszimmers nicht verderben wollte, verdrängte sie jeden negativen Gedanken und Zweifel. Schließlich, wenn jemand aus Stonefire sie hätte verletzen wollen, hätte er es getan, während sie schlief.

Nachdem die Frauen also eine Decke um Ivys

Unterkörper gelegt hatten und einen leichten Mantel um ihren Oberkörper, schob die Ärztin sie aus der Krankenstation. Als sie weiterfuhren, zwang sich Ivy, nach vorn und nicht auf den Boden zu blicken. Es gab vieles in ihrer Vergangenheit, für das sie sich sehr schämen musste, aber sie musste auch stark sein, wenn sie sich den Drachen stellte.

Zumindest hatten Nikki und Jane das ihr gegenüber erwähnt.

Als sie den Korridor betraten, wurde ihr bewusst, dass ihre Zurschaustellung von Tapferkeit vergeblich gewesen war – dort war niemand. Aber sobald sie sie durch eine Hintertür in die Nachmittagssonne rollten, vergaß sie alles, neigte sofort ihr Gesicht nach oben und schwelgte in der Hitze auf ihrer Haut.

Sie tat das, bis die anderen sich räusperten, und Ivy öffnete ihre Augen. Sie sah einige Clanmitglieder herumlaufen, etwa drei oder vier Meter entfernt.

Besonders einer erregte ihre Aufmerksamkeit – ein dunkelhaariger Mann, der ein Baby hielt, starrte sie finster an. Nikki streckte ihm die Zunge heraus und sagte: „Das ist mein Gefährte Rafe mit unserer Tochter. Ignorier ihn. Er denkt, du hast einen Masterplan, um mich zu töten, wenn ich nicht hinsehe."

Ivy beobachtete den Mann, als sie vorbeifuhren. Er war groß und muskulös, und es war schwer zu erkennen, dass er ein Mensch und kein Drachenwandler war. „Ich kann mich kaum in diesem Rollstuhl aufrecht halten. Solange ich also nicht mit meinem Verstand töten kann, bist du sicher."

Nikki lachte. „Ich denke, dich aus der Krankenstation zu holen, war eine gute Wahl. Denn wenn das dein wahres Ich ist, werden wir großartig miteinander auskommen."

War sie es aber? Mehr als fünf Jahre lang hatte sie ihre Persönlichkeit in den Hintergrund verdrängt und ihr Bestes gegeben, um sie zu verbergen, damit sie sich auf ihre Arbeit konzentrieren konnte, entschlossen, durch die Reihen der Drachenritter aufzusteigen.

Sie hatte keine Ahnung, wer Ivy Passmore in Zukunft sein würde.

Vielleicht würden Sitzungen mit Serafina Rossi ihr helfen, alles herauszufinden.

Jane zeigte auf ein großes Backsteingebäude, als sie daran vorbeikamen. „Das ist das Sicherheitsgebäude. Für den Fall, dass du neugierig bist, wo Zain einen Großteil seiner Zeit verbringt."

Das Gebäude hob sich nicht allzu sehr von den meisten anderen Backsteingebäuden des Landes ab. Aber dann sprang ein Drache dahinter auf und pumpte seine Flügel, als er in den Himmel aufstieg, was sie daran erinnerte, dass dies Drachengebiet war.

Ihr erster Instinkt war, sich zu ducken und zu versuchen, sich zu verstecken.

Aber Emily legte eine Hand auf ihre Schulter und sagte: „Keine Sorge. Das ist Zain. Er wird dir nicht wehtun."

Als sie erfuhr, dass es ihr Gefährte war, musterte Ivy den tiefroten Drachen. Er war groß, und seine Flügel mussten extrem mächtig sein, da er sich mühelos höher in die Atmosphäre bewegte. Als die Sonne über seine Haut schimmerte, enthüllte das Rot auch Goldflecken.

Zum ersten Mal, seit sie sich erinnern konnte, fand sie einen Drachen schön und nicht beängstigend und abscheulich.

Sie hatte wirklich die Grenze überschritten, an der es in ihrem Leben kein Zurück mehr gab. Wenn sie nicht persönlich angegriffen oder bedroht wurde, dachte Ivy nicht, dass sie jemals wieder Todesangst vor Drachen haben, geschweige denn sie hassen würde.

Ivy sah hinterher, bis er am Horizont verschwand. „Ich denke, er wollte wirklich ein bisschen von mir wegkommen, besonders wenn man bedenkt, dass Bram ihm gesagt hat, er solle auf mich aufpassen."

Jane war die Erste, die sprach. „Vielleicht, aber nicht aus den Gründen, die du denkst. Außerdem, vertraut er uns, dass wir uns um dich kümmern. Oder, was noch wichtiger ist, Bram tut es und wird ihn nicht dafür zusammenstauchen."

Nikki bemerkte: „Es ist immer noch ein bisschen seltsam. Ich kann Rafe kaum dazu bringen, anderen unsere Tochter anzuvertrauen, geschweige denn mich."

Jane antwortete: „Ich hab' da ein paar Tipps, die

ich dir noch nicht gegeben habe, wie man mit meinem Bruder umgehen kann. Sag ich dir später."

Also war Rafe Janes Bruder. Das musste die Verbindung sein, der Grund, warum Rafe überhaupt in die Nähe von weiblichen Drachenwandlern gelassen worden war, bevor er eine zur Gefährtin genommen hatte.

Während Ivy den beiden zuhörte, war klar, dass sie ihr immer noch nicht vertrauten, da sie nur vage Andeutungen machten. Nicht, dass sie ihnen einen Vorwurf hätte machen können, aber sie wollte unbedingt irgendwo in diesen Clan gehören. Und bei mehr als einer Psychologin, deren Aufgabe es war, ihr zu helfen.

Was bedeutete, dass Ivy versuchen musste, die Kinder zu gewinnen, angefangen bei Freddie und Daisy. Wenn sie das schaffen könnte, würden die Erwachsenen ihr vielleicht eine Chance geben oder sie zumindest nicht geradezu verachten. So oder so, sie würde nehmen, was sie bekommen konnte.

Als sie noch versuchte, darüber nachzudenken, wie sie diese Ziele erreichen könnte, kamen zwei bekannte Kinder auf sie zu geeilt – Freddie und Daisy.

Daisy rannte schneller und erreichte sie zuerst. „Hallo, Miss Passmore! Wir sind Ihre offiziellen Führer für den Tag."

„Führer?", wiederholte sie.

Daisy nickte. „Ja. Sie kommen für eine Weile zur Schule. Und ich wollte sicherstellen, dass Sie ein paar Freunde haben, die Fragen beantworten, bevor Sie die anderen Schülern treffen."

Also war die große Gruppe, von der die anderen gesprochen hatten, eine ganze Schule. *Verdammt brillant!* Ivy hoffte, dass sie die Energie hatte, sich ihnen zu stellen, zumal Kinder selten Filter hatten und brutal ehrlich sein konnten.

Und obwohl sie wusste, dass sie sich irgendwann der Wahrheit stellen musste, war sie vielleicht noch nicht bereit, sich ihr so frontal zu stellen.

Freddie seufzte und murmelte etwas, das Ivy nicht verstehen konnte. Zweifellos etwas wenig Schmeichelhaftes.

Daisy schien es jedoch nicht zu bemerken. „Freddie wird mir und Ihnen helfen. Das hat er versprochen, und er weiß, wie wichtig mir Versprechen sind. Beeilen wir uns. Alle warten. Und wir wollen doch nicht, dass Mr. MacLeod oder Miss Lawson wütend werden, weil wir zu spät kommen."

Emily drückte ihr sanft die Schulter. „Mach dir um die Schüler keine Sorgen. Sie sind nur neugierig. Und sich den Fragen zu stellen, von denen du weißt, dass sie von Kindern kommen werden, ist einfacher als von Erwachsenen, meinst du nicht?"

„Vielleicht", antwortete sie.

Daisy nahm ihre Hand und zerrte, und ihr Rollstuhl blieb nur stehen, weil Emily ihn festhielt. „Kommen Sie. Meine Klasse verlässt Stonefire heute Nachmittag. Es ist nur ein kurzer Besuch, wissen Sie, um uns auf unser Stück vorzubereiten. Wenn Sie also Zeit mit uns verbringen möchten, um zu sehen, was wir tun, müssen Sie sich beeilen."

Alle Augen sahen sie an. Ivy bezweifelte, dass ein Nein bedeuten würde, zur Krankenstation zurückzukehren. Dennoch schätzte sie es, dass sie auf ihre Antwort warteten.

Wieder einmal stand ihr Verhalten in Widerspruch zu allem, was ihr jahrelang gezeigt und beigebracht worden war.

In der Hoffnung, dass sie die richtige Wahl getroffen hatte, nickte sie. „Okay, dann lasst uns gehen."

Daisy ließ Ivys Hand los und hüpfte ein paarmal auf und ab. „Yay! Jeder wird neugierig sein und Fragen haben. Ich auch. Haufenweise. Aber ich weiß nicht, ob Mr. MacLeod mich sie alle stellen lässt. Er erlaubt in der Regel nur ein oder zwei, damit alle anderen eine Chance bekommen. Aber ich habe immer mehr als ein oder zwei. Es gibt so viel zu lernen in Stonefire."

Freddie deutete mit der Hand. „Komm, Daisy. Sonst wird Miss Passmore überhaupt keine Zeit mit unserer Klasse haben, und niemandes Fragen werden beantwortet."

Daisy nickte. „Du hast recht, schätze ich. Gehen wir!"

Daisy rannte mit Freddie voran.

Nikki sagte: „Er wird in etwa vier oder fünf Jahren alle Hände voll zu tun haben."

Ivy runzelte die Stirn. „Wovon sprichst du?"

Emily schob den Rollstuhl, und sie bewegten sich alle wieder. Die Ärztin sagte: „Jeder in Stonefire geht Wetten ein, ob sie wahre Gefährten sind oder nicht. Sie sind natürlich viel zu jung – fast elf. Und Drachen sind erst im Alter von zwanzig Jahren vollständig ausgereift. Freddie ist jedoch einer der wenigen, die Daisy dazu bringen können, sich zu konzentrieren oder aufzuhören zu reden. Aber wer weiß, ob das der Fall sein wird, wenn sie Teenager sind."

Ivy musterte das schnell verschwindende Paar. Sie konnte sich nicht zurückhalten zu fragen: „Wurden die Klassen absichtlich so eingerichtet? Um Menschen und Drachen zusammenzubringen?"

Jane seufzte. „Wer würde das fragen? Oh, richtig, ein ehemaliger Drachenritter. Nein, es war nur für die Kinder, damit sie einander kennenlernen und hoffentlich Freunde finden."

„Oh", sagte sie. Ohne von Hass und Voreingenommenheit umgeben zu sein, ergab es einen Sinn. Wenn Drachen und Menschen von Kindesbeinen an miteinander zu tun hatten, wären sie als Erwachsene vertrauter und entspannter.

Ivy hoffte, dass die Ritter keinen Wind von Stonefires Bemühungen mit den Schulkindern bekommen hatten. Andernfalls könnten sie auch zu Zielen werden.

Noch etwas, das sie ihnen sagen musste, wenn sie die Gelegenheit dazu hatte.

Jane stemmte eine Hand in die Hüfte. „Weißt du

was? Je mehr wir über euch erfahren, desto schlimmer klingen die Ritter. Haben sie auch gesagt, dass Menschen Jungfrauen opfern, um die Drachen zu beschwichtigen?"

Ivy biss sich auf die Lippe. Obwohl die Vorstellung in ihrer Jugend plausibel schien, klang sie jetzt ein bisschen lächerlich. „Ja. Das war einer der Gründe für die Gründung der Drachenritter vor Jahrhunderten. Sie wollten zeigen, dass sie Menschen vor den Drachen schützen konnten, also war es besser, sie anzuheuern, um die Tiere zu töten, als die Drachen weiter mit Opfern zu beschwichtigen."

Jane grunzte. „Also waren sie Söldner, die vorgaben, gerecht zu sein. Warum überrascht mich das nicht?"

Emily mischte sich ein. „Die Beziehungen haben sich im Laufe der Jahrzehnte verändert, manchmal zum Besseren und manchmal zum Schlechteren. Aber es ist unsere Aufgabe, unsere eigene Zukunft zu gestalten, nicht wahr?"

„Sagt die Frau, die selbst nicht dem nachgeht, was sie will", sagte Nikki mit einem schlauen Gesichtsausdruck.

Ivy blickte zwischen den beiden hin und her. „Wovon sprichst du?"

Emily schüttelte den Kopf. „Noch eine Geschichte für eine andere Zeit. Die Schule liegt direkt vor uns. Einige der anderen Schüler sollten jetzt jede Sekunde herausgerannt kommen, um dich zu treffen."

Die menschliche Ärztin hatte viele Geschichten und Geheimnisse. Nicht, dass Ivy mehr nachhaken konnte, da Freddie und Daisy aus dem Gebäude eilten. Daisy hielt die Hand eines anderen Schülers in ihrem Alter mit dunklen Haaren. Selbst aus etwa drei Metern Entfernung konnte Ivy Daisy sagen hören: „Siehst du, Emily? Ich hab' dir doch gesagt, heute wird brillant. Nicht nur ist Nikki hier – ich wünschte, ich könnte mich in einen Drachen verwandeln und auch Beschützerin sein –, sondern auch die andere Emily ist gekommen und die Frau, die seit einem Jahr auf der Krankenstation geschlafen hat. Das ist so viel besser als Kulissen für das Stück zu malen, nicht wahr?"

Das kleine Mädchen sagte etwas, das Ivy nicht hören konnte, aber sie vergaß bald alles über die Kinder, als ein großer, dunkelhaariger Mann mit einem Tattoo auf seinem Bizeps herauskam. Nikki flüsterte: „Das ist Tristan MacLeod, einer der Lehrer. Er ist der Gefährte der Frau, die das berühmte Buch über Drachenwandler geschrieben hat."

Also war der dunkelhaarige Mann mit den zusammengekniffenen Augen Melanie Halls Gefährte.

Die eines der Top-Ziele der Ritter gewesen war und es vermutlich immer noch war. Jeder, der die öffentliche Meinung zugunsten der Drachenwandler lenkte, hatte oberste Priorität.

Ivy platzte heraus: „Ich hoffe, sie ist gut geschützt."

Nikki und Jane sahen sie beide an. „Warum?"

Sie zögerte eine Sekunde bei Nikkis blitzenden Pupillen, schaffte es aber schließlich zu antworten: „Sie ist seit Jahren eines der Top-Ziele der Drachenritter. Ihr Name und andere befinden sich in einer verschlüsselten Datei in den Informationen, die ich mitgebracht habe."

Jane schüttelte den Kopf. „Ich habe dir gesagt, wir hätten stattdessen ein Treffen mit Nate und Lucien arrangieren sollen."

Emily räusperte sich. „Nein, das hier ist besser für ihre psychische Gesundheit, und wir halten uns an den Plan."

Nikki hob die Augenbrauen, als sie Ivy anstarrte. „Bevor du wieder einschläfst, wirst du uns verraten, von welcher Datei du sprichst und wie man sie entschlüsselt."

Sie nickte, und Nikki entspannte sich ein wenig. Die Drachenfrau deutete auf die Schule. „Die Kinder tanzen schon und fragen immer wieder: ‚Warum bewegen sie sich nicht?' Gehen wir, oder Tristan wird wirklich schlechte Laune haben."

Ivy wollte keinen Drachenwandler mit schlechter Laune sehen und deutete mit ihrer Hand. „Dann lasst uns gehen. Ich habe nicht viel Zeit, ehe wir zurückmüssen. Ich kann euch alle notwendigen Informationen geben, sobald wir zur Krankenstation zurückkehren."

Als Emily sie zu den Schülern schob, die vor der Schule standen, atmete Ivy ein paarmal tief durch. Ihre Zeit mit den Kindern konnte ihr viel über die Wochen, Monate oder sogar Jahre erzählen, die sie in Stonefire verbringen würde. Und wenn man bedachte, dass sie Zain zum Gefährten genommen hatte, hatte sie das Gefühl, dass Stonefire für einige Zeit ihre Zukunft sein würde.

Die einzige Frage war, ob sie immer als Feindin gesehen wurde oder ob sie versuchen konnte, Wiedergutmachung zu leisten und sich anzupassen?

Ivy bemühte sich, nicht daran zu denken, wie weit sie in fast zwei Wochen gekommen war, tat ihr Bestes, ihre Angst vor den blitzenden Drachenaugen bei der Hälfte der Kinder zu verbergen, und zwang sich zu einem Lächeln.

Kapitel Elf

Zain glitt zurück nach Stonefire und wünschte sich, er hätte ein anderes Dorf oder eine andere Farm aufsuchen können.

Sein Drache grunzte. *Hör auf, dir Ausreden einfallen zu lassen. Wir haben Ivy heute zu unserer Gefährtin genommen, und anstatt sie kennenzulernen, tust du alles, um dich von ihr fernzuhalten.*

Natürlich, verdammt nochmal. Du bist zu ruhig bei ihr und erkennst die Gefahr nicht. Ihre Röte war ein klares Warnsignal, dass ich Distanz wahren sollte. Ich werde nichts mit ihr ermutigen.

Aber war nicht der Sinn der Paarung, mehr Zeit mit ihr verbringen zu können, um Informationen zu bekommen? Ganz zu schweigen davon, wie du über Ivy denkst, jetzt, wo sie die unsere ist und wir sie beschützen müssen.

Ja, das stimmte, das war sie. Aber Zain vertraute Nikki, sich eine Weile um sie zu kümmern.

Ganz zu schweigen davon, dass er auch die Distanz brauchte. Es brauchte jedes bisschen Klugheit, das er besaß, um seine Reaktionen auf Ivy vor seinem inneren Tier geheim zu halten.

Wenn er nicht aufpasste, blitzte das Gefühl ihrer weichen Wange unter seinen Lippen in seinem Kopf auf. Eine Wange, die warm war und danach verlangte, sich an seine zu schmiegen. Ganz zu schweigen davon, dass ihr Duft ihn umgeben hatte, was seinen Wunsch geschürt hatte, sie auszuziehen und sie wahrhaft zu beanspruchen.

Gott sei Dank für seine eiserne Kontrolle, sonst hätte sich sein Schwanz zweifellos bemerkbar gemacht und jeden im Raum wissen lassen, dass er die Menschenfrau als mehr als nur als Informationsquelle wollte.

Und nicht irgendeine Menschenfrau, sondern eine, die zu seinen verdammten Feinden gehörte! Zwar war sie eine *ehemalige* Feindin, doch das machte für ihn kaum einen Unterschied.

Zum Glück hatte sein Drache Zains Gedanken während der Zeremonie nicht aufgegriffen. Andernfalls würde das Tier die Erinnerung daran, wie er ihre Wange geküsst hatte, in Dauerschleife abspielen, in der Hoffnung, Zain genug zu zermürben, um der Frau zumindest eine Chance zu geben.

Als ob er es jemals könnte.

Richtig?

Um nicht darüber nachzudenken, antwortete Zain seinem Tier: *Und wir werden den Menschen schützen, natürlich werden wir das tun. Sobald wir wieder in Stonefire landen, werden wir nach ihr suchen, okay?*

Sein Tier schnaubte. *Solltest du auch besser. Ich möchte sie nochmal in diesem Kleid sehen, bevor sie wieder in ein Krankenhaushemd gesteckt wird.*

Das leuchtend blaue Kleid, das ihre Haut zum Strahlen gebracht hatte.

Nein, Zain musste solche Gedanken bereinigen. Ivy mochte vorerst versuchen, ihnen zu helfen, doch in seinen Augen würde sie immer zuerst seine Feindin bleiben und erst dann alles andere.

Sein Drache knurrte, was bedeutete, dass Zain seine letzten Gedanken nicht geheim gehalten hatte. *Normalerweise bist du Menschen gegenüber aufgeschlossener. Gib ihr eine Chance.*

Wenn sie es verdient, dann vielleicht. Ich werde den Clan nicht riskieren. Allzu leicht könnte sie sich gegen uns wenden und ihr wahres Gesicht zeigen, um viele der Leute, die wir lieben, zu verletzen. Möchtest du Freddie oder Alfie wirklich in Gefahr bringen?

Benutze unsere Neffen nicht als Schild für das, was du nicht erkennen möchtest.

Und das wäre?

Dass Ivy sich vielleicht entschieden hat, uns zu helfen, und die vor ihr liegende Wahrheit akzeptiert.

Was sein Drache nicht sagte, war wichtiger – wenn sie die Wahrheit akzeptierte und ihnen half, die Ritter auszurotten, hätte Zain weniger Ausreden, sich von der Frau fernzuhalten, die er zur Gefährtin genommen hatte.

Er seufzte innerlich und wünschte, sein Leben wäre ein wenig einfacher. *Dort ist der Landeplatz. Je schneller wir den Boden berühren, desto schneller können wir sie finden. Das sollte dich glücklich machen.*

Schön, sei mürrisch. Ich werde den Menschen für uns beide genießen.

Zain wollte nichts in die Worte seines Tieres hineininterpretieren und erlaubte seinem Drachen, sie auf den Landeplatz zu manövrieren und langsam wieder den Boden zu berühren. Innerhalb von Sekunden schrumpfte seine Schnauze zu einer Nase, seine Flügel zogen sich in seinen Rücken zurück, und seine Gliedmaßen nahmen wieder ihre normale Größe an.

Nachdem Zain schnell seine Sachen angezogen hatte, ging er zur Schule, sah auf sein Handy und fand ein paar Nachrichten. Laut Nikkis SMS waren sie im Auditorium der Schule und würden für ein oder zwei Stunden dort sein. Da der Zeitstempel fast zwei Stunden her war – ohne Folgenachricht von Nikki über eine Änderung der Pläne –, fragte sich ein Teil von ihm, ob er Glück hatte und er sich nur wieder mit Ivy in ihrem Krankenhauszimmer befassen musste.

Aus irgendeinem Grund konnte er klarer denken, wenn sie in diesem Bett lag und ein Krankenhaushemd trug. Vielleicht musste er sie nicht noch einmal in dem schönen blauen Kleid sehen, das ihn hatte vergessen lassen, dass sie einst seine Feindin gewesen war.

Zain erreichte das Schulgelände, winkte einigen Mitarbeitern außerhalb des Auditoriums zu und trat ein.

Der Raum war groß, mit Sitzen an den Seiten, die an die Wand geklappt werden konnten. Im Gegensatz zu den meisten Menschenschulen, die er auf Bildern gesehen hatte, hatte die Schule von Stonefire ein Dach, das sich öffnen ließ. Schließlich war es ganz hilfreich, Drachen direkt im Raum landen zu lassen, anstatt dass sie vor den Schülern wandelten. Einige der Jungen könnten auf törichte Ideen kommen und versuchen zu wandeln, was bei einem ungeschulten Drachen, der sich beweisen will, nie gut endet.

Schüler und eine ganze Reihe von Eltern füllten die Plätze. Er bemerkte auch ein paar Clanmitglieder, die keine Lehrer waren, darunter Blake Whitby – der Drache, der bei den Spezialeffekten für das Theaterstück der Kinder half – und einen Teenager namens Oliver, Melanie Hall-MacLeods jüngerer Bruder.

Das Treffen war also für mehr als nur die Schüler.

Zain suchte in der Menge nach Ivy und fand sie schließlich in einem Rollstuhl an der Seite sitzend. Eine lange Schlange begann an ihrem Standort und wand sich um die leere und offene Mitte des Raumes.

Zain hielt sich dicht an der Wand, größtenteils versteckt von einer der Tribünen, und beobachtete Ivy, wie sie mit einem Kind und dann mit einem anderen sprach.

Meist lächelte sie und nickte. Und auch wenn er die dunklen Ringe unter ihren Augen bemerkte, was bedeutete, dass sie müde sein musste, sah sie lebendiger und lebhafter aus, als er sie bisher gesehen hatte.

Und die Schüler, die mit ihr sprachen, sahen nicht wütend aus. Nein, viele von ihnen hatten große Augen und offene Münder, wie in Ehrfurcht vor der Menschenfrau.

Es schien, als hätte Ivy einige der Kinder in weniger als zwei Stunden für sich gewonnen. Sie war entweder wirklich gut darin, Menschen zu beeinflussen, oder sie hatte eine natürliche Affinität zu Kindern.

Sein Drache meldete sich zu Wort. *Warum zeugst du dann kein Kind mit ihr? Sie wird so schnell keins von irgendjemandem bekommen. Und dann werde ich jemanden haben, an den ich mein Wissen und meine Fähigkeiten weitergeben kann.*

Nein, wir reden jetzt nicht über Babys.

Sein Tier schnaubte. *Und die Leute halten mich für denjenigen, der stur ist.*

Eine vertraute Stimme kam von rechts – Bram. „Da bist du ja endlich, wie ich sehe."

Zain nahm seinen Blick nicht von Ivys Gestalt und beobachtete jede ihrer Bewegungen, um festzustellen, welche Eigenarten sie hatte. „Ich musste mich um einige Aufgaben kümmern. Nikki und Jane haben für mich auf sie aufgepasst, und da du ihnen auch vertraust, sehe ich das Problem nicht."

Bram hielt seine Stimme leise, sodass nur Zain ihn hören konnte. „Wenn du dich nicht wie ihr Gefährte verhalten willst, hättest du sie nicht beanspruchen sollen."

Endlich begegnete er Brams Blick. „Nicht einmal du verbringst jede Sekunde des Tages mit Evie."

Bram hob die Brauen. „Nein, aber ich habe es in den ersten Monaten verdammt nochmal versucht und tue es immer noch, wenn ich es schaffen kann. Und bevor du sagst, dass es bei uns eine Liebespaarung war, solltest du wissen, dass nicht alle Paarungen so beginnen, besonders nicht bei einigen wahren Gefährten."

Zain schüttelte den Kopf. „Ich glaube nicht, dass sie meine ist. Aber egal, gib mir eine detaillierte Liste, was ich tun muss, um deine Standards zu erfüllen, und ich werde es tun."

Bram grunzte. „Ruppigkeit hilft dir nicht, Zain. Hör auf, deine schlechte Laune an mir auszulassen, und sprich mit der Frau."

Er konnte leugnen, dass er sich nicht darum scherte, mit Ivy zu sprechen, es sei denn, sie wollte Informationen über die Drachenritter vermitteln.

Doch als er sah, wie sie lächelte und manchmal einem Schüler ein High Five gab oder ihre Faust gegen die seine stieß, wand sich ein Hauch von etwas Unbekanntem in seinem Körper.

Er weigerte sich, es Eifersucht zu nennen. Nein, Zain fühlte sich nur verpflichtet, seine Pflichten als Gefährte zu erfüllen.

Schließlich seufzte er: „Gut, ich werde auf sie aufpassen. Macht dich das glücklich?"

„Vorerst."

Bevor Bram sich in einen Vortrag oder eine Art weisen Rat vertiefen konnte, durchquerte Zain den Raum, bis er neben Ivy in ihrem Rollstuhl stand. Ihm entgingen ihre geröteten Wangen und das Glitzern in ihren Augen nicht, das er noch nie zuvor gesehen hatte – ein aufgeregtes.

Sie hatte Spaß.

Sein Drache knurrte. *Wir hätten dieses Leuchten auch aus ihr herauslocken können, wenn du dich ein wenig bemüht hättest.*

Er ignorierte sein Tier und wartete darauf, dass das nächste Kind – das immer wieder stotterte – fertig war, bevor er sich hinabbeugte und Ivy ins Ohr flüsterte: „Sag mir die Wahrheit – bist du erschöpft?"

Sie bewegte den Kopf, und ihre Haare kitzelten seine Lippen.

Ihr Haar war viel weicher, als es sein sollte.

Bevor er etwas Dummes tun konnte, wie ihren Kopf küssen und ihren Duft tief einatmen, trat er zurück, bis er sah, wie Ivy ihn stirnrunzelnd ansah.

Sie erwiderte: „Ich wusste nicht, dass du zurück bist. Aber ja, mir geht's gut. Emily überprüft mich alle fünf Minuten oder so, nur um sicherzugehen."

„Aber es ist schon mehr als eine Stunde, und nur so lange ist dir zugestanden worden."

Ivy hob die Augenbrauen. „Ich habe Emilys Segen, hier zu bleiben." Sie senkte ihre Stimme zu einem winzigen Flüstern. „Außerdem sind sie freundlicher zu mir, als du es je warst. Entschuldige, dass ich es noch ein bisschen länger genieße, nicht übermäßig gehasst zu werden."

Sein Drache stand auf und streckte seine Flügel aus. *Du solltest auch netter zu ihr sein.*

Ein kleiner Junge, den Zain als Elliott Wells erkannte, zog an Ivys Ärmel, um ihre Aufmerksamkeit zu bekommen.

Sie drehte sich um und lächelte den kleinen Jungen an. Als der es erwiderte, widerstand Zain erneut einem Stirnrunzeln.

Elliotts Mutter Charlie war von Drachenjägern getötet worden. Obwohl sie eine von den Rittern getrennte Gruppe waren, waren sie genauso brutal und entschlossen, Drachenwandlern zu schaden.

Wie konnte Elliotts Vater zulassen, dass er so frei mit einer Feindin umging, selbst wenn sie eine ehemalige war?

Sein Drache meldete sich zu Wort. *Hudson arbeitet mit Lucien an einigen IT-Jobs. Er wird wohl von Ivys USB-Stick voller Informationen wissen, und das könnte für den Mann ausreichen, um ihr eine Chance zu geben.*

Jeder sprach davon, Ivy eine verdammte Chance zu geben, und ignorierte alles, was sie in der Vergangenheit getan hatte. Bevor er jedoch seine Frustration mit seinem Drachen teilen konnte, rannte Daisy auf ihn zu und rief: „Onkel Zain!"

Er hatte schon lange aufgehört, ihr sagen zu wollen, dass er nicht ihr Onkel war. Als Daisy neben ihm zum Stehen kam, zog sie an seinem Ärmel. „Du nimmst uns Ivy doch nicht schon weg, oder? Ich habe ihr versprochen, einen kurzen Blick auf die Kulissen für unser Stück werfen zu dürfen. Und sie hat erwähnt, dass sie einige wissenschaftliche Dinge weiß, also könnte sie vielleicht bei den Spezialeffekten helfen. Mr. Whitby versucht immer wieder, die perfekte kontrollierte Explosion zu finden. Sagte etwas, dass er nicht alle in Brand setzen will, also nur eine falsche. Aber eine gute, natürlich."

Zain öffnete den Mund, um zu antworten, aber Daisy drehte sich zu Ivy um und fuhr fort: „Sie bleiben ein bisschen länger, richtig, Miss Passmore? Wir können uns die Kulissen ansehen und mit Mr. Whitby reden. Ich weiß, die anderen Kinder werden enttäuscht sein, wenn Sie gehen, aber Sie haben ja schon gesagt, dass Sie wieder zur Stonefire Schule kommen. Dann können sie ihre Fragen auch für später aufheben. Die Kulissen und das Stück werden nicht mehr lange da sein, nur bis wir die Aufführung haben. Danach werden sie wahrscheinlich wieder eingelagert. Und wenn Mr. Whitby keine Idee für sein besonderes Extra für uns hat, wird das Stück nicht so gut sein. Sie müssen ihm helfen."

Nur gut, dass Daisy noch nicht ganz elf Jahre alt war. Wäre sie erwachsen gewesen, hätte Zain Angst davor haben müssen, was ihre gewaltige Persönlichkeit seinem Clan antun würde.

Sein Drache schnaubte. *Sie liebt Drachen zu sehr, um uns wehzutun.*

Nur weil sie uns liebt, heißt das nicht, dass sie uns nicht unbeabsichtigt was antun wird.

Ivys Antwort unterbrach das Gespräch mit seinem Tier. „Ich denke, das ist eine gute Idee, Daisy. Ich muss sowieso bald gehen, damit ich mich ausruhen kann. Und ich würde gern Mr. Whitby helfen, wenn ich kann."

Daisy hüpfte. „Ja! Okay, ich hole ihn und sag ihm Bescheid." Daisy sah zu Zain auf. „Sorg dafür, dass sie in den Lagerraum gelangt, wo wir die Kulissen und alles haben. Wenn du jemanden finster ansiehst, der unterwegs mit Miss Passmore reden will, dann wird das die anderen Schüler abschrecken. Also sieh unbedingt ganz viel finster drein."

Damit stürzte das Menschenkind mit den Locken davon.

Ivy sprach leise, ihre Stimme voller Belustigung. „Ich mag Daisy sehr."

„Ich bin froh, dass jemand es tut", bemerkte er halbherzig. Insgeheim mochte er die Freundin seines Neffen auch, und es störte ihn nicht, dass sie ihn

Onkel nannte, aber man hätte ihm schon die Finger-
nägel ausreißen müssen, bevor er es zugab. „Soll ich
dann den Besuch des anderen Raums mit der Ärztin
klären?"

Sie blinzelte zu ihm auf. „Du bringst mich hin?"

„Ich *bin* dein Gefährte. Außerdem habe ich
Nikki lange genug von ihrer Tochter ferngehalten.
Und ich kann Daisy auch nicht im Stich lassen."

Ivy blickte über ihre Schulter, und Zain tat sein
Bestes, um ihren langen, anmutigen Hals nicht zu
bemerken. Oder wie der Ausschnitt ihres Kleides ein
wenig von ihrem Dekolleté freilegte.

Nein, er würde es nicht bemerken. Vor allem,
weil sie in Zukunft viel Zeit allein verbringen
würden. Und wenn er immer wieder ihren Körper
bemerkte, könnte sein Schwanz sein Gehirn außer
Betrieb setzen und ihn dazu bringen, etwas Dummes
zu tun.

Sein Drache murmelte etwas Zusammenhang-
loses und ließ sich in seinem Hinterkopf nieder.
Ausnahmsweise wollte sein Drache ihn weder
beschimpfen noch streiten.

Während es auf jeden Fall einen Hinterge-
danken dabei gab, verdrängte Zain die nagende
Neugier. Ohne ein weiteres Wort ging er zu Nikki,
Jane und Emily, die alle zusammen standen. Nikki
neigte den Kopf und lächelte. „Kommst du endlich,
um deine Gefährtin zu beanspruchen?"

„Nicht beanspruchen, sondern begleiten. Ich
übernehme vorerst ihre Betreuung."

Die menschliche Ärztin ergriff das Wort. „Sie darf nicht viel länger draußen bleiben, Zain. Sie muss in der nächsten halben Stunde wieder auf der Krankenstation sein, sonst könnte sie einen Rückfall erleiden."

Er grunzte. „Ich verspreche, sie wird bis dahin wieder da sein. Wenn ich über sie wache, werde ich sie ziemlich schnell in den Kulissenraum bringen und ihn wieder verlassen können."

Jane schnaubte. „Es sei denn, Daisy will, dass sie bleibt."

„Ich kann ja wohl mit einem kleinen menschlichen Mädchen umgehen."

Jane antwortete: „Wir werden sehen. Sie hat das Talent, Männer um ihren kleinen Finger zu wickeln."

Zain wollte keine Zeit mehr verschwenden, drehte sich um und ging zurück zu Ivy. Sie verabschiedete sich von einem letzten Schüler, bevor sie ihn ansah. „Wo ist Emily? Sollte sie nicht auch mitkommen?"

„Die nächsten dreißig Minuten stehst du unter meiner Obhut. So viel Zeit haben wir, bis ich dir wieder zurück in dein Bett helfe. Die Zeit beginnt jetzt."

Ivy schnaubte. „Da klingt aber jemand ein bisschen arrogant. Wenn ich eine Stoppuhr hätte, würde ich die Zeit messen."

Er blinzelte. Versuchte die Menschenfrau, ihn zu ärgern? „Nun, hast du aber nicht. Aber ich bin ziemlich gut darin, die Zeit einzuhalten. Also lass uns gehen, und ich werde dich wissen lassen, wann es Zeit ist, zurück in dein Zimmer zu gehen."

Er schob langsam den Rollstuhl, und die Kinder gingen aus dem Weg. Und wenn sie es nicht taten, knurrte er nur, hob seine Augenbrauen, und sie hasteten davon.

Manchmal war es gut, den Ruf eines beängstigenden Beschützers zu haben.

Sein Drache gähnte. *Nicht beängstigend. Vielleicht ein bisschen einschüchternd, aber sonst nichts.*

Ich dachte, du schläfst.

Mache ich auch. Vielleicht, wenn du Zeit allein mit Ivy verbringst, ohne dass ich dich anstupse, wirst du mehr von dem sehen, was ich sehe.

Und das wäre?

Finde es selbst heraus.

Sein Tier rollte sich zusammen, den Kopf unter den Schwanz gelegt und die Augen geschlossen. Selbst wenn er nur so tat, würde sein Drache nichts sagen, bis er bereit war.

Sobald sie aus dem Auditorium und in einem leeren Flur waren, sagte Ivy: „Ich habe den heutigen Tag genossen. Vielleicht könnte ich, wenn ich hierbleibe, irgendwann Lehrerin oder Lehrerassistentin werden."

Bevor er es sich anders überlegen konnte, spie er: „Wenn die Eltern dir deine Vergangenheit verzeihen können."

Sobald die Worte seine Lippen verlassen

hatten, fluchte er innerlich. Er hatte geschworen, sie nicht als verbalen Boxsack zu benutzen. „Ivy, ich —"

„Spar es dir, Zain. Nicht mal, dass du ein Arschloch bist, kann mir die letzten Stunden nehmen."

Sie waren weniger als einen Tag gepaart, und seine Gefährtin hielt ihn für ein Arschloch.

Es sollte ihm egal sein, sollte es wirklich. Die Paarung war nur zum Schein. Seine Pflicht war es, sie zu beschützen, sonst nichts.

Und doch, der Gedanke an ihren schwelenden Hass bekam ihm nicht gut. Er musste es besser machen. Und zwar schnell.

Er fuhr fort, sie den Flur hinunter in den richtigen Raum zu rollen, und durchsuchte sein Gehirn, wie er für Ivy ein anständiger Gefährte sein und aufhören könnte, sie wie Mist zu behandeln. Sonst würde sie ihm nie etwas sagen.

Und ja, das musste der wahre Grund für sein Bedauern sein. Er hatte zu viel Angst, um an eine andere Ursache zu denken.

Ivys Nervosität war bei den Schulkindern schnell verschwunden. Schon, einige stellten schwierige Fragen, warum sie dort war oder ob sie Familie hatte. Ganz zu schweigen von einigen, die am Rand des Raums herumlungerten und nichts mit ihr zu tun haben wollten. Aber diejenigen, die sich angestellt hatten, um mit ihr zu reden, hatten ihr den Tag versüßt.

Nun, eher ihr Jahr, wenn man bedachte, dass sie fast so lange bewusstlos gewesen war.

Alle Fragen und Nikki, die mit einigen Schülern über Ivy scherzte, hatten sie weniger vorsichtig gemacht. Es war ihr fast unmöglich zu glauben, dass eine ganze Schule zusammengearbeitet hatte, um sie auszutricksen.

Was bedeutete, dass ihre letzten großen Zweifel daran, dass die Drachen die Monster waren, wie ihr beigebracht worden war, verblassten.

Nein, sie würde niemandem einfach vertrauen. Aber sie konnte sich wenigstens umsehen, beobachten und selbst urteilen.

Dr. Rossi hätte wahrscheinlich ein paar schicke Worte für diese Erkenntnis.

Zain blieb vor einer Tür stehen und grunzte. „Da sind wir. Bist du dir sicher, dass du nicht zu müde bist?"

„Warum, Angst, dass sie mich nicht im selben Raum wie die Schüler sein lassen? Da das ein abgeschlossener Bereich ist, könnte ich sie mir einen nach dem anderen vornehmen", sagte sie gedehnt.

„Nein, du hast dunkle Ringe unter den Augen, und du siehst abgespannt aus. Darum."

Zain zuckte bei seinen Worten sichtlich zusammen. Konnte es Reue sein?

Nein, er hatte klargestellt, dass er sie nicht mochte. Was okay war, aber sie würde nicht zulassen, dass er ihren Tag ruinierte. „Nun, dieser abgespannte Mensch kann damit umgehen, mit einem anderen Experten einige Notizen durchzugehen und über Chemie zu sprechen.“

Er musterte ihre Augen kurz, bevor er sagte: „Bevor wir reingehen, lass mich eins klarstellen – ich versuche nicht absichtlich, gemein zu dir zu sein. Es passiert einfach.“

Sie schüttelte den Kopf. „Ich bin mir nicht sicher, ob das die Sache besser macht. Wenn ich schließlich versuchen kann, meine gesamte Weltanschauung über deine Art zu verändern, kannst du doch wohl wenigstens versuchen, nett zu einem Menschen zu sein.“

Die Worte überraschten sogar Ivy, aber sie wollte sich nicht dafür entschuldigen. Jane, Emily und Nikki hatten wiederholt, dass sie sich gegen Zain behaupten musste. Und obwohl es keine Chance gab, dass irgendwas Romantisches zwischen ihnen passierte – sein Hass war zu groß –, konnte sie den Drachenmann ein paarmal zurechtweisen, wenn es bedeutete, dass er dann netter zu ihr wäre.

Seine Pupillen blitzten auf und erinnerten sie an den schönen roten Drachen, der in den Himmel aufgestiegen war, und eine Idee bildete sich. „Und du kannst damit beginnen, mir einen privaten Blick auf deinen Drachen zu gewähren, sobald ich mich erholt habe und wieder rausgehen kann. Ich muss üben, nicht zusammenzuzucken oder Angst zu zeigen, und das wird dich dazu bringen, Zurückhaltung zu lernen, weil ich ziemlich sicher bin, dass dein Clanführer nicht möchte, dass du mich als Snack verspeist."

Er räusperte sich. „Wir essen keine Menschen! Kühe oder Hirsche sind viel schmackhafter für unsere Drachengestalten. Und bevor du dich darüber aufregst, dass wir sie stehlen: Wir haben unsere eigenen Bauernhöfe mit diesen Tieren und mehr bestückt."

Interessant. Das war etwas, das die Drachenritter ihr gegenüber nie erwähnt hatten. Obwohl sie zugeben musste, dass es schwer war, sich einen Drachenbauern oder Rancher vorzustellen. „Stimmst du dem Privatissimum also zu? Oder wirst du das wieder ablehnen und abhauen?"

„Ich bin nicht abgehauen", korrigierte er.

Sie kämpfte gegen ein Lächeln. Er *war* vorhin vor ihr weggelaufen. Die Frage war, warum, da er vorher so viel Zeit damit verbracht hatte, bei ihr in ihrem Zimmer sein zu wollen.

Er seufzte und nickte. „Okay, schön. Sobald die Ärzte einen weiteren Ausflug genehmigen, zeige ich dir meine Drachengestalt. Aber beim ersten Anzeichen von Angst wandle ich zurück. Ich habe versprochen, mich um dich zu kümmern, und das schließt auch ein, dich nicht in einen Rückfall oder wieder in ein Koma zu schicken."

Sie brachte genug Energie auf, um eine Hand zu heben, und hielt sie ihm hin. Ivy erwartete voll und ganz, dass er sie ignorieren und sich abwenden würde. Doch nach einer Sekunde nahm er ihre Hand in seine und drückte.

Die warmen, rauen Finger, die sie bei ihrer ersten Massage von ihm gespürt hatte, hatten sich nicht verändert. Und etwas an seiner Hand, die ihre winzig erscheinen ließ, fast als würde sie ihre Hand vor anderen schützen, gab ihr das Gefühl, sicher zu sein.

Dann drehte er ihre Hand um und fuhr mit einem Finger über ihr inneres Handgelenk. Ivy konnte ihren Schauer bei der leichten Berührung nicht zurückhalten. Sie flüsterte: „Was machst du da?"

Er antwortete: „Dir zeigen, dass ich auch sanft sein kann. Ich denke, ab jetzt werde ich deine Physiotherapie wieder übernehmen."

Bilder von Zain, der mit der Hand ihre Beine hinauffuhr, bis zu ihren Oberschenkeln, und sie presste oder drückte, ließen Ivy sich fast auf ihrem Sitz winden. Dass er nett war, war fast zu viel.

Wenn seine kräftigen Hände sie Tag für Tag massierten, war Ivy nicht sicher, ob Zain zu paaren die beste Idee gewesen war.

Denn wenn er so weitermachte, würde sie etwas wollen, das sie nicht haben konnte.

Und nicht nur, weil sie sich nach so vielen Jahren in fast vollständiger Isolation bei den Rittern nach Nähe sehnte.

Bevor sie jedoch Worte bilden konnte, ließ er

ihre Hand fallen, öffnete die Tür und brach den Zauber.

Im Zimmer hielten sich ein paar Kinder mit einigen Farbsets auf. Hinten saß der Drachenmann mit den hellbraunen Haaren und der hellen Haut, den sie im Auditorium gesehen hatte, vor einem Computer. Blake Whitby.

Richtig, es war an der Zeit, sich auf Chemie und andere wissenschaftliche Erkenntnisse zu konzentrieren. Das würde ihr helfen, Zain und seine großen, warmen Hände zu vergessen.

Sobald er sie also zu dem anderen Drachenmann geführt hatte, ignorierte sie Zain und konzentrierte sich so lange wie möglich auf das, was in ihrer Welt einen Sinn ergab – die Wissenschaft. Die Ablenkung war nur vorübergehend, aber etwas über Fakten, Zahlen und Hypothesen gab ihr das Gefühl, jünger zu sein, wie in einer Zeit, bevor sie sich den Drachenrittern angeschlossen hatte.

Vielleicht war das die Person, die sie sein sollte.

Kapitel Zwölf

Zain gab sein Bestes, sein Tempo zu drosseln und nicht zu rennen, als er sich zur Krankenstation des Clans aufmachte, um Ivy wiederzusehen.

Zwar hatte er die Nacht auf einem Klappbett in Ivys Zimmer verbracht, doch sie war am Vortag eingeschlafen, als sie von der Schule zurückkamen, und noch nicht wieder aufgewacht.

Er war besorgt gewesen, doch die Ärzte hatten ihm versichert, dass sie nur schlief und er einige seiner Beschützerpflichten erledigen solle, solange es möglich war.

Also hatte er das. Ihre Bewusstlosigkeit machte ihn jedoch unruhig, und er wollte unbedingt nochmal nach ihr sehen.

Sein Drache meldete sich zu Wort. *Ich sagte doch, wir hätten ihre Seite nicht verlassen sollen.*

Wir mussten uns bei Kai, Lucien und Nate melden.

Das Trio war die jetzt dekodierten Daten durchgegangen. Und obwohl sie einige Antworten hatten, hatten die Informationen nur weitere Fragen aufgeworfen. Kai überließ es ihm, zu entscheiden, wann Ivy stark genug war, sich ihnen zu stellen. Niemand wollte eine unangenehme Erinnerung auslösen und sie möglicherweise hysterisch werden lassen oder, schlimmer noch, einen Rückfall verursachen.

Nicht, dass Zain vermutete, dass man sie leicht triggern konnte. Eine Frau, die ihren Bruder ermordet auffinden, einen Plan schmieden und in die Arme ihrer Feinde fliehen konnte, war stärker, als die meisten zugeben würden.

Sein Drache schnaubte. *Wer verteidigt sie jetzt?*

Er ignorierte seinen Drachen, betrat den Hintereingang der Krankenstation und ging direkt zu Dr. Sids und Gregors gemeinsamem Büroraum. Er klopfte und trat ein, als Sid ihn hereinrief. Er fand die beiden an einander zugewandten Schreibtischen, von Bergen von Papierkram umgeben.

Sobald Zain die Tür hinter sich geschlossen hatte, fragte er ohne lange Vorrede: „Wie geht's Ivy?"

Gregor hob eine dunkelblonde Augenbraue. „Du warst nur eine Stunde weg, also hat sich nichts geändert. Und wenn doch, hätten wir es dir mitgeteilt."

Dr. Sid presste die Finger vor sich zusammen. „Wenn du dich für sie erwärmst, Zain, dann sorge dafür, dass du deinen Schwanz in der Hose behältst, bis sie stärker ist."

Er knurrte. „Vorsicht, Sid."

Sid hob die Hände, ihre Handflächen zeigten zu ihm. „Vorerst. Aber falls es dazu kommt, dass du über Sex mit ihr nachdenkst, musst du zuerst mit uns sprechen. Und nicht nur, um sicherzustellen, dass sie gesund genug ist."

Sein Zorn verblasste ein wenig bei Dr. Sids kryptischen Worten. „Was hat das zu bedeuten?"

Gregor antwortete: „Es könnte sein, dass das Gift, das bei ihr verwendet wurde, ein biologisches Element enthält, das durch Körperflüssigkeiten übertragen werden kann. Bis wir es mit Sicherheit ausschließen können – ihr Blutbild enthält mehr Geheimnisse, als uns lieb ist –, sei vorsichtig."

Die Tatsache, dass die Ärzte so wenig über Ivys Situation wussten, ließ seinen Drachen in seinem Kopf auf- und abgehen. *Wie sollen wir sie davor beschützen?*

Können wir nicht, sagte er.

Zain sprach wieder mit den Ärzten. Er grunzte. „Ich habe nicht vor, sie über einen Stuhl zu werfen und sie zu ficken. Ich will ihr nur eine Physiotherapie geben und sie meinen Drachen sehen lassen, wenn sie stark genug ist. Kann ich eins von beiden heute tun?"

Dr. Sid zuckte die Schultern. „Physiotherapie ist okay. Was einen weiteren Ausflug so kurz nach gestern anbelangt, wirst du warten müssen. Vielleicht kann sie in ein oder zwei Tagen wieder für ein paar Stunden raus, aber nicht mehr."

Ein Telefon klingelte auf Gregors Schreibtisch. Nachdem der Drachenmann nachgesehen hatte, sagte er zu seiner Gefährtin: „Ivy ist wach. All ihre Werte sind stabil und scheinen gut zu sein. Vorerst."

Sein Drache richtete sich höher auf bei der Erwähnung, dass Ivy wach war. Zain versuchte, es nicht zu bemerken, und sagte: „Richtig, dann werde ich zu ihr gehen. Sagt mir Bescheid, sobald ihr mehr Informationen über ihren Zustand habt, ihre Krankheit oder was auch immer mit ihr los ist."

Er marschierte aus dem Raum und ging zu Ivy. Sein Drache entschied sich, etwas zu sagen. *Wenn wir nicht mit ihr schlafen können, dann hast du genug Zeit, sie besser kennenzulernen.*

Nicht das schon wieder!

Nachdem er Ivy am Vorabend ins Bett zurückgebracht hatte, hatte er ihre schlafende Gestalt länger angestarrt, als ihm lieb war. Zu beobachten, wie sie mit Blake interagierte, war faszinierend gewesen.

Denn während Zains Augen beim ersten Gespräch über Formeln glasig geworden waren, war Ivy noch lebhafter geworden.

Sie liebte die Wissenschaft wirklich.

Vielleicht konnte sie dieses Talent nutzen, um seinen Clan und die anderen Drachen auf der ganzen Welt besser zu schützen.

Natürlich, da sie sich so wohl bei Blake fühlte, hatte Zain reichlich finster gestarrt. Nicht, dass der

Mann Zains Blick überhaupt bemerkt hätte oder auch nur Ivy als Frau.

Angesichts der Tatsache, dass der schüchterne Mann selten mit anderen Clanmitgliedern zu tun hatte und als Einsiedler gehänselt wurde, sollte Zain das nicht wirklich überraschen.

Doch wie konnte jemand ihre schönen roten Haare oder ihre Augen nicht bemerken, die ihn an die tiefen Weiten des Ozeans erinnerten?

Sein Drache schnaubte, aber Zain ignorierte ihn. Er durfte doch wohl die Schönheit seiner Gefährtin bemerken, auch wenn er nicht beabsichtigt hatte, darauf zu reagieren.

Lügner, knurrte sein Tier.

Als er Ivys Zimmer erreichte, klopfte er an und trat ein, ohne auf eine Antwort zu warten – und erhaschte einen Blick darauf, wie eine Krankenschwester gerade das Hemd über Ivys blassen, nackten Rücken zog.

Während Ivy noch mehr Gewicht zulegen musste, brachten ihn die lange Kurve ihrer Wirbelsäule und die glatte Haut, die mit Sommersprossen gespickt war, dazu, hinüberspringen und jeden einzelnen dieser kleinen Flecken küssen zu wollen.

Und seine Suche fortsetzen, bis er jeden einzelnen an ihrem Körper gefunden hatte.

Nein, ehemaliger Ritter, ehemaliger Ritter, ehemaliger Ritter, wiederholte er in seinem Kopf. Sie konnte nie die seine sein. Das wäre ein Verrat an seinem Clan.

Also verdrängte Zain jeden letzten erotischen Gedanken, den er an Ivy hatte, und wartete darauf, dass die Schwester fertig war. Dann marschierte er hinüber und setzte sich auf den Bettrand. „Ich habe noch ein paar Fragen an dich."

Sein Tier seufzte. *So viel dazu, es ruhig angehen zu lassen.*

Ich muss es auf meine Weise tun.

Warum?

Zain würdigte seinen Drachen keiner Antwort, sondern sah Ivy an und wartete darauf, dass sie reagierte.

Eine Krankenschwester war gerade dabei gewesen, ihr Krankenhaushemd nach der morgendlichen Untersuchung zuzubinden, als ihr ein Prickeln die Wirbelsäule hinunter lief. Zuerst fragte sich Ivy, ob es etwas mit ihrem Zustand zu tun hatte, oder ob sie auf dem Weg der Genesung war. Als Zain jedoch vor ihr auftauchte und sich auf ihr Bett setzte, wusste sie sofort, dass es seine Augen auf ihrem Rücken gewesen waren, die ihre Haut erhitzt hatten.

Sie hatte am Tag zuvor viele durchtrainierte Drachenwandler gesehen, aber keiner von ihnen erregte die gleiche Reaktion wie Zain.

Der Mann, mit dem sie sich gepaart hatte und mit dem sie viel Zeit verbringen würde, der aber nie wirklich der ihre wäre.

Nicht, dass sie ihn so wollte. Nein, das wäre lächerlich.

Als Ivy noch mit der Reaktion ihres Körpers zu kämpfen hatte, sagte Zain in seiner knurrigen Stimme: „Ich habe noch ein paar Fragen an dich."

Krankenschwester Ginny schnaubte und sprach, bevor Ivy es konnte. „Du kannst noch ein paar Minuten warten, Zain Kinsella. Ivy muss ihr Frühstück essen, bevor sie irgendwas anderes tut."

Sie erwartete, dass Zain widersprechen würde, aber er nickte, verschränkte die Arme und wartete, ohne sich von seinem Platz auf ihrem Bett zu rühren.

Großartig! Sie hätte eine Audienz bei ihrem mickrigen Mahl.

Ivy versuchte ihr Bestes, den Hulk von einem Drachenmann auf ihrem Bett zu ignorieren, und erlaubte Ginny, ihr mit dem Löffel etwas von dem speziellen, kaum warmen Suppengebräu zu geben, das sie sie jeden Morgen zu essen zwangen. Dennoch bemerkte sie aus dem Augenwinkel, dass Zain dem Löffel zu ihren Lippen, zur Schüssel und wieder zurück folgte.

Es lag ihr auf der Zungenspitze, ihn zu fragen, ob er ihre Essgewohnheiten gegenüber seinem Chef dokumentieren musste, verkniff es sich aber. Je eher sie mit dem Essen fertig war, desto eher würde Ginny sie in Ruhe lassen.

Und während Ivy in jenen ersten Tagen Angst gehabt hatte, mit Zain allein zu sein, freute sie sich jetzt tatsächlich darauf. Vor allem, weil sie fragen wollte, ob sie seinen Drachen wiedersehen könne, und um zu sehen, ob er sein Wort hielte, nett zu ihr zu sein. Es wäre faszinierend, ein fast normales Gespräch mit ihm zu führen.

„Fast", weil sie immer noch mit einem Drachen-wandler reden würde, etwas, das sie immer noch nicht glauben konnte.

Sobald sie mit dem letzten Essen fertig war, hob Ginny als Warnung ihre Augenbrauen in Zains Richtung und ließ sie allein.

Schweigen setzte ein, aber nach ein paar Sekunden sagte Zain: „Bist du bereit für ein paar Fragen? Oder muss ich dir zuerst die Haare bürsten, damit du fertig bist? Obwohl ich ehrlich sein werde – wenn ich sie anfasse, wird es nicht viel besser aussehen als jetzt."

Sein Ton war heller, fast so, als ob er ... sie neckte. Doch das konnte nicht sein. Oder doch?

Sie antwortete: „Besser werde ich heute wohl nicht mehr, fürchte ich. Also, was hast du für Fragen? Hat es mit den Daten zu tun, die ich mitge-bracht habe? Hat dein Team alles entschlüsseln können?"

Seine Augen weiteten sich ein wenig, und sie widersetzte sich einem Lächeln. Gut. Es gefiel ihr, ihn auf Trab zu halten.

Zain räusperte sich, nahm die verschränkten Arme auseinander und nickte. „Einige unserer Wissenschaftler haben sich die kürzlich entschlüs-selten Drachen-Drogen-Formeln und Waffenschemata angesehen, aber es wurde noch nichts über einen umfassenden Angriff auf unsere Art gefunden. Und wir alle meinen, dass er unvermeidlich ist. Sag mir also: Kommt ein Krieg, von dem wir wissen müssen?"

Sie zuckte die Schultern. „Wenn er in dem Jahr, in dem ich im Koma lag, nicht ausgebrochen ist, dann habe ich keine Ahnung. Die Formeln dienen dazu, Drachenwandler am Wandeln zu hindern, und die Schaltpläne sind für tragbare Antidrachengewehre und Laser gedacht. Es ging das Gerücht, dass die Anführer alles sortiert und bereit haben wollten, bevor sie wirklich gewaltsam angreifen. Aus diesem Grund wurden in den letzten Jahren nur kleine Gruppen von Drachenwandlern ins Visier genommen."

Zain grunzte. „Sie waren nur Testpersonen."

Sie nickte. „Die willkürlichen Angriffe verschiedener Fraktionen innerhalb der Ritter sollten sie unprofessionell und verstreut erscheinen lassen. In Wahrheit gibt es eine kleine Gruppe oder einen Rat der jeden Schritt plant – uns wurden nie genaue Details über die Führungsebene mitgeteilt."

Zain sah ihr in die Augen. „Aber du hast die Wahrheit gesagt, dass du nicht weißt, wer sie sind?"

„Ja. Genau wie die verschiedenen Fraktionen nicht alle wussten, dass die anderen auch Drogen an Drachenwandlern testen, hatten die meisten Abteilungen innerhalb der Ritter nie mit anderen zu tun, es sei denn, es war absolut notwendig. Zum Beispiel trafen sich die Forschungs- und Technologieabteilungen nie mit den einfachen Fußsoldaten, nicht einmal mit den Buchhaltern."

Er runzelte die Stirn. „Wie hast du dann all die Daten gestohlen?"

Sie neigte den Kopf. „Das war ein Versehen, etwas, das ihnen nicht wieder passieren wird, da bin ich sicher. Da ich für die chemische Forschung zuständig war, habe ich verlangt, alle Daten über Drachenwandler zu sehen. Es stimmt, dass man ohne das gesamte vorhandene Wissen keine neuen Formeln oder Gifte entwickeln kann, um effizienter zu sein. Anstatt jedoch nur Zugriff auf Berichte und allgemeine Daten zu haben, wurde mir vollständiger Zugriff gewährt. Ich habe den anderen Daten zunächst nicht viel Aufmerksamkeit geschenkt. Aber schließlich, als ich von den Entführungen und Tests an Kindern erfuhr, begann ich, mich unwohl zu fühlen. Je mehr Kinder sie nahmen, desto schlimmer wurde das Gefühl, bis ich wusste, dass ich ihnen nicht mehr helfen konnte."

„Und so hast du so viele Daten kopiert wie möglich und bist entkommen", erklärte Zain.

Sie nickte. „Ich hatte keine Ahnung, dass eine andere Gruppe von Wissenschaftlern das seltsame Gift erschaffen hat, um uns alle als Geisel zu halten, sonst hätte ich vielleicht nicht den Mut aufgebracht, wegzulaufen. Wenn ich es nicht auf Stonefires Ländereien geschafft hätte, wäre ich leichte Beute für sie gewesen und inzwischen mit Sicherheit tot."

Sie blickte auf ihre Decke hinab und spielte mit den Fingern am Stoff. „Es tut mir aufrichtig leid, dass ich dazu beigetragen habe, Kinder hier oder anderswo in Großbritannien zu verletzen." Sie atmete tief durch und begegnete wieder Zains Blick. „Ich hoffe, diesmal glaubst du mir vielleicht."

Er musterte ihr Gesicht, bevor er leise sagte: „Ich habe keine verdammte Ahnung, warum, aber ich glaube dir

Seine Worte jagten einen Nervenkitzel durch ihren Körper, der sie hätte beunruhigen sollen, aber Ivy bemühte sich, ihn zu ignorieren. „Gut. Dann lass mich wissen, welche weiteren Informationen ihr benötigt, damit ich euch so gut wie möglich helfen kann."

„Einen Moment. Zuerst muss ich was wissen, das nichts mit den Rittern zu tun hat, was Persönliches."

Als seine Augen blitzten, sagte sie: „Was?"

„Es muss doch eine gewisse Angst oder Hass in dir gewesen sein, bevor du den ‚Freunden der Welt' begegnet bist. Woher kam das? Warum hattest du Angst vor uns?"

Ivy blinzelte und versuchte, seine Frage zu verarbeiten. Nach ein paar Sekunden antwortete sie leise: „Ich weiß nicht genau, welcher Moment das war. Eltern erzählen vor dem Schlafengehen Geschichten, dass Drachenwandler kommen würden, um uns zu holen, wenn wir unartig sind. Und die einzige wirkliche Geschichte, die wir in der Schule über

Drachenwandler lernen, ist die von den Menschen-Drachen-Kriegen, die über die Jahrhunderte geschehen sind." Sie zuckte mit einer Schulter. „Ich schätze, mein einziges Wissen über deine Art war negativ."

Zain beobachtete ihr Gesicht, als er leise sagte: „Als dir also jemand weitere Beweise für diese Ansichten angeboten hat, hast du es angenommen."

„Ich bin keine Therapeutin, aber ich vermute es." Sie hielt eine Sekunde inne, bevor sie hinzufügte: „Aber ich denke, was ihr jetzt mit den Schulkindern macht, wird helfen, denn es verhindert, dass die Angst wächst."

Zains Lippen zuckten nach oben. So nahe an einem Lächeln hatte Ivy ihn noch nie gesehen.

Und es ließ ihn nur allzu menschlich aussehen.

Ihr Herz pochte bei dem Riss in seiner steinigen Fassade. Gab es jemanden, der ihn regelmäßig zum Lächeln brachte? Lachte er jemals?

Doch bevor ihr Verstand zu weit in diese Richtung ging, sprach Zain nochmal. „Ich denke, dass die Kinder sich treffen und Spaß haben, linderte die Ängste aller hier ein wenig. Es gibt immer noch viele Menschen, die ihren Kindern die Teilnahme an den Aktivitäten verweigern, die wir für die Kinder veranstalten. Aber diejenigen, die hierhergekommen sind und mitgemacht haben, könnten unserem Ruf auf lange Sicht helfen. Vor allem zusammen mit den Bemühungen der anderen Menschen, die hier in Stonefire leben."

Da Ivy wusste, dass der Zauber der Ehrlichkeit und der Leichtigkeit zwischen ihnen jeden Moment brechen konnte, beschloss sie, Zain eine persönliche Frage zu stellen. „Du hegst offensichtlich selbst ein Misstrauen gegenüber bestimmten Menschen. Warum?"

Er fädelte seine Finger zusammen und seufzte. „Sie haben eine meiner Freundinnen brutal ermordet. Ganz zu schweigen davon, dass sie so viele andere hier und anderswo in Großbritannien verletzt haben. Schon der Gedanke, dass die Jäger oder Drachenritter an meine Neffen rankommen, reicht, um meinen Drachen zum Brüllen zu bringen, und es drängt mich, aufzuspringen und loszufliegen, um jede Bedrohung von ihnen zu finden und auszumerzen."

Als Ivy versuchte, darüber nachzudenken, wie sie darauf reagieren sollte – sie war schließlich einer der ehemaligen Feinde –, fuhr Zain fort: „Aber es gibt noch eine Sache aus meiner Vergangenheit, etwas, das es für mich schwerer als den meisten anderen Drachenwandlern in Stonefire macht, erwachsene Menschen mehr zu mögen."

Ivy beugte sich ein wenig vor. „Was ist passiert?"

Zain sah auf seine Hände hinab. Als er seine undurchdringliche Alpha-Fassade fallen ließ, musste sie fast blinzeln. Sie hatte von ihm nicht gedacht, dass er verletzlich war. Ja, er hatte Lieben, aber der Mann selbst schien so stark.

Doch er hatte Schwächen wie alle anderen.

Ivy versuchte nicht hineinzuinterpretieren, wie viel es bedeutete, dass er das mit ihr teilte. Der einzige Grund, warum sie begreifen konnte, dass er daran denken würde, war, ihre Paarung freundschaftlicher zu gestalten.

Zain grunzte und sagte: „Jeder Beschützer muss zwei Jahre in der britischen Armee dienen, bevor er eine abschließende Reihe von Tests durchläuft und dem Sicherheitsteam seines Clans beitreten darf. Der Mann oder die Frau dient in der Regel im Alter von zwanzig Jahren, sobald ein Drachenwandler reif ist."

Noch eine Sache, die Ivy zuvor nicht gewusst hatte: Drachen dienten freiwillig zusammen mit Menschen in der Armee. Die Ritter hatten ihnen gesagt, dass sie zum Dienst gezwungen wurden. „Und da du ein Beschützer bist, hast du diese Zeit auch von Menschen umgeben verbracht. Also schätze ich, dass dir jemand während dieser Zeit wehgetan hat, sonst hättest du es nicht erwähnt."

Er zuckte mit einer Schulter. „Verletzt ist ein vages Wort, aber ja. Mein menschlicher Vorgesetzter hat mich vom ersten Tag an begehrt, und es dauerte nicht lange, bis er es mir auch mitteilte. Und auch, wenn es Drachenmänner gibt, die andere Männer bevorzugen – oder sowohl Männer als auch Frauen –, stehe ich ausschließlich auf Frauen. Das habe ich ihm gesagt, und das gefiel ihm nicht. Also drohte er, mich aus der Armee zu schmeißen, wenn ich nicht tue, was er verlangte."

Sie runzelte die Stirn. „Aber er hat seine Drohung nicht wahrgemacht, oder? Sonst wärst du jetzt kein Beschützer. Also, was ist passiert?"

Zain kniff angewidert die Augen zusammen. „Er gab mir eine andere Möglichkeit, außer mit ihm zu schlafen: alle anderen in der Einheit auszuspionieren und all ihre Schwächen zu melden. Vermutlich, damit er sie erpressen konnte." Ivy schwieg und spürte, dass er mehr erzählen würde, wenn er bereit war. Nach ein paar Sekunden schüttelte Zain den Kopf und sagte: „Für etwa zehn Sekunden dachte ich daran, für ihn zu spionieren. Aber dann beschloss ich, ihn zu täuschen, indem ich Ja sagte, und es dann den höheren Leuten zu melden, sobald ich konnte."

Die Tatsache, dass Zain der Korruption widerstanden hatte, selbst wenn das seinen Traum oder sein Ziel, ein Beschützer zu werden, hätte zunichtemachen können, hob Ivys Wertschätzung für ihn. „Hast du es geschafft, ihn zu melden?"

Er nickte. „Tatsächlich am nächsten Tag. Es dauerte länger, bis was passiert ist – die Offiziere wollten Beweise oder eine Aufzeichnung –, aber ich wich nicht zurück, und der Mann wurde bestraft. Aber es machte den Rest meiner Zeit in der Armee zur Hölle. Einige Menschen applaudierten mir, weil ich ihm die Stirn geboten hatte. Aber viele glaubten, dem Menschen sei Unrecht getan worden. Ich war schließlich nur ein Drachenwandler. Und ich würde nach einem kurzen Aufenthalt zurück zu meinem eigenen Clan fliehen. Mein Wort hätte nicht zählen sollen."

Vor nicht allzu langer Zeit hätte Ivy dem zugestimmt.

Nun aber fühlte sie Wut für die jüngere Version von Zain, die das Richtige getan hatte, nur um dafür anderweitig bestraft zu werden. „Dann verstehe ich irgendwie, warum du Menschen gegenüber auf der Hut bist."

Er zuckte die Schultern. „Nicht bei allen Menschen. Melanie, Evie, Jane, Emily und sogar Rafe haben meinen Respekt mehr als verdient. Außerdem mag ich zwar knurren, aber es ist ziemlich schwer, jemanden wie Daisy Chadwick zu hassen."

Sie lächelte. „Du bist ein Softie für das überschwängliche, plappernde Mädchen, oder?"

Er grunzte, und ihr Lächeln wurde breiter. Und dann blitzte plötzlich ein Bild von Zain in ihren Kopf, wie er sein eigenes kleines Mädchen in den Armen hielt. Er gurrte und wiegte sie, mit Liebe in den Augen.

Und nicht nur das, die Tochter hatte rote Haare und blaue Augen, genau wie Ivy.

Panik hätte bei dem Bild aufkommen sollen, aber stattdessen erfüllte sie eine langsame Sehnsucht.

Einmal hatte Ivy daran gedacht, Kinder zu bekommen. Doch ihre Zeit bei den Rittern hatte diesen Traum zertrümmert. Ritter, die schwanger wurden, wurden in langweilige, monotone Jobs innerhalb der Organisation geworfen. Um voranzukommen – und die Welt vom Drachenbefall zu befreien –, hatte sie sich nur darauf konzentriert, die Leiter hinaufzusteigen und jegliche Art von Beziehungen zu vermeiden.

Natürlich wurde keiner der Männer, die Kinder hatten, auf dieselbe Weise bestraft. Je länger sie von den Rittern weg war, desto mehr wurde sie sich ihrer Fehler bewusst. Auch wenn die Ritter alle Drachenwandler hassten, wurde die Arbeit der Männer eindeutig der der Frauen vorgezogen.

„Ivy?", fragte Zain.

Sie sah ihm wieder in die Augen. „Ich bin hier. Es ist nur ... ich verlaufe mich manchmal in Gedanken an meine Vergangenheit."

„Und ausgehend von dem wütenden Feuer, das in deinen Augen aufgeflammt ist, ging es auch nicht um eine glückliche Erinnerung, oder?"

Sie sollte Zains Fähigkeit verfluchen, sie so gut zu lesen, aber sie mochte es irgendwie. Zumindest vorerst. „Nein, war es nicht. Aber wenn du über das hinwegkommen kannst, was mit dir in der Armee passiert ist, dann kann ich mich mehr auf die Zukunft anstatt auf die Vergangenheit konzentrieren und weiter versuchen, die Dinge wieder in Ordnung zu bringen."

Er beugte sich ein Stück vor, bis ihre Gesichter kaum eine Elle voneinander entfernt waren. „Und was bringt diese Zukunft mit sich?"

Zain war zu nahe. Seine Hitze und sein Geruch umgaben sie, und zusammen mit dem väterlichen

Bild, das sie heraufbeschworen hatte, wollte sie etwas Lächerliches tun: sich über ihn beugen und ihn küssen.

Nein. Ihre Paarung diente der Bequemlichkeit, mehr nicht.

Sie konnte sich jedoch überwinden, die Frage des Drachenmanns zu ignorieren. Nicht nach allem, was er mit ihr geteilt hatte. „Das überlege ich noch. Aber ich werde versuchen, verständnisvoller zu sein. Ich weiß nicht, ob ich es ständig tun kann, aber ich möchte versuchen, meine Gefühle, Erwiderungen und Reaktionen auf die Gegenwart und das, was ich sehe, zu gründen, anstatt auf das, was mir während meiner Zeit mit den Rittern eingebläut wurde."

Zain musterte ihren Blick, seine Pupillen blitzten, und er grunzte. „Von jetzt an werde ich versuchen, dasselbe zu tun, wenn es um dich geht."

Als sie einander in die Augen starrten, stieg Ivys Herzfrequenz an, und alles verschwand, außer seinem Gesicht.

Sie war allein mit einem Drachenmann, und das störte sie überhaupt nicht.

Nein, stattdessen wollte sie ihn an sich ziehen und ihm weitere Fragen in die Ohren flüstern. Dann würde er sie einfach stundenlang festhalten, während sie sprachen, Informationen austauschten und mehr über einander erfuhren.

Konnte es sein, dass dieser Mann – nein, Drachenmann – derjenige war, den sie besser kennen sollte als alle anderen auf der Welt? Er ihr Partner wäre und vielleicht noch mehr?

Zain räusperte sich jedoch, nahm sein Handy heraus, als er sich etwa einen halben Meter zurückzog, und sagte: „Wir sollten wahrscheinlich die Fragen meiner Clan-Mitglieder über die Daten durchgehen, bevor du zu müde wirst."

Und einfach so zog Zain sich ein Stück weiter weg und die Realität eilte zu ihr zurück.

Unsicher, warum es wehtat, dass er sich zurückzog, lehnte Ivy sich gegen ihre Kissen zurück und sagte: „Dann leg los."

Als sie eine Frage nach der anderen beantwortete, während Zain sie alle aufnahm, vergaß Ivy ihre schwachen Momente. Vielleicht könnten sie und Zain mit der Zeit Freunde sein. Aber es war dumm, auf mehr zu hoffen.

Kapitel Dreizehn

Im Laufe der Wochen entwickelten Zain und Ivy eine Routine. Er ging früh am Morgen, um bei den Beschützern alles zu tun, was erforderlich war, und ließ sie schlafen. Gegen Mittag kam er zurück und aß mit ihr, sprach über die Daten und die Ritter, aber auch über beiläufige Dinge.

Ehrlich gesagt hatte Zain noch nie in seinem Leben so viel über sich selbst gesprochen.

Und doch freute er sich jetzt auf sein ruhiges Mittagessen mit Ivy. Sie hatte allmählich begonnen, nachmittags mit Lucien und Nate zu arbeiten, und abends half Zain ihr bei ihrer Physiotherapie.

Ivy würde noch eine Weile geschwächt sein, doch sie hatte erstaunliche Fortschritte durch eine Kombination von Drachenblut-Injektionen und Physiotherapie gemacht.

Zain erinnerte sich noch an das erste Mal, dass sie mit Krücken hatte gehen können. Ivy hatte sich auf die Lippe gebissen und sich Zentimeter für Zentimeter bewegt, bis sie ihn auf der anderen Seite des Raumes erreicht hatte. Dann hatte sie triumphierend zu ihm aufgesehen, ihre Augen strahlend und ihre Wangen gerötet.

In jenem Moment hatte er beinahe die Selbstbeherrschung verloren. Noch nie in seinem Leben hatte er so dringend eine Frau an sich ziehen und küssen wollen.

Und doch hatte er es geschafft, der Versuchung zu widerstehen. Nicht nur, dass Ivy immer noch schwach war, die Ärzte hatten kein vollständiges Gegenmittel für ihren Zustand gefunden.

Sie zu küssen oder mit ihr zu schlafen könnte ihn infizieren. Und weder Sid noch Gregor hatten eine Ahnung, welchen Einfluss das verdammte Ding auf einen Drachenwandler hätte.

Und daran musste sich Zain immer wieder erinnern. Vor allem, da heute der Tag war, an dem Ivy endlich die Krankenstation verlassen und mit ihm in ein Cottage ziehen konnte.

Sein Drache grunzte. *Es ist nur eine Frage der Zeit, bis Sid und Gregor sie heilen. Dann hast du keine Ausrede mehr, hinter der du dich verstecken kannst.*

Zain ignorierte sein Tier und ging den Flur hinunter in Richtung Ivys Krankenhauszimmer. Es war verdammt schwer gewesen, den ganzen Nachmittag weg zu bleiben, um den Ärzten Zeit zu geben, ihre letzten Untersuchungen und Tests durchzuführen, aber er hatte es geschafft.

In weniger als einer Stunde konnte er endlich seine Gefährtin nach Hause bringen und ihr ein Leben jenseits ihres Krankenhauszimmers zeigen.

Zain wäre fast gestolpert und runzelte die Stirn. Ivy war nicht wirklich seine Gefährtin. Er würde sie beschützen, natürlich. Das war seine Pflicht als ihr Gefährte, mehr nicht.

Sein Drache schnaubte, sagte aber nichts.

Ohne Zweifel führte sein verdammtes Tier etwas im Schilde.

Er hatte es gerade geschafft, sich von anderen Gedanken als dem zu befreien, Ivy nach Hause zu bringen, als er an ihre Tür klopfte und eintrat.

Ivy saß am Rand ihres Bettes, die Füße auf dem Boden, in einem schlichten blauen Kleid. Es war weniger elegant als das, das sie am Tag ihres ersten Schulausflugs getragen hatte, aber die Farbe ließ ihre Augen erstrahlen. Als ihr Blick dem seinen traf und sie lächelte, setzte sein Herz einen Schlag aus.

Es war schwer, sich daran zu erinnern, dass die Frau früher mal eine Drachenritterin gewesen war. Vor allem angesichts all der Geschichten, die Ivy ihm erzählt hatte, wie sie sich als Kind davongeschlichen und die Nachbarschaft erkundet hatte. Sie hatte mal ein wildes Temperament gehabt. Vielleicht würde das bald wieder rauskommen. Dann konnte er sie eines Tages in seiner Drachengestalt mit in die Luft nehmen und ihr die Welt aus einer neuen Perspektive zeigen.

Natürlich sollte er nicht so weit in die Zukunft planen. Schließlich hatte Zain ihr noch nicht mal seinen Drachen zeigen dürfen.

Sein Tier knurrte. *Dann tu es noch heute. Wenn es ihr gut genug geht, um die Krankenstation zu verlassen, geht's ihr auch gut genug, um uns zu sehen.*

Zain wünschte sich, er könnte zustimmen. Allerdings hatte Ivys ständiger Kampf um Fortschritt und gegen Rückschläge in Bezug auf ihre Gesundheit es schwierig gemacht, sie aus ihrem Zimmer zu bringen. Und so war alles, was sie hätte aufregen können, für eine kurze Zeit verboten worden. Leider hatte Sid in dieser Anweisung auch das Präsentieren etwaiger Drachenwandler in ihrer Drachengestalt ausgeschlossen.

Als er spürte, dass sein Drache wieder etwas sagen wollte, ging er geradewegs auf Ivy zu und lächelte sie an. „Bereit für den großen Tag?"

Sie schnaubte. „Ich denke, ich kann sehr gut damit zurechtkommen, nie wieder eine beigefarbene, fensterlose Wand anstarren zu müssen. Wenn du mir sagst, dass das Cottage ein solches Zimmer hat, dann streichst du es entweder in einer anderen Farbe, oder ich setze keinen Fuß hinein."

Eine verirrte Haarsträhne fiel über ihre Wange. Bevor er es sich anders überlegen konnte, steckte er sie hinter ihr Ohr und verharrte ein paar Sekunden so. Ihre Haut war immer so weich und warm, und keine Frau hatte einen ähnlichen Duft wie ihren.

Zain war fast süchtig danach.

Und bevor er sich zurückhalten konnte, atmete er ruhig und tief durch. Ihr weiblicher Duft war einer, der seine Träume heimsuchte, also war Schnüffeln wahrscheinlich nicht die beste Idee. Doch er konnte nicht anders. Er antwortete: „Nirgendwo beigefarbene Wände. Wenn überhaupt, sollte es das genaue Gegenteil von hier sein."

Sie hob die Brauen. „Oh, das Gegenteil, was? Nun, ich bin mir nicht sicher, ob das Leben in einem Glashaus eine Verbesserung wäre."

Er lachte leise. „Natürlich ist es kein Glashaus, verdammt nochmal. Du wirst einfach abwarten und sehen müssen, was ich meine. Schließlich brauchst du Motivation, um aufzustehen und den ganzen Weg zum Cottage zu gehen."

„Da hast du wohl recht", seufzte sie. „Dann sollten wir wohl besser losgehen. Ich könnte eine Weile brauchen."

Er griff nach ihren Unterarmkrücken, gab sie ihr aber nicht. „Sobald Sid die Entlassungspapiere bringt, werde ich das tun."

Ivy schüttelte den Kopf. „Nie in einer Million Jahren hätte ich mir vorgestellt, dass Drachenwandler Papierkram erledigen."

„Wir sind hier in Großbritannien. Keinen Papierkram in übermäßigem Maße zu erledigen, wäre ein Verbrechen."

Sie hob die Brauen. „Dann könnte es sich lohnen, für die Verletzung dieses Verbrechens ins Gefängnis zu gehen."

Da das Gefängnis für Drachenwandler exponentiell schlimmer war – es war Folter, ihre Tiere über einen bestimmten Zeitraum hinweg mit Drogen still zu halten –, änderte Zain das Thema, denn er wollte nicht Ivys großen Tag ruinieren. „Bist du dir sicher, dass du den ganzen Weg gehen willst?"

Ivy nickte. „Ich bin stark genug, immerhin das zu tun. Außerdem will ich nicht, dass der Clan mich wieder im Rollstuhl sieht, wenn ich es verhindern kann. Ich bin es leid, dass mich alle, die mich nicht hassen, wie eine zerbrechliche Porzellanpuppe behandeln."

Eine weibliche Stimme — Nikkis – kam von der Tür. „Du schwankst schon manchmal. Es ist also nicht so, als wären wir zum Spaß überfürsorgliche Glucken."

Ivy seufzte. „Selbst wenn ihr euch alle gegen mich verschwört, werde ich immer noch versuchen, zu meinem neuen Zuhause zu gehen."

Zain mochte besorgt sein, aber ein Gefühl des Stolzes durchströmte ihn bei Ivys Wunsch, stark zu sein. „Du solltest jedoch wissen, dass ich dich beim ersten Anzeichen von Schwäche tragen werde."

„Und das ist nicht schlimmer, als im Rollstuhl zu sitzen?", schnaubte Ivy.

Bevor jedoch irgendjemand antworten konnte, kam Dr. Sid herein und blieb neben Ivys Bett stehen.

Sie sagte ohne Vorrede: „Du erinnerst dich an deine Anweisungen, richtig?"

„Ja, ja, mich zweimal täglich telefonisch melden und die Krankenstation mindestens zweimal pro Woche für Untersuchungen aufsuchen. Und beim ersten Anzeichen von Benommenheit oder etwas anderem, das mir merkwürdig erscheint, rufe ich dich an."

Sid grunzte. „Gut. Ich werde auch Überraschungsbesuche machen, obwohl dir die heilende Kraft des Drachenbluts wirklich gut bekommen ist. Mehr als vielen anderen Menschen, was ein gutes Zeichen ist."

Es war eine Ironie, dass jemand, der sein Leben der Ausrottung von Drachenwandlern gewidmet hatte, sich schneller erholte als die meisten mit ihrem Blut.

Sein Drache schnaubte. *Ivy ist das nicht mehr, und das weißt du.*

Natürlich tue ich das.

Er streckte seine Hand aus. „Dann lass mich dir aufhelfen, und wir können uns auf den Weg machen."

Was er nicht sagte, war, dass eine Überraschung auf Ivy in ihrem neuen Haus wartete. Eine, die sein Neffe und dessen Freundin sich hatten einfallen lassen.

Seit Daisys Mutter versehentlich einen Gefähr-tenrausch mit Blake Whitby ausgelöst, sich mit dem

Mann gepaart hatte und nach Stonefire gezogen war, war Daisy immer an Freddies Seite.

Der Ärger folgte ihnen unweigerlich auf den Fersen. Und doch hatte er nicht Nein zu den beiden sagen können, dass sie Ivy in ihrem neuen Zuhause willkommen heißen wollten.

Ivy legte ihre kleine Hand in seine, und er schloss instinktiv seine Finger um ihre. Sie lächelte ihn an, und sein Herz stolperte wieder ein wenig, als die Zeit stehenblieb.

Seine Gefährtin war schön, stark und klug. Und er konnte sie immer noch nicht haben.

Da nicht alle im Raum seine Anziehung zu der Menschenfrau bemerken sollten, zog er Ivy sanft auf die Beine, und sie balancierte mit einer Krücke, bevor er seine Hand losließ und die andere griff.

Er hätte fast ihre Hand in seine Ellenbogenbeuge gelegt und ihr befohlen, ihn als ihre andere Krücke zu benutzen, aber er widerstand. Er wusste, wie wichtig es für seinen Menschen war, diese Reise auf ihren eigenen Füßen zu machen.

Nikki sah ihn lange an, bevor sie sagte: „Bist du sicher, dass ich nicht mit euch beiden mitkommen soll, Ivy? Ich habe bis in ein paar Stunden keine Verpflichtungen."

Ivy schüttelte den Kopf. „Es geht schon. Aber komm mich morgen besuchen, wie geplant. Vielleicht kannst du endlich Rafe und Louisa vorbeibringen."

Nikki seufzte. „Vielleicht. Wenn Rafe Louisa in

einen Glasbehälter stecken und sie vor allem schützen könnte, würde er das tun."

Ivy lächelte. „Ich sage immer noch, dass es einen Drachenwandler geben muss, weit oben in seinem Stammbaum, auch wenn es nur ein adoptierter war."

Das Wandelgen war immer dominant, sodass es für Rafe unmöglich war, zum Teil Drache zu sein. Aber allein die Tatsache, dass Ivy Nikki damit ärgern konnte, bestätigte Zain, wie sehr sich die Menschenfrau seit ihrem Aufwachen verändert hatte.

Sid räusperte sich. „So ungern ich unterbreche, es ist Zeit zu gehen, Ivy. Um diese Tageszeit ist es ruhiger in Stonefire, und es wird dir leichter fallen, dich auf den Weg zu deinem neuen Zuhause zu machen."

Und um unerwünschten Blicken aus dem Weg zu gehen, blieb ungesagt.

Wie Zain es vorausgesagt hatte, hatten sich einige gegen ihn gewandt und vermieden Blickkontakt.

Ihm war es egal. Es war so viel mehr an der Frau als einige Jahre ihrer Vergangenheit, und eines Tages würden sie es auch noch merken. Vor allem, da sie, Nate und Lucien der Dekodierung aller Daten näherkamen. Das würde die Beschützer und alle in Stonefire der Vernichtung eines ihrer Feinde so viel näherbringen.

Zain legte eine Hand an Ivys unteren Rücken. „Komm. Ich habe dir viel zu zeigen, und ich möchte, dass du lange genug wach bleibst, um alles zu sehen."

Sie kniff die Augen zusammen. „Ich kann jetzt fast den ganzen Tag wach bleiben, schönen Dank auch."

„Und ich kann bei Bedarf mehrere Tage hintereinander wach bleiben. Also gewinne ich."

Ivy brummte: „Hier geht's nicht darum zu gewinnen."

Nikki lachte. „Ihr zwei seid wirklich ein Paar, oder?"

Zain spürte, wie Ivy unter seinen Fingern innehielt. Dann entspannte sie sich und zuckte mit den Schultern. „Hass wird keinem von uns helfen. Außerdem ist es lustig, Zain zu necken."

Sid deutete auf die Tür. „Geh, oder ich suche einen Rollstuhl und lasse Zain dich gewaltsam entfernen."

Da Sid von Zains Überraschung wusste und sie aus diesem Grund verscheuchte, sollte Ivy nicht denken, dass die Ärztin sie nicht leiden konnte. „Arbeite ein bisschen an deinem Verhalten am Krankenbett, Sid."

Sid hob die Brauen. „Ich tue dir hier einen Gefallen. Und jetzt: Geht!"

Ivy sah zwischen ihnen hin und her, aber Zain schob sie sanft nach vorn. „Schön, schön, wir gehen."

Als sie den Flur hinuntergingen – Zain ging langsam, um sich Ivys Gang mit den Unterarmkrücken anzupassen –, runzelte Ivy die Stirn und fragte: „Von welchem Gefallen hat sie gesprochen?"

„Das ist eine Überraschung. Und da du die magst, werde ich dir nicht sagen, was es ist."

Sie starrte ihn noch ein paar Sekunden an, bevor sie seufzte. „Schön. Dann gehe ich etwas schneller."

Das tat sie, und er passte sein Tempo an. Und sobald sie die frische Außenluft erreichten, konnte Zain nicht anders, als Ivy anzusehen. Der sanfte Sonnenschein ließ ihr Haar leuchten und hob die Kurven ihres Gesichts hervor.

Sein Drache meldete sich zu Wort. *Du hast zu viel Zeit mit ihr. Wann bin ich dran?*

Bald genug, Drache. Aber wenn wir sie nicht nach Hause bringen und Freddie und Daisy Ivy überraschen lassen, hat das nie ein Ende.

Sein Tier schnaubte. *Sieh mal einer an, du hast Angst vor zwei Kindern.*

Keine Angst, aber ich bin dafür, Belästigungen zu vermeiden. Außerdem wird es Ivy glücklich machen.

Sein Drache verstummte. Aber Zain bemerkte es kaum, als er sah, wie Ivy vorsichtig den Hauptweg hinunter in Richtung ihres Cottages ging, und war ganz ungeduldig, ihr ihr neues Zuhause zu zeigen.

Ivy tat ihr Bestes, Zain nicht ständig anzusehen, trotz der Tatsache, dass sie seinen Blick auf ihrem Gesicht spürte.

In den letzten Wochen hatte sie sich bei dem

Drachenmann so wohlgefühlt, dass sie ihm mehr vertraute als jedem anderen in Stonefire.

Vielleicht war es mehr als Vertrauen; Ivy mochte, wie er sie neckte, und sie konnten über alles sprechen. Zain war in seiner Kindheit sogar schlimmer gewesen als sie. Anscheinend, wenn jemand sich in einen fliegenden Drachen verwandeln konnte, gab es so viele weitere Möglichkeiten, Unfug anzustellen.

Und dann war da noch die Tatsache, dass sie jedes Mal, wenn er sie berührte oder sich vorbeugte, die Distanz zwischen ihnen überwinden wollte.

Zuerst hatte sie sagen wollen, dass es war, weil er sich um sie gekümmert hatte, die meiste Zeit mit ihr verbrachte und sie sogar zur Gefährtin genommen hatte, um sie zu beschützen.

Aber auch Nikki war ihr ans Herz gewachsen, und Ivy hatte dennoch nicht das Verlangen, die Drachenfrau zu küssen oder ihr die Kleider vom Leib zu reißen.

Dennoch konnte Ivy ihre Gefühle vor fast allen verbergen, außer vor Dr. Rossi. Und zumindest war diese Information wegen der ärztlichen Verschwiegenheit geschützt.

Die Situation würde sich jedoch ab heute ändern. Sie wäre nicht mehr in einem langweiligen Krankenhauszimmer, ständig von Personal umgeben. Nein, sie würde allein mit Zain in ihrem eigenen Cottage leben. Könnte sie, wenn sonst niemand da war, ruhig und rational genug bleiben, um ihren Wünschen nicht nachzugehen?

Musste sie sie verbergen? Das war viel verlangt, aber vielleicht hatte Zain seine Ansichten so verändert wie sie.

Ivy war so in Gedanken versunken, dass sie kaum bemerkte, wie Zain sie mal in die eine, mal in die andere Richtung führte, bis er sie sanft vor einem Steincottage mit einigen Rosensträuchern und anderen Blumen davor zum Stehen brachte, die sie nicht kannte. Er deutete darauf. „Herzlich willkommen zu Hause, Ivy."

Bevor sie mehr als nur lächeln konnte, kam ein lauter Krach aus dem Haus, und sie zuckte zusammen.

Zain rieb ihren unteren Rücken und sagte: „Keine Sorge. Das ist Teil der Überraschung, die drinnen wartet."

Die Neugierde wuchs, ihre momentane Angst verblasste. „Dann beeilen wir uns, damit ich herausfinden kann, was es ist."

Er half ihr, die Treppe hinaufzukommen. Als sie oben ankam, rauschte ein Gefühl des Stolzes durch ihren Körper. „Siehst du? Ich bin den ganzen Weg hierhergelaufen."

Schon, fühlte sich jetzt wackeliger, als zu dem Zeitpunkt, als sie die Krankenstation verlassen hatte, aber Ivy war es egal.

Zain sagte: „Du hast bewiesen, dass ich falsch gelegen habe. Aber es ist nicht das erste Mal, also wird es sicher nicht das letzte sein."

Er öffnete die Tür und bedeutete ihr einzutreten. Ivy sah ihn neugierig an, bevor sie ins Cottage ging.

Als sie keine zwei Schritte drinnen war, eilten Freddie und Daisy auf sie zu und warfen ein paar Blumenblätter. „Herzlich Willkommen zu Hause, Ivy!"

Sie lächelte die beiden an und verstand jetzt die Ursache für den Krach. „Danke! Wie ich höre, wartet hier eine Überraschung auf mich? Seid ihr beide dafür verantwortlich?"

Daisy nickte. „Ja, Tante Ivy. Komm. Wir müssen uns beeilen, bevor Alfie alles verschlingt."

Alfie war Freddies älterer Bruder – Zains anderer Neffe – und ein Teenager, der so viel verdrücken konnte wie fünf Personen. Wenn Freddies und Daisys Überraschung auf Essen basierte, musste sie sich wirklich beeilen.

Also folgte Ivy den Kindern in die Küche. Daisy deutete auf einen schrägen, zweischichtigen Kuchen, der in Weiß, Blau und Grün mit Zuckerguss verziert war. „Ta-daaa! Den haben wir für dich gemacht. Aber wir essen ihn lieber bald, sonst fällt er noch um. Und Alfie sagt, wenn er umfällt, wird er alles essen, was nicht mehr auf dem Kuchenteller steht."

Der Fünfzehnjährige mit fast schwarzen Haaren grinste Ivy an. „Wir können ihn doch nicht verkommen lassen. Außerdem kann ich so sicherstellen, dass er nicht vergiftet ist, bevor alle anderen ihn essen."

Alfies Mum verzog das Gesicht, genauso wie

Daisys Mutter. Es war Dawn Chadwick-Whitby, Daisys Mutter, die sich zu Wort meldete. „Lass uns nicht über Gift scherzen, okay? Und jetzt komm, Daisy, Liebes. Wir teilen den Kuchen auf, bevor er noch umfällt und all eure harte Arbeit zerstört."

Ivy spürte Zain hinter sich, aber sie konzentrierte sich auf seine Schwester Sasha.

Sie hatte sie bislang nicht kennengelernt. Aber sie hatte Freddie erlaubt, sie auf der Krankenstation zu besuchen, also konnte sie sie nicht vollkommen hassen.

Sasha kam zu ihr und lächelte. „Es ist schön, die Frau zu treffen, die meinen Bruder endlich von einem knurrigen Griesgram in jemanden verwandelt hat, der auch ein bisschen scherzen kann."

Ivy blinzelte über das Kompliment. „Ich habe nichts gemacht."

Zain knurrte. „Sasha!"

Seine Schwester ignorierte Zain und legte einen Arm um Ivys Schultern. „Komm. Du musst müde sein, und ich sorge dafür, dass du die besten Stücke vom Kuchen bekommst." Sie senkte die Stimme. „Sagen wir einfach, die oberste Schicht ist leicht verbrannt, also lassen wir sie weg, wenn möglich."

Als Sasha darüber plauderte, wie Freddie und Daisy fast einen ganzen Tag damit verbracht hatten, den Kuchen zu backen und zu dekorieren, blinzelte Ivy Tränen weg.

Letztes Jahr war sie darauf aus gewesen,

Drachenwandler zu vernichten, darunter auch die, die sich gerade in ihrem neuen Cottage befanden.

Und jetzt begrüßten sie sie zu Hause mit einem Kuchen.

Ivy hatte sich geirrt, so sehr geirrt, was ihre frühen Entscheidungen betraf. Was hieß, dass sie viel wiedergutzumachen hatte.

Denn durch eine Scheinehe hatte sie eine neue Familie gewonnen. Und sie wollte nicht zulassen, dass ihnen etwas zustieß, wie das, was Richard und David passiert war.

Also zwang Ivy die Tränen weg und tat ihr Bestes, um den Moment zu genießen. Bald genug würde sie sich wieder in die Daten vertiefen und in ihre eigenen Ideen, wie man die Drogen der Drachenritter bekämpfen konnte.

Im Moment würde sie es genießen, willkommen und Teil von etwas zu sein. Und diesmal hatte es nichts mit Hass zu tun. Nein, es war Liebe und Familie. Und Ivy würde bereitwillig bei dem Versuch sterben, das zu beschützen.

Kapitel Vierzehn

Zain schloss endlich die Haustür, was bedeutete, dass er erstmals allein mit Ivy in ihrem Cottage war.

Und anstatt zu ihr zu gehen, stand er einfach da und starrte an die Tür.

Sein Drache grunzte. *Nach all dem Gerede, stark zu sein und ihr widerstehen zu können, willst du nicht riskieren, mit ihr allein zu sein, oder?*

Da Zain und sein Drache seit seinem sechsten Lebensjahr miteinander sprachen, wagte er es, die Wahrheit zu sagen. *Ein wenig.*

Keine Sorge, nicht mal ich würde was bei ihr versuchen, bis sie vollständig geheilt ist. Sie wissen zu lassen, dass wir interessiert sind, wäre aber vielleicht nicht die schlechteste Idee.

Er hätte fast gefragt, wer sonst noch interessiert war. Aber dann erinnerte er sich an eine Sitzung neulich mit Nate, Lucien und Ivy, und Zain war ziemlich sicher, dass Lucien mit ihr geflirtet hatte.

Nicht, dass Ivy etwas gesagt oder es erwidert hätte. Das war jedoch nur das eine Mal gewesen, als Zain eines Tages früher vorbeigekommen war. Wer wusste schon, was Lucien sagte oder tat, wenn Zain nicht da war.

Vielleicht musste er sich mal mit dem Mann unterhalten.

Sein Drache schmunzelte. *Du willst sie, also sag es ihr. Ansonsten ist es unfair, andere davon abzuhalten. Ivy ist schon eine Weile allein, und sogar noch viel mehr, seit ihr Bruder und dessen Partner weg sind. Sie verdient Nähe, wenn sie sie will. Wenn du sie ihr nicht gibst, dann lass es jemand anderen tun.*

Seit wann bist du so klug und geduldig?

Seit du dich entschieden hast, ein leugnender Bastard zu sein.

Zain wollte seinem Tier gerade sagen, es solle sich verpissen, als Ivys Stimme aus der Küche drang. „Zain? Sind sie weg?"

Sein Drache meldete sich erneut. *Geh zu ihr. Das hier ist ein neuer, unbekannter Ort. Lass es sich mehr wie ein Zuhause für sie anfühlen. Unsere Gefährtin sollte keine Angst haben, wenn wir da sind.*

Noch vor einem Monat hätte Zain geschnaubt und gesagt, das sei nicht sein Job. Zum Schein ein Gefährte zu sein, bedeutete, sie zu beschützen, aber nichts anderes.

Doch seine Füße hatten einen eigenen Verstand,

und er ging in die Küche. Und als er sah, wie Ivy heißes Wasser in eine Teekanne goss, stürzte die Sehnsucht über ihn.

Zwar mochte der einfache Akt, Tee mit einer Frau zu trinken, für andere nicht so bedeutsam erscheinen, doch für Zain bedeutete er etwas Größeres. Er könnte jemanden haben, zu dem er jeden Tag nach Hause kam, jemanden zum Sprechen und Lachen und jemanden, den er necken oder mit dem er sich spielerisch verbale Duelle liefern konnte.

Mit anderen Worten: Sein Leben konnte so viel mehr werden als nur seine Pflichten als Beschützer.

Alles, was nötig war, war, dass er Ivy wirklich so akzeptierte, wie sie jetzt war, ihr verzieh und seine Gefühle kundtat.

Konnte er das tun? Er konnte es mühelos mit einer Gruppe Drachenjäger mit Laserwaffen aufnehmen, doch er zögerte, sich einer zierlichen Menschenfrau zu stellen. Er hätte gelacht, wenn es nicht sein eigenes Leben gewesen wäre.

Ivy drehte sich mit einem Lächeln um, obwohl Zain die Schatten unter ihren Augen nicht übersah. Sie sagte: „Ich beneide deine Schwester kein bisschen. Diese beiden Jungs sind anstrengend."

Er erwiderte ihr Lächeln. Zain trat an Ivys Seite und half mit dem Tee. „Sie waren nicht so anstrengend, als sie jünger waren. Aber fünfzehn zu sein ist für keinen Drachenwandler leicht – die Hormone toben, der Drache beginnt, an Sex zu denken, und man muss täglich Unmengen an Nahrung zu sich nehmen, um mit dem Wachstum und dem intensiven Flugtraining Schritt zu halten. Was Freddie betrifft, nun, das ist hauptsächlich Daisys Schuld. Freddie war nicht so abenteuerlustig, bevor er sie kennengelernt hat. Und jetzt, da Daisy in Stonefire lebt, warte ich darauf, ob das Menschenmädchen auch seine Geduldsgrenzen testen wird oder nicht."

Ivy neigte den Kopf, ein paar Strähnen fielen über ihre Schultern. Zain drängte es, das vermutlich seidige Haar um seine Finger zu wickeln, doch irgendwie gelang es ihm, sich stattdessen auf ihre Worte zu konzentrieren. Sie antwortete: „Ich finde es gut, dass sie einander so nahestehen, weil es bedeutet, dass Daisy immer einen Verbündeten haben wird. Wenn man an Dawns überraschenden Gefährtenrausch mit Blake und ihre Entscheidung denkt, dauerhaft nach Stonefire zu ziehen, hilft es Daisy auch, sich an all die Veränderungen anzupassen."

Er zuckte die Schultern. „Alle haben Daisy schon liebgewonnen, also wird es ihr gut gehen." Er betrachtete Ivys Augen und berührte schließlich mit ein paar Fingern ihre Wange. „Ich mache mir mehr Sorgen um dich."

Zain streichelte ihre Wange ein paarmal, und dank seines überempfindlichen Gehörs bemerkte er, wie Ivys Atem sich beschleunigte, passend zu ihrem tosenden Herzen. Als sie endlich sprach, war ihre Stimme ein wenig rau. „Warum machst du dir mehr Sorgen um mich?"

Er beugte sich näher und genoss ihren süßen Duft. „Obwohl du weißt, dass du einen langen Weg vor dir hast, wenn du hierbleibst, willst du es trotzdem, oder?" Sie nickte, und er fuhr fort: „Dann werde ich mir immer Sorgen um dich machen, Ivy. Denn jeder könnte sich in einen Feind verwandeln, wenn wir nicht aufpassen. Selbst die vernünftigste Person kann unter extremen Umständen von Hass überwältigt werden. Ein Angriff auf Stonefire könnte eine solche Situation auslösen. Das würde dich in Gefahr bringen."

Sie sah ihm in die Augen. „Aber du wirst mich beschützen, oder, Zain?"

„Natürlich werde ich das. Aber es reicht vielleicht nicht aus."

Wie in Zeitlupe hob Ivy ihre Hand und legte sie an seine Wange. Sowohl Mann als auch Tier hielten den Atem an bei ihrer sanften, warmen Berührung. Ihre Stimme war wie eine Liebkosung, als sie sagte: „Ich kann mir keinen anderen vorstellen, von dem ich mich beschützen lassen möchte. Ich weiß, dass du mich nicht im Stich lässt."

„Wie kannst du da so sicher sein?", flüsterte er.

Sie neigte den Kopf nach oben, und Zain konnte nicht widerstehen, auf ihre volle Unterlippe zu schauen. Ein Mund, den er wegen ihres Zustandes nicht schmecken oder necken durfte, obwohl er es unbedingt wollte. Sie antwortete: „Du bist mein Gefährte. Und ja, es begann als Pflicht. Aber ich denke, es ist mehr geworden. Oder zumindest für mich. Was ist mit dir, Zain? Habe ich recht, dass es jetzt mehr als nur eine Pflicht ist?"

Als sein Herz in seiner Brust donnerte, verlor sich Zain im Blau von Ivys Augen und überlegte, wie er ihr antworten sollte.

Ivy wusste nicht, woher ihre Kühnheit gekommen war, aber sie war froh, dass sie Zains Wange berührt und ihre Frage gestellt hatte.

Sie hatte ihn den ganzen Tag beobachtet, und obwohl sie wusste, dass er im Inneren weicher war, als er sich anmerken ließ, hatte die Art, wie er mit den Kindern gespielt und sie geneckt hatte, ihren Bauch auf eine gute Art und Weise prickeln lassen.

Ihre Anziehung hatte außerhalb ihres Krankenhauszimmers angedauert. Und wenn sie mit dem Drachenmann leben wollte, musste sie ehrlich zu ihm sein.

Und so wartete sie auf seine Antwort, fasziniert von seinen blitzenden Pupillen. Zudem konnte sie nicht anders, als ihre Lippen zu benetzen, sobald sein Blick auf sie fiel.

Rational wusste sie, dass sie ihn wegen ihres unbekannten Zustands nicht küssen durfte, selbst wenn er sie darum bat. Und doch pochten ihre Lippen, und sie wollte seine festen gegen ihre spüren.

Zain knurrte. „Du weißt, dass ich dich jetzt nicht

küssen darf, Ivy, und du machst es mir verdammt schwer, es nicht zu tun."

Sie unterdrückte ihre Freude über seine Erwähnung, sie küssen zu wollen, und antwortete: „Das hat meine Frage immer noch nicht beantwortet. Bin ich nur eine Pflicht für dich, oder mehr, Zain? Das ist unser erster Abend in unserem neuen Zuhause, und ich denke, wir sollten von Anfang an ehrlich sein."

Seine Pupillen blieben schließlich rund, kurz bevor er wieder sprach. „Die Wahrheit wird die Sache kompliziert machen, Ivy, und du weißt das."

Da sie bereits alles preisgegeben hatte, wollte Ivy nicht zurückweichen. „Das ist mir egal. Sag mir die Wahrheit, Zain. Entweder hier und jetzt, oder ich werde darum bitten, bei Nikki oder deiner Schwester zu wohnen."

Er knurrte, und während sie am Anfang ihrer Bekanntschaft gezuckt hätte, hob sie jetzt nur eine Augenbraue. Zain seufzte. „Die Wahrheit?" Er bewegte sich, bis er sie mit seinem Körper und seinen Armen gegen den Tresen drückte. Das Gefühl seiner harten Muskeln, die gegen ihren Körper gedrückt wurden, machte ihre Knie weich, und zwar nicht, weil sie erst kürzlich aus dem Koma erwacht war.

Sein heißer Atem tanzte gegen ihre Wange, als er sagte: „Als du aus deinem Koma aufgewacht bist, habe ich dich gehasst. Du standest für so viel Schmerz für meinen Clan, meine Freunde und meine Familie. Ich hatte geplant, dich zu verhören, deine Geheimnisse herauszufinden und dann dem MDA zu erlauben, dich für immer wegzunehmen."

Sie sah in seine Augen und fragte: „Was hat sich geändert?"

Er bewegte sich ein winziges Stück näher und zwang sie, ihren Kopf weiter nach oben zu neigen, um seinem Blick zu begegnen. „Ich weiß selbst nicht, was verdammt nochmal passiert ist, aber bald warst du mehr als ein Feind. Du warst interessant, clever und so traurig. Aber anstatt dich darin zu suhlen und zu betteln und einer Menge anderer Dinge, die du hättest tun können, warst du entschlossen, die verschlüsselten Daten mit uns zu teilen. Ganz zu schweigen davon, dass du Geduld mit meinem Neffen und dessen Freundin gezeigt hast. Und dann hast du in diesem blauen Kleid an unserem Paarungstag einfach zu schön ausgesehen."

Sie blinzelte. „Du hast mein Kleid bemerkt?"

Einer seiner Arme bewegte sich zu ihrem oberen Rücken. Ohne nachzudenken, lehnte Ivy sich in die Berührung und genoss die Hitze seiner Hand durch den Stoff ihres Oberteils. „Ja, und deine Haare und Lippen und das tiefe Blau deiner Augen. Du solltest meine Feindin sein, und ich habe mich so lange wie möglich gewehrt. Aber du bist mehr als die Jahre, die du bei den Drachenrittern verbracht hast, und ich will glauben, dass du alles tun wirst, um meinem Clan zu helfen. Nicht nur um Vergebung zu erlangen, sondern weil du es für das Richtige hältst."

Sie schluckte und nickte. „Das werde ich. Es war

leicht, eine namenlose Masse zu hassen. Aber wenn Freddie, Nikki oder Bram was zustieße? Das ist unerträglich. Sie haben alle so viel riskiert, um mir zu helfen, mich kennenzulernen und mich wie eine Person zu behandeln, und nicht wie einen Feind." Sie bewegte eine Hand an seine Brust, rieb sie hin und her und wünschte sich, es wäre seine Haut statt sein Hemd. „Und ich habe dich in diesem Beispiel nicht genannt, denn während ich versuche, stark zu sein, würde es mich innerlich zerbrechen, wenn dir was passieren würde."

Mit einem Knurren zog Zain sie an seinen Körper und bewegte seinen Mund an ihr Ohr. „Du spielst besser nicht mit mir, Ivy Passmore."

„Tue ich nicht", flüsterte sie. „Ich verspreche es."

Zain schmiegte sich mit seiner eigenen an ihre Wange, und Ivy schmolz gegen ihn. Seine raue Stimme drang erneut an ihr Ohr. „Meine letzte Antwort lautet: Wenn ich könnte, würde ich dich jetzt küssen, Ivy, bevor ich jeden Zentimeter deines Körpers lecke. Am Anfang warst du meine Schutzbefohlene. Aber jetzt bist du mein, meine Menschenfrau. Denk nicht mal daran, mich zu verlassen."

Vielleicht wäre jemand anderes beleidigt gewesen von seinem Anspruch, aber die sorgfältig konstruierten Mauern um Ivys Herz stürzten herunter, sodass die Sehnsucht und das Verlangen, die sie nach ihrem Drachenmann verspürt hatte, nach vorn gerauscht kamen.

Ja, sie – jemand, der Drachen so sehr gehasst

hatte, dass sie ihr Leben für den Versuch aufgegeben hatte, sie auszulöschen – hatte sich in einen Drachenwandler verliebt.

Sie schlang ihre Arme um seinen Hals und sagte: „Ich gehe nirgendwohin."

„Gut." Er küsste ihre Wange für ein paar Sekunden, bevor er mit seiner Zunge gegen ihre Haut schnippte. Sie stöhnte und lehnte sich weiter gegen ihn. Zain knurrte: „Und du glaubst besser, dass ich Sid und Gregor bei jeder Gelegenheit belästigen werde, um ein Heilmittel für dich zu finden."

Bestärkt durch Zains Worte und Taten küsste Ivy seinen Kiefer und genoss das leichte Prickeln seiner abendlichen Stoppeln. „Du wirst keine Beschwerde von mir hören."

Er lachte, etwas, das sie nur ein paarmal gehört hatte, und das ließ ihr Herz auf eine gute Art und Weise stolpern. Er antwortete schließlich: „Bis dahin: Setz dich auf meinen Schoß, Ivy, und ich lasse dich mit meiner Hand kommen."

Sie hielt den Atem an, als das Bild von Zains Fingern zwischen ihren Oberschenkeln in ihrem Kopf aufblitzte. Feuchtigkeit sammelte sich zwischen ihren Beinen. Die Antwort erinnerte sie jedoch nur daran, warum sie es nicht konnte. „Nein, ich möchte dich nicht versehentlich vergiften."

„Ich habe Handschuhe, Ivy. Ich bin immer vorbereitet."

Sie hob die Brauen. „Bereit, jemanden, der dich

vielleicht vergiften könnte, mit der Hand zum Orgasmus zu bringen?"

„Vielleicht nicht gerade aus diesem Grund, aber jetzt ist es alles, woran ich denken kann."

Sie zögerte. Auch wenn Ivy Zain mehr als alles andere wollte, war selbst das geringste Risiko, ihm wehzutun, zu groß. „Der Handschuh könnte reißen, wenn deine Krallen herauskommen."

„Ich werde aufpassen."

„Ich möchte das nicht riskieren, Zain. Wenn du meinetwegen krank wirst oder Schlimmeres, könnte ich nicht damit leben. Dann teile einfach mein Bett mit mir und halte mich. Wie wäre das für den Anfang?"

Eine seiner Hände bewegte sich an ihren Nacken und drückte sie. „Für dich trage ich sogar Kleider im Bett. Aber nur damit du es weißt: Sobald du geheilt bist, schlafe ich immer nackt. Und das wirst du auch."

Sie lachte. „Ich glaube, das lässt sich einrichten." Sie fuhr seinen Kiefer nach, über seinen Hals und über seine Schulter. Sie streichelte ihn weiter, bis sie das Tattoo erreichte, das aus seinem Hemd hervorlugte, und zeichnete das Muster mit den Fingern nach. „Aber die größere Frage ist, wie der Clan damit umgehen wird."

Zain grunzte, und Ivy begegnete wieder seinem Blick. „Hilf uns weiterhin, die Drachenritter zur Strecke zu bringen, und sie werden es akzeptieren müssen. Wenn nicht, müssen sie sich mit mir und meiner ganzen Familie auseinandersetzen. Denn ich denke, nach heute kannst du sehen, dass sie auch deine Familie sind."

Sie nickte. „Ich weiß."

„Gut. Ich werde dich jetzt nach oben tragen, egal was du sagst. Ich denke, heute Abend sollten wir früh schlafen gehen."

Zain bewegte sich, bis er sie auf seine Arme heben konnte, und Ivy lehnte sich gegen seinen Oberkörper, nichts lag ihr so fern wie ein Protest.

Während sie auf Wolke sieben sein sollte, weil Zain genauso für sie empfand wie sie für ihn, nagten die Sorgen in ihrem Hinterkopf. Denn wenn sie die Drachenritter nicht zur Strecke bringen konnte, wäre das mehr als nur ein kleines Ärgernis. Zu viele Personen könnten vielleicht denken, dass sie absichtlich Informationen zurückhielt, um die Ritter zu beschützen.

Sie war entschlossen, am nächsten Morgen als Erstes die Ad-hoc-Bürofläche im Cottage zu finden, von der Zain erwähnt hatte, dass sie für sie war, und an die Arbeit zu gehen.

Denn jetzt hatte sie eine Menge zu verlieren, wenn sie nicht erfolgreich war.

Doch bis zum Morgen konnte sie nichts tun. Also genoss sie es einfach, ein oder zwei Stunden mit Zain dazuliegen, ihn zu necken und schließlich in seinen Armen einzuschlafen.

Kapitel Fünfzehn

Es dauerte noch ein paar Tage, bis Zain Ivy lange genug von ihrer Arbeit losreißen konnte, um ihr seine Drachengestalt zu zeigen. Er musste sogar einen verdammten Termin dafür machen.

Sein Drache schnaubte. *Ich bin genauso besorgt wie du, aber sie macht wichtige Arbeit.*

Offenbar stand sie kurz vor einem Durchbruch, der alle Drachenwandler schützen könnte, auch wenn Zain den wissenschaftlichen Jargon nicht verstand. Er wusste nur, dass sie Blake an Bord geholt hatte, um ihr bei der Mathematik und den Formeln zu helfen. Hätte Zain nicht so sehr darunter gelitten, von Ivy getrennt zu sein, hätte er vielleicht darüber gelacht, wie der Mann, der einst wie ein Einsiedler lebte, nun extrem mürrisch wurde, wenn er nicht bei seiner Gefährtin war.

Doch zumindest war Blake verpaart, was bedeutete, dass Zain nicht den Drang unterdrücken musste, ihn zu töten, weil er Ivy einen unpassenden Blick zuwarf.

Sein Tier meldete sich zu Wort. *Ivy gehört uns, und sie hat das auch gesagt. Und obwohl wir sie vielleicht noch nicht im Bett beansprucht haben, haben wir sie legal als Gefährtin genommen. Der Clan weiß das, also beruhige dich.*

Das ist ganz schön frech von dir, Drache. Du magst nichts mehr, als nackte Bilder von ihr in unserem Kopf aufblitzen zu lassen.

Es hilft mir, die Wartezeit zu überbrücken, da wir sie nur einmal nackt gesehen haben.

Ivy hatte entschieden, dass sie nicht nackt in Zains Nähe sein konnte, bis sie geheilt war. Es war eine zu große Versuchung.

Nie in seinem Leben hatte Zain Kleidung mehr verabscheut.

Er ging im Wohnzimmer auf und ab und blickte auf die Uhr. Es war fünf Minuten nach zwei. Ivy war spät dran.

Gerade als er in ihr Arbeitszimmer stürmen wollte, um nachzusehen, was los war, erschien Blake mit einem Lächeln im Gesicht im Wohnzimmer.

Zain ballte seine Finger zu einer Faust und knirschte mit den Zähnen. *Vergiss nicht, er ist keine Bedrohung, keine Bedrohung, keine Bedrohung.*

Blake bemerkte ihn schließlich und blinzelte. „Sie ist oben und wartet auf dich."

Da Zain den Mann nicht ermutigen wollte, lange

über Dinge zu dozieren, die er nicht verstand, nickte er und rannte die Treppe hinauf zu Ivys Arbeitszimmer.

Er fand sie über einen Schreibtisch gebeugt, wo sie wie wild kritzelte. Obwohl sie eine elastische Yogahose und ein weites T-Shirt trug, mit hastig zurückgebundenem Haar, war sie für ihn immer noch die schönste Frau der Welt.

Obwohl er ungeduldig war, beobachtete er nur ihre Arbeit. Wenn Ivy an der Schwelle eines Durchbruchs stand, wäre nicht einmal er egoistisch und würde riskieren, dass sie ihren Gedankengang verlor.

Schließlich arbeitete Ivy daran, nicht nur Stonefire zu schützen, sondern auch Drachenwandler auf der ganzen Welt.

Als sie schließlich seufzte und ihren Stift fallen ließ, nahm Zain das als seinen Wink, sich ihr zu nähern. Ohne ein Wort legte er die Hände auf ihre Schultern und knetete die verspannten Muskeln. Sie stöhnte bei seiner Berührung und sagte: „Falls du je beschließen solltest, deine Pflichten als Beschützer aufzugeben, wärst du ein hervorragender Masseur."

Er schnaubte. „Richtig, denn meine schroffe Art wird die Leute sicher beruhigen." Er küsste sie oben auf den Kopf und fragte: „Hast du dein Rätsel geknackt?"

Ivy schüttelte den Kopf. „Nein, aber ich bin fast da. Es fehlt nur noch ein letztes Stück der Formel, das ich knacken muss, und ich habe vielleicht etwas gegen jede vom Menschen entwickelte Droge gegen

Drachenwandler. Nun, in gewissen Maßen. Es wird euch nicht vor Dingen wie Saringas oder anderen Arten von biologischen Waffen schützen."

„Ich denke, das ist gerecht. Nicht einmal du kannst uns unsterblich machen."

Sie lächelte und sah auf, um seinem Blick zu begegnen. „Ein unsterblicher Drachenwandler wäre auch viel zu anmaßend. Ich glaube nicht, dass die Welt damit umgehen könnte."

Er lachte leise. „Du hast wahrscheinlich recht." Er nahm seine Hände von ihren Schultern und deutete zur Tür. „Kannst du trotzdem für eine Pause rauskommen? Mein Drache wartet ziemlich unge-duldig darauf, ein wenig hinter den Ohren gekratzt zu werden."

Sie nickte und stand auf. Ivy schwankte jedoch eine Sekunde lang. Zain stützte sie und runzelte die Stirn. „Bist du sicher, dass du rausgehen kannst? Wenn du erschöpft bist, dann sag mir die Wahrheit."

„Ich brauche nur was zu essen, und es geht mir gut, versprochen. Und bevor du überfürsorglich wirst: Dr. Sid hat mich heute Morgen untersucht und gesagt, dass es mir gut geht. Sie hat mich sogar mit einer Kopie der Ergebnisse nach Hause geschickt, nur für den Fall, dass ich es dir beweisen muss."

Er grunzte. „So schlimm bin ich doch gar nicht."

„Oh, doch, das bist du." Sie legte eine Hand an seine Brust. „Aber ich wollte es gar nicht anders haben."

Als sie einander anstarrten, kämpfte Zain gegen den allgegenwärtigen Drang, seine Frau zu küssen. „Da wir nicht viel Zeit haben, bevor du noch mehr mit Nate und Lucien arbeiten musst, nehme ich dich beim Wort. Aber du bekommst zuerst einen Energieriegel."

Sie seufzte. „Ich hasse diese Dinger."

„Ich weiß, aber du brauchst sie, um zuzunehmen. Ärztliche Anordnung." Er griff nach ihren Unterarmkrücken und drehte sie zur Tür.

Sie waren in eine Routine verfallen, und immer, wenn sie im Cottage waren, lehnte sich Ivy gegen ihn und benutzte ihn anstelle ihrer Krücken. Allerdings wollte sie außerhalb ihres Hauses weniger verletzlich erscheinen und benutzte nur dann die Krücken.

Seine Drachenseite wollte, dass sie sich immer auf ihn verließ, aber seine menschliche Hälfte respektierte seine starke, unabhängige Frau.

Nachdem Ivy schnell ihr Essen gegessen hatte, gingen sie nach draußen. Im Gehen bemerkte er jede Person, die sich von ihnen abwandte. Die Liste wurde kürzer, je mehr sich die Kunde von Ivys Arbeit verbreitete, doch nicht schnell genug.

Jeder Einzelne, der sie brüskierte, stand auf seiner Liste, damit er auf Anzeichen von Gefahr achten konnte.

Sein Drache meldete sich zu Wort. *Das braucht Zeit. Erinnerst du dich, als Melanie hierhergekommen ist? Sie ist nur ein Mensch, nichts mehr, und es hat*

Monate gedauert, bei einigen sogar mehr als ein Jahr, um sie zu akzeptieren.

Melanie Hall-MacLeod wurde nicht nur von Stonefire geliebt, sondern auch von vielen Drachenclans, die Menschen-Drachen-Paarungen unterstützten. Schließlich hatte sie viel getan, um die öffentliche Meinung mit ihrem Buch zu beeinflussen. *Sie waren vielleicht vorsichtig gegenüber Melanie, doch Ivys Situation ist anders. Es gibt wahrscheinlich Leute, die Ivy töten wollen, weil sie ein ehemaliger Drachenritter ist, egal, was sie jetzt tut.*

Sein Tier knurrte. *Wir werden das nicht zulassen.*

Stimmt.

Sie näherten sich dem Hauptlandebereich, und Zain seufzte erleichtert, als er ihn leer sah. Er hatte absichtlich den frühen Nachmittag ausgewählt, da es die ruhigste Zeit des Tages für Starts und Landungen war.

Ivy flüsterte: „Du wirst dein Versprechen halten, oder? Dieses erste Mal wirst du nicht wegfliegen?"

Er legte eine Hand an ihren unteren Rücken. „Nein, ich werde nicht wegfliegen. Und wenn du willst, dass ich mich zurückwandle, kennst du das besondere Wort, das du sagen musst."

Sie nickte. „Wassermelone."

Ja, er und Ivy hatten ein Safeword für Drachengestalten. Zain dachte nicht, dass jemand das schon mal gehabt hatte.

Er hielt sie am Rande des riesigen, leeren Bereichs, umgeben von niedrigen Mauern, auf. Er drehte ihr Gesicht nach oben und sah ihr in die Augen. „Ich weiß, dass ich immer wieder den Wunsch meines Drachen erwähne, vor dir anzugeben, aber wenn du noch nicht bereit bist, sag es mir jetzt, und wir machen es später."

Ivy schüttelte den Kopf. „Nein, ich bin bereit, wirklich. Wenn ich dich nicht ganz akzeptieren kann, dann ist das zum Scheitern verurteilt, bevor es kaum angefangen hat."

Er berührte ihre Wange und streichelte ihre weiche Haut mit seinem Daumen. „Auch wenn es für die meisten nicht mutig erscheint, bist du im Moment außergewöhnlich mutig, Ivy Passmore."

Und wenn ihr Zustand nicht gewesen wäre, hätte er sie zur Beruhigung geküsst.

Doch er konnte es verdammt nochmal nicht. Zain war wirklich dafür, eine Frau kennenzulernen, die ihm wichtig war, bevor er mit ihr schlief, aber es fing an, lächerlich zu werden.

Sein Drache knurrte: *Vergiss es. Endlich bin ich an der Reihe, anzugeben.*

Zain war sich bewusst, wie geduldig sein Drache gewesen war, und streichelte Ivy ein letztes Mal die Wange, bevor er in die Mitte des geschützten Landeplatzes ging. Methodisch zog er sich aus, und er konnte nicht umhin zu bemerken, wie Ivys Blicke sich erhitzten. Obwohl das Verlangen in ihren Augen sowohl Mensch als auch

Tier sich aufrichten ließ, tat er sein Bestes, seinen Schwanz zu zähmen.

Der Tag, an dem er sie beanspruchen konnte, konnte nicht bald genug kommen.

Sein Drache knurrte. *Beeil dich! Du hattest viel Zeit mit ihr. Ich bin dran.*

Und so schloss Zain die Augen und ließ seine Drachenhälften die Kontrolle übernehmen, damit er wandeln konnte.

Ivy blieb der Mund offen stehen, als sich Zains Körper veränderte. Seine Nase dehnte sich zu einer Schnauze, seine Arme und Beine verwandelten sich zu Gliedmaßen, und Flügel sprossen aus seinem Rücken. Es konnten nicht mehr als dreißig Sekunden oder so gewesen sein, aber die Zeit schien sich langsam zu bewegen, bis ihr Mann in seiner roten Drachengestalt dastand, die Flügel hinter ihm ausgebreitet.

Er war groß, so groß, dass sie ihren Hals recken musste, um nach oben zu seinem Gesicht zu sehen. Die scharfen Spitzen seiner Zähne, die aus seinem Mund ragten, ließen sie eine Sekunde innehalten. Aber dann sah sie in seine Augen – Augen, die Zains ähnlich waren, wenn sie in seiner menschlichen Gestalt aufblitzten –, und sie stieß den Atem aus, den sie angehalten hatte.

Das hier war ihr größter Test. Und wenn sie

versagte, bedeutete es kein Zain, keine Nähe und ein Leben ohne jemanden, den sie Familie nennen konnte.

Mit anderen Worten: Ivy würde alles Erforderliche tun, um sich an seine Drachengestalt zu gewöhnen, egal, ob es einmal der Stoff ihrer Albträume gewesen war.

Zain hockte sich hin, so tief er konnte, und faltete die Flügel gegen seinen Rücken. Als er fragend den Kopf neigte, schüttelte Ivy den Kopf, um die momentane Panik zu beseitigen, und sagte: „Mir geht's gut, versprochen, aber gib mir nur eine Minute, um alles zu verarbeiten." Sie atmete tief durch und fügte hinzu: „Bleib da, einfach so, okay? Dann verletze ich mir nicht den Hals, wenn ich dich betrachte."

Zains Drachengestalt schnaubte. Die menschenähnliche Handlung brachte sie zum Lächeln. Ja, ihr Mann war auch da drin.

Die Erinnerung daran gab ihr den Mut, um ihn herum zu laufen, wobei sie jedoch etwa zehn Meter zwischen sich und dem hockenden Drachen hielt. Obwohl Ivy ein paar Schuppen in einem Labor gesehen hatte, schienen sie an einem Drachen selbst viel größer zu sein.

Für den Bruchteil einer Sekunde krampfte sich ihr Magen zusammen, als sie daran dachte, wie die Drachenritter an die Schuppen gelangt waren, die sie studiert hatte.

Hör auf, Ivy. Du kannst die Vergangenheit nicht ändern. Und doch, als sie einige von Zains Krallen betrachtete, erinnerte sie sich daran, auch diese studiert zu haben.

All diese klinischen Situationen hatten die Individuen hinter diesen Stücken eines Drachen ausgelassen.

Wenn sie nur die Chance hätte, alle bei den Drachenrittern davon zu überzeugen, wie falsch ihre Informationen und ihre Angstmacherei waren.

Dann erinnerte sie sich daran, dass ihre Formeln zum Schutz der Drachenwandler viel wichtiger waren. Wenn die Drachen immun gegen die Drogenmischungen der Ritter wären, könnten sie kämpfen und hoffentlich die Ritter in naher Zukunft besiegen. Nur wenn die Drachenwandler in Sicherheit waren, konnte sie versuchen, anderen Menschen wie sich selbst zu helfen, die dazu überredet worden waren, Drachen zu hassen – alle, weil sie den Lügen glaubten.

Ivy ging um Zains andere Seite, bis sie wieder vor dem Gesicht des Drachen stand. Diesmal trat sie jedoch ein paar Schritte näher und streckte zaghaft eine Hand zu seiner Schnauze.

Als ihre Finger die harte, glatte Oberfläche seiner Schuppen trafen, stand Ivy für eine Sekunde still und nahm die Ungeheuerlichkeit der Situation auf. Eine Hand, die einst so hart gearbeitet hatte, um die Drachen zu töten, stand kurz davor, einen zu streicheln und vielleicht sogar hinter seinem Ohr zu kratzen.

Zain atmete kurz in ihre Richtung, und sie

blickte endlich in das eine Auge, das sie sehen konnte. Es blinzelte langsam, bevor es sie anstarrte. Sie wusste, dass Drachen in ihrer Drachengestalt nicht sprechen konnten, also spürte sie, dass es eine Form der Kommunikation war, wahrscheinlich beruhigend gemeint.

Sie musste Zain später mehr nach nonverbaler Drachen-Kommunikation fragen.

Aber seine Geste war die Störung, die sie gebraucht hatte, um sich aus den Gedanken zu reißen. Und so strich Ivy mit ihren Fingern über seine Schnauze hin und her und staunte über die warme, aber harte Oberfläche seiner Schuppen.

Sie war sich nicht sicher, wie lange sie den gleichen kleinen Fleck gestreichelt hatte, aber Zain zuckte ein Ohr und dann das andere. Sie lächelte. „Stimmt, du hast was darüber erwähnt, wie gern du hinter den Ohren gekratzt wirst, nicht wahr?"

Sein Tier grunzte und senkte den Kopf weiter. Ivy stellte sich auf ihre Zehenspitzen und griff hinter ein Ohr, bis sie den winzigen Punkt dicker Haut fand, die nicht durch Schuppen geschützt war, und grub dann ihre Nägel hinein. Als sie sie hin und her rieb, lehnte Zain sich in die Berührung und summte. Das Geräusch vibrierte über ihren Arm und durch ihren Körper.

Vielleicht hätte es sie früher in Panik versetzt oder zum Schreien gebracht. Aber jetzt beruhigten sie das Geräusch und das Gefühl Stück für Stück, fast so, als ob der Klang sie daran erinnerte, dass dies ihr Drachenmann war. Und obwohl sie nicht garantieren konnte, dass dies auf jeden Drachenwandler zutraf, würde Zain ihr nie wehtun.

Als Zain seinen Kopf sanft gegen ihren Körper stupste, hielt sie inne und erlaubte ihm, seinen Kopf wieder zu heben. Er richtete sich ein wenig auf und bedeutete ihr mit seinem Vorderbein, dass sie wieder ein Stück zurücktreten sollte.

Obwohl wahrscheinlich zehn oder fünfzehn Minuten vergangen waren, hätte sie fast geschmollt, als sie sich abwandte. Sie wollte mehr Zeit mit Zains Drachen, um die andere Hälfte des Mannes besser kennenzulernen, in den sie sich gerade verliebte.

Ivy wusste jedoch, dass Zain vorsichtig war und Dr. Sids Anordnung befolgte. Schließlich hatte niemand gewusst, wie Ivy reagieren würde, wenn sie so nahe bei jemandem stand, der sich in seine Drachengestalt verwandelt hatte. Stress, Angst oder irgendein negatives Gefühl konnten ein Trigger sein und ihre Gesundheit rückwärts treiben.

Also gab sie ihm einen letzten Klaps und kehrte an den Rand zurück, um zu sehen, wie er sich wieder wandelte.

Der Anblick, wie seine Flügel schrumpften, seine Gliedmaßen sich wieder zu menschlichen umwandelten und das Drachengesicht langsam zu Zains vertrautem menschlichem Gesicht wurde, frei von Schuppen und spitzen Zähnen, bekräftigte nur, dass die beiden Hälften wirklich eins waren.

Und egal, was ihre Ängste bei Fremden gewesen

waren oder noch sein würden, sie akzeptierte Zain als das, was er war, seinen Drachen und alles.

Die Erkenntnis veränderte etwas tief in ihr. Ivy hatte ihre Ansichten im Laufe der Zeit nach und nach geändert, aber wenn es um ihren Drachenmann ging, hatte sie keine Angst mehr vor irgendeinem Teil von ihm.

Wenn sie es zuließe, könnte sie sich in ihn verlieben.

Aber, Ivy verdrängte diesen Gedanken schnell. Bis sie ganz gesund war, war es unfair, dass sie und Zain an solche Gefühle dachten oder sie sich wünschten.

So wurde ihre Entschlossenheit, ihre Arbeit zum Schutz der Drachenwandler zu beenden, noch stärker, weil sie jetzt mehr als nur Akzeptanz hatte, die sie antrieb. Vielleicht, nur vielleicht hatte sie auch Liebe in ihrer Zukunft.

Kapitel Sechzehn

I n den letzten zwei Wochen war Zain jeden
Tag mit Ivy hinausgegangen und hatte ihr
seine Drachengestalt gezeigt. Jedes Mal war
der Besuch etwas länger, bis er nicht mehr glaubte,
dass sie Angst hatte. Zumindest, was ihn betraf.

Sein Drache schnaubte. *Natürlich nicht. Sie ist
unsere Gefährtin. Wenn sie geheilt ist, wird sie darum
betteln, dass wir sie beanspruchen.*

Manche mochten denken, sein Drache sei anmaßend, doch Zain spürte, dass es stimmte. Sie hatten
wochenlang zusammen geschlafen, vollständig mit
Pyjamas bekleidet. Er wollte nichts mehr, als die
Oberschenkel seiner Frau spreizen und sie dazu bringen, seinen Namen zu schreien.

Aber Dr. Sid und Gregor hatten immer noch
keine Heilgarantie. Sie erwähnten etwas von ein paar
Anhaltspunkten, doch sie wollten es noch nicht
riskieren.

Gut, dass zumindest die Ärzte einen kühlen Kopf bewahrten, denn wenn es nach Zains Verlangen ginge, würde Ivy so schnell wie möglich allen Anhaltspunkten nachgehen, ungeachtet der Risiken.

Er schob den verdammten, unvernünftigen Gedanken beiseite – sein Verstand stimmte voll und ganz mit den Ärzten überein – und antwortete seinem Tier: *Das wird irgendwann kommen. Jetzt will Ivy uns erst einmal auf der Krankenstation treffen. Und auch wenn sie gesagt hat, es sei nichts Schlimmes, bin ich jedes Mal unruhig, wenn sie dorthin zurückkehrt.*

Sie ist seit dem Aufwachen nicht mehr ins Koma gefallen. Sie liebt uns zu sehr, um uns zu verlassen.

Ivy hatte diese Worte nie zu ihm gesagt, doch er spürte, dass sie es könnte. Zain war nicht der Ausdrucksstärkste, wenn es um seine Gefühle ging, aber der Gedanke, Ivy zu verlieren, brachte sein Herz zum Stillstand.

Und egal, wie sehr er es leugnen wollte, er war dabei, sich in seine eigene Gefährtin zu verlieben.

Sein Drache grunzte. *Wehr dich nicht dagegen! Sie wird uns früh genug in jeder Hinsicht gehören.*

Als das Behandlungsgebäude in Sicht kam, sagte er schnell: *Das kannst du später noch weiterverfolgen. Im Moment braucht Ivy unsere Hilfe, oder vielleicht unsere Unterstützung bei irgendwas. Konzentrieren wir uns also darauf.*

Sein Tier verstummte, und Zain ging schneller.

Inzwischen war er mit dem Hintereingang des Gebäudes mehr als vertraut und hatte sich den Tastaturcode für den Eingang gemerkt. Dr. Sids Bürotür stand offen, aber als er einen Blick hinein warf, war nur Gregor da, mit seinem und Sids Sohn Wyatt auf seinem Schoß. Gregor sagte: „Nein, Cassidy ist nicht hier. Sie sind alle im Forschungslabor. Aber bevor du gehst, wollte ich dir ein Update über Ivys Heilprozess geben."

Zain und sein Drache waren bei der Erwähnung in Alarmbereitschaft. „Habt ihr was Neues gefunden?"

Gregor nickte. „Aye, wir denken schon. Obwohl es noch einige Tests durchzuführen gibt, und obwohl ich mir wünschte, es wären alles gute Nachrichten, gibt es einen Nebeneffekt, von dem du wissen solltest."

„Solange Ivy lebt und nicht mehr giftig ist, ist mir egal, was es ist."

Gregor ließ seinen Sohn hüpfen und gab dem Jungen einen Satz Spielzeugschlüssel. Als das Baby an einem leuchtend gelben nagte, antwortete Gregor: „Das könnte dir aber doch wichtig sein, Zain. Wir glauben, dass das Heilmittel ihre DNA wahrscheinlich verändern wird. Auch wenn das keine große Sache zu sein scheint, bedeutet es, dass sie, falls sie jetzt deine wahre Gefährtin ist, es nach der Behandlung vielleicht nicht mehr sein könnte."

Er entspannte sich ein wenig. Zain war auf viel Schlimmeres vorbereitet gewesen. „Ist das alles? Es ist mir verdammt egal, ob sie meine wahre Gefährtin ist oder nicht. Ivy ist meine Frau, Ende der Geschichte."

Gregor lächelte langsam. „Aye, das dachte ich mir. Aber ich wollte trotzdem fragen. Deine Antwort zeigt, dass dir was an dem Mädel liegt."

Er widerstand dem Drang, den schottischen Drachenmann verbal anzugreifen. Schließlich würde Zain dem Mann mehr schulden als alles, was er besaß, wenn er Ivy endlich heilen würde. „Weiß Ivy schon davon?"

Gregor schüttelte den Kopf. „Nein, noch nicht. Trahern und Emily führen ein paar letzte Tests durch, um Ivys Gesundheit und Sicherheit zu gewährleisten. Und obwohl ich es dem Mädel nur ungern vorenthalte, dachten Sid und ich, es wäre das Beste, sie nicht von ihrer Arbeit abzulenken. Sag es ihr also noch nicht, aye?"

„Du willst, dass ich Ivy etwas so Wichtiges verheimliche?", fragte er ungläubig.

„Nur ein Weilchen. Sid und ich werden morgen mit ihr darüber reden. Da es die Verwendung von Drachenwandler-DNA erfordert, um es richtig zu machen, wollen wir uns vergewissern, dass sie damit einverstanden ist."

Zains Ehrgefühl war hin- und hergerissen. Ivy war so lange belogen worden, als sie bei den Drachenrittern gearbeitet hatte, und er hatte geschworen, immer ehrlich zu ihr zu sein.

Und jetzt wollte dieser Arzt, dass er log.

Dadurch würde Zain Ivy nicht von ihrer Arbeit ablenken, einer Arbeit, die seinen gesamten Clan schützen könnte.

Für einen Mann, der glaubte, alles sei schwarz oder weiß, war das ein weiterer grauer Bereich.

Sein Tier meldete sich zu Wort. *Es geht eher darum, ihr nicht die volle Wahrheit zu sagen, als zu lügen. Und ich weiß, dass das genauso schlimm ist, wenn man ihre Vergangenheit bedenkt. Aber schauen wir uns zuerst an, was sie im Forschungslabor macht, und entscheiden dann, was zu tun ist.*

Zain sagte zu Gregor: „Vielleicht, aber ich kann es nicht garantieren. Ich möchte ehrlich zu ihr sein."

Gregor nickte. „Das überlasse ich dir. Wenn du glaubst, dass sie damit fertig wird, dann sag es ihr. Aber wenn sie es nicht kann und ihre Gesundheit sich verschlechtert, müssen wir mit der Behandlung warten, und wir haben keine Ahnung, was in der Zwischenzeit passieren könnte. Jeder spricht davon, dass du ein gutes Urteilsvermögen hast, auch Sid, also hoffe ich, dass es stimmt. So oder so, lass uns einfach wissen, welchen Weg du wählst."

Er grunzte, denn er vertraute nicht darauf, dass er nichts sagte, was er vielleicht bereuen könnte.

Da Zain nicht bleiben und erfahren wollte, ob er gerade noch einen weiteren Test durchgemacht hatte, verließ er das Büro und ging zum Forschungslabor. Obwohl er nie drinnen gewesen war, hatte er den gesamten Aufbau der Krankenstation kennengelernt, während er Ivy bewacht hatte.

Also klopfte er und wartete, um zu sehen, was seine Gefährtin ihm mitteilen musste, bevor er beschloss, ob er ihr die Wahrheit sagen sollte.

Ivy gab sich Mühe, nicht auf und ab zu gehen. Zwar brauchte sie ihre Unterarmkrücken nicht mehr ständig, außer wenn sie müde war, doch sie wollte nicht riskieren, zu stolpern, da Zain sonst eine vollständige Untersuchung und eine Reihe von Tests anordnen würde, um sicherzustellen, dass es ihr gut ging.

Obwohl seine übertriebene Fürsorglichkeit manchmal lästig sein konnte, lächelte sie. Ihm lag etwas an ihr, und das machte alles andere lohnenswert.

Obwohl er sie hoffentlich, nachdem sie ihm heute ihre Arbeit gezeigt hatte, als mehr als eine Invalide ansehen konnte. Zwar hatten die Ärzte immer noch keinen Weg gefunden, ihren Zustand zu heilen – jemanden mit einem Kuss zu vergiften, war nichts, was man auf die leichte Schulter nehmen sollte –, aber sie glaubte, der Tag würde kommen.

Schließlich hatte sie so hart an ihrer Genesung gearbeitet, an ihren Formeln und sogar Nate und Lucien mit all den Daten auf dem USB-Stick geholfen.

Zwei dieser Dinge könnten bald dafür sorgen, dass Stonefire nachts ruhiger schlief.

Dr. Sid kam zu ihr und legte eine Hand auf ihren

Arm. „Vielleicht solltest du dich hinsetzen, bis Zain hier ist."

Sie seufzte. „Gerade du solltest wissen, wie sehr ich es hasse, stillzusitzen oder zu liegen. Außerdem kann ich jetzt stundenlang allein stehen und werde es nie wieder für selbstverständlich halten."

Sid sah so aus, als wollte sie etwas dagegen einwenden, als ein Klopfen an der Tür erklang. Emily ging, um zu öffnen, und enthüllte Zain auf der anderen Seite.

Sein Blick fand sofort ihren, und ohne zu überlegen, ging sie zu ihm. Zain legte seine Hände an ihre Taille, als er fragte: „Ich bin hier. Also, was ist los?"

Alles, was sie tun wollte, war sich an ihn zu lehnen und in seiner Hitze und Berührung zu schwelgen, aber irgendwie trat Ivy zurück und deutete dorthin, wo die drei Ärzte um einen hohen Tisch saßen. „Setz dich, und wir erklären es dir."

Sie nahm seine Hand und führte ihn zum Tisch. Er setzte sich und versuchte, sie in seinen Schoß zu ziehen, aber sie schüttelte den Kopf. „Nicht jetzt. Aber definitiv später."

Emily seufzte glücklich, aber Trahern studierte nur die Papiere vor sich. Ivy wusste, dass die andere Menschenfrau sich nach dem zurückgezogenen Drachenarzt sehnte, und wünschte sich, dass sie sich daran erinnert hätte. Ivy mochte es nicht, Emily unter die Nase zu reiben, was sie nicht hatte.

Sie verdrängte den Gedanken und räusperte sich. Es gab viel größere Dinge, auf die sie sich jetzt konzentrieren sollte. „Nur sehr wenige außerhalb dieses Raums kennen diese Informationen, aber ich glaube, ich habe endlich eine Möglichkeit, euch vor menschlichen Drogen zu schützen, die euch schaden können."

Zain blinzelte. „Was? Du hast endlich den letzten Teil deiner Formel geknackt?"

Ivy nickte. „Sie verwendet menschliches Blut als einen der Inhaltsstoffe. Dr. Sid hat sich vor nicht allzu langer Zeit was Ähnliches ausgedacht, um einem Drachenmann in Lochguard zu helfen, aber das hier ist mehr als nur gegen eine bestimmte Droge. Und obwohl wir ziemlich sicher sind, dass es keinem Drachenwandler schaden wird, ist der nächste Schritt, Freiwillige zu finden, die es testen, um es sicherzustellen."

Drachenblut konnte Menschen heilen, und es war seltsam zu denken, dass menschliches Blut jetzt helfen könnte, die Drachen zu schützen. „In nicht-wissenschaftlichem Fachjargon: Wie ist das möglich?"

Emily meldete sich zu Wort. „Jede Droge, die bisher von den Drachenrittern entwickelt wurde, zielte auf die Unterschiede in unserer Drachen-wandler-DNA ab, doch sie hat Menschen nie auf dieselbe Weise angegriffen oder beeinflusst, vermutlich als Schutz für ihr eigenes Volk. Indem wir also ein bisschen menschliches Blut – zusammen mit einigen anderen Elementen, um sicherzustellen, dass euer Körper es nicht zurückweist – einarbeiten, sollte es auch Drachenwandler schützen."

Ivy bemerkte: „Der schwierige Teil wird jedoch sein, dass jeder die Behandlung akzeptiert, wenn die Tests mit den ersten Freiwilligen erfolgreich sind. Sid, Emily und Trahern haben mir gesagt, dass einige Drachenwandler Menschen sehen, wie die Ritter die Drachen – als eine niedere Art von Wesen, die man verspotten muss."

Zain antwortete: „Das stimmt, obwohl ich nicht glaube, dass das in Stonefire ein so großes Problem ist." Er betrachtete Ivys Augen, bevor er fragte: „Aber könnte es wirklich so einfach sein?"

Sie zuckte die Schultern. „Ich kann es nicht mit Sicherheit sagen, daher die Tests. Kai wendet sich heimlich an vertrauenswürdige Beschützer und bittet sie, sich freiwillig für die erste Studie zu melden. Und weil du auch auf dieser Liste stehst, sagte er, wir könnten dich persönlich fragen."

Raffinierter Kai, das zu tun. Zain würde fast alles tun, was Ivy von ihm verlangte. Trotzdem wollte er es mit seinem Drachen besprechen. *Hättest du was dagegen?*

Nein, natürlich nicht. Ivy bekommt seit Monaten Blutspritzen. Warum sollte ich nicht dasselbe tun wollen, wenn es uns vor der größten Waffe schützen kann, die die Drachenritter gegen uns haben?

Zain grunzte und sprach nochmal laut. „Natürlich werde ich es tun, obwohl ich hoffe, dass Kai es nach und nach angeht, damit wir nicht verwundbar sind."

Sid antwortete: „Ja, das machen wir. Du und Sebastian sollt die Ersten sein."

Ivy lächelte. „Obwohl du der Allererste sein wirst."

Er erhob sich. „Dann bringen wir es hinter uns."

Sid runzelte die Stirn. „Wir haben noch nicht einmal die möglichen Nebenwirkungen besprochen."

Er sah jeden der Reihe nach an. „Ich vertraue jedem in diesem Raum, nicht nur, was meine Gesundheit betrifft, sondern auch, dass ihr auf Ivy aufpasst. Ist es falsch von mir, das zu tun?"

Sid knurrte. „Natürlich passen wir verdammt nochmal auf Ivy auf. Mir gefällt nicht, dass du was anderes andeutest."

Ivy legte eine Hand auf Sids Schulter. „Ist schon okay. Er ist mein Gefährte, und du weißt, wie sich gepaarte Drachenmänner verhalten."

In jeder anderen Situation hätte er vielleicht geschnaubt, weil Ivy sich täglich mehr wie ein Drachenwandler anhörte.

Trahern stand auf, ging zur Seite des Raumes und kehrte sofort mit einer Nadel und einer kleinen Durchstechflasche zurück. „Dann fangen wir an. Je schneller Zain die Spritze erhält, desto eher können wir überwachen, wie gut es funktioniert."

Emily seufzte. „Wieder typisch für dich, nur an die Daten zu denken."

Trahern blinzelte. „Woran sollte ich denn sonst denken?"

Ivy ging zu Zain und berührte seinen Kiefer. „Bist du dir dessen wirklich sicher? Du sollst nicht glauben, dass ich dich zwinge, oder dir ein schlechtes Gewissen einrede oder so was Ähnliches."

Er legte eine Hand an ihre Taille und antwortete: „Sei nicht albern. Du würdest nichts tun, um mich zu verletzen. Nun, in der Gegenwart. Du hättest vielleicht an jenem ersten Tag versucht, mich zu erstechen, an dem du aufgewacht bist, wenn du die Gelegenheit gehabt hättest."

Sie schnaubte. „Nicht wahrscheinlich, da ich es damals nicht geschafft habe, ein Messer zu halten. Vielleicht ein paar Tage später, wenn ich die Gelegenheit und die Ressourcen gehabt hätte."

Ihm gefiel, dass seine Frau über fast alles mit ihm scherzen konnte. „Aber mal im Ernst, es ist in Ordnung, ich möchte das tun. Außerdem, wenn ich am Ende der Erste bin, der gegen die Ritter geimpft wurde, dann bedeutet das, dass ich an vorderster Front sein kann, sie zur Strecke zu bringen, sobald wir unseren Plan haben."

Ivy streichelte seinen Kiefer und ließ sowohl Mensch als auch Tier summen. Bald würde er mehr tun können, als nur ihre Haut zu berühren. Er brannte darauf, seine Gefährtin in jeder Hinsicht zu beanspruchen.

Bevor jemand mehr sagen konnte, platzte Gregor in den Raum, ohne Kind. Er schloss schnell die Tür und blickte kurz zu Ivy, bevor er seine Gefährtin ansah. „Cassidy, es gibt ein Problem."

Zain stand auf und stellte sich dem schottischen Arzt gegenüber. „Was ist los?"

Gregor sah Ivy wieder an, bevor er Zain in die Augen blickte. „Ivys Bild und ihr Aufenthaltsort sind überall in den menschlichen Nachrichten."

Er zog Ivy instinktiv an seine Seite und knurrte: „Wer zur verdammten Hölle hat das durchsickern lassen?"

Gregor schüttelte den Kopf. „Ich weiß nicht. Aber wir müssen Ivy in den unterirdischen Bereich der Krankenstation bringen, bis Bram was anderes sagt."

Zain war einer der wenigen, die von den Notfalleinrichtungen unter dem Gebäude wussten. Wenn Gregor vorschlug, dass Ivy dort warten sollte, bedeutete das, dass die Situation um einiges schlimmer war, als dass sie in einem Nachrichtenbericht erwähnt worden war. „Was erzählst du uns nicht?"

Gregor sagte: „Laut Bram sind bereits Nachrichten und Befehle bezüglich Ivy in den versteckten Winkeln des Internets der Ritter aufgetaucht. Es wird nicht lange dauern, bis sie auch Videos haben, in denen sie ihren Kopf fordern. Nicht lange, und Ivy ist Ziel Nummer eins."

Ivy lehnte sich gegen ihn, und Zain hielt sie fester. „Ziel Nummer eins oder nicht, ich lasse nicht zu, dass sie sie kriegen." Er sah seine Gefährtin an. „Ich werde es nicht zulassen, Ivy. Ich verspreche es."

Er hasste die Angst in ihren Augen sowie die Tatsache, dass ihre Stimme brach, als sie sagte: „Ich möchte stark sein und sagen, dass alles in Ordnung sein wird. Aber es könnte am Ende besser sein, mich auszuliefern, als den ganzen Clan zu riskieren."

Er knurrte. „Sei nicht albern. Du bist meine Gefährtin, was bedeutet, dass du auch Teil von Stonefire bist. Wenn du auch nur daran denkst, wegzulaufen, um dich zu opfern, werde ich dich jagen und dich an einen Stuhl fesseln, solange es dauert, bis wieder Verstand in deinen Kopf zurückkehrt."

Ihre Lippen lächelten fast. „Das würdest du tatsächlich."

Sid räusperte sich. „Je früher wir nach unten gehen, desto besser. Nur wenige wissen, dass der unterirdische Bunker existiert, was bedeutet, dass du besser geschützt bist. Und auch wenn ich das nicht garantieren kann, ist es weniger wahrscheinlich, dass derjenige, der die Informationen hat durchsickern lassen, in der Lage sein wird, mehr über deinen Aufenthaltsort preiszugeben."

Zain knurrte: „Was, wenn es jemand in der Krankenstation ist?"

Sid schüttelte den Kopf. „Nein, jeder, der hier arbeitet, wurde mehrmals überprüft, seit Menschen in Stonefire leben. Ich vertraue meinen Mitarbeitern."

Gregor deutete den Flur hinunter. „Jetzt komm. Wir müssen gehen."

Als er und Ivy dem Arzt zu einem geheimen Eingang folgten, ließ Zain Ivy nicht los. Er hatte fast sein ganzes Erwachsenenleben trainiert, um den Clan zu schützen, und jetzt würde er diese Fähigkeiten nutzen, um seine Gefährtin zu schützen.

Schließlich musste sich jeder, der es wagte, sich mit einem verliebten Drachenwandler anzulegen, auf eine Überraschung gefasst machen. Zains menschliche und Drachenhälfte würden härter arbeiten als je zuvor und für die Zukunft kämpfen, die sie lange gewollt hatten, aber sich heimlich versagten.

Ob jemand es bemerkte oder nicht, dieser Moment, genau hier, genau jetzt, war der Anfang vom Ende der Drachenritter. Zain würde dafür sorgen.

Die nächste Stunde verging wie im Flug, als Zain und die Ärzte Ivy in den geheimen Bunker unterbrachten, ihr Kleidung brachten und alles, was sie brauchte, um weiterzuarbeiten, und sie für einen langen Untergrundaufenthalt vorzubereiten.

Sie tat ihr Bestes, um ihre Ängste zu unterdrücken, da sie niemandem zur Last fallen wollte. Als sie und Zain jedoch schließlich allein waren, seufzte sie und ließ sich auf den Stuhl in der Nähe sacken. „Ich habe zwar gewusst, dass die Ritter irgendwann herausfinden würden, dass ich lebe und wo ich mich verstecke, aber es ist schwer zu glauben, dass der Tag nun da ist."

Zain ging vor ihr in die Hocke. Vorsichtig hob er ihr Kinn, bis sie in seine Augen blicken konnte. „Ich war vorhin nicht überdramatisch, Ivy. Ich werde dich auf jede erdenkliche Weise beschützen, beginnend mit der Injektion, die du und die anderen entwickelt habt."

Sie berührte seine Wange, denn sie brauchte die vertraute Hitze und die leichten Stoppeln zur Beruhigung. „Nein, du kannst das jetzt nicht tun, Zain. Ich habe keine Ahnung, ob du zunächst geschwächt wirst oder eine negative Reaktion zeigst."

Zains Pupillen blitzten zu Schlitzen und zurück. „Aber ohne sie bin ich zu verletzlich. Die Ritter bringen Stonefire den Krieg, Liebes. Und wir müssen uns so gut wie möglich schützen."

Als sie ihrem Drachenmann in die Augen starrte, wollte sie so viel sagen, konnte es aber nicht. Zain brauchte keine Ablenkungen, und sie wollte das auch nicht als ihr letztes Mal mit ihm allein sehen. Ein hastig gesagtes: „Ich liebe dich", würde fast so aussehen, als gäbe sie auf.

Und obwohl sie Zweifel hatte und es wahrscheinlich immer tun würde, musste sie an die Drachen von Stonefire glauben. Denn wenn nicht, an wen konnte sie dann jemals glauben?

Zain berührte ihre Wange, und sie lehnte sich in seine warme Berührung. „Wenn du das wirklich tun willst, sollten wir dir die Injektion eher früher als später verpassen, nur für den Fall, dass es Nebenwirkungen gibt. Denn wenn sie auftauchen, wird es nach unseren besten Berechnungen innerhalb der ersten Stunden sein."

Er lächelte sie an, und plötzlich schien Ivys Welt etwas weniger dunkel zu sein. Bei keinem anderen Mann hatte sie je so leicht so empfinden können.

Zain sagte: „Eine letzte Sache – hast du dein Blut für die Zubereitung benutzt?"

„Nein, ich bin immer noch Gift für andere, erinnerst du dich?" Zain sah aus, als wollte er was sagen, aber Ivy sprach weiter. „Alle Menschen in Stonefire haben gespendet. Auf diese Weise weiß niemand, wessen DNA in seinen Adern schwimmt. Wir dachten, das würde bei eifersüchtigen Gefährten helfen."

Er lächelte breiter. „Sieh mal einer an, wie weit du gekommen bist, Liebes. Denkst automatisch an Gefährten und deren Reaktion."

Sie hob eine Braue. „Wenn das für dich eine Überraschung ist, wie sich meine Ansichten verändert haben, dann muss ich vielleicht deinen Status als die aufmerksamste Person in Stonefire in Frage stellen."

Er schnaubte. „Da du mich zum Gefährten genommen hast und dich immer darauf freust, meinen Drachen hinter den Ohren zu kratzen, denke ich, ich weiß, wie weit du gekommen bist."

Schweigen setzte ein, und Ivy kämpfte mit dem, was sie sagen sollte. Obwohl sie nach dem Aufwachen aus dem Koma geschworen hatte, das Leben nicht für selbstverständlich zu halten, hatte sie es bis zu einem gewissen Grad getan.

Zain war tapfer, stark und hoch qualifiziert, aber er konnte trotzdem sterben. Schließlich besaßen die Ritter neben ihrem Drogenarsenal fortschrittliche Waffen, die sie gegen Drachenwandler einsetzen konnten. Schon, die Laser und andere Antidrachenpistolen waren nicht so zuverlässig, aber sie konnten trotzdem töten.

Sie zog ihre Hand von seiner Wange und griff nach Zains Hand. Er legte sofort die Finger um ihre herum, was ihr Trost brachte. Sie sah in seine Augen und sagte: „Sei einfach vorsichtig, okay? Ich weiß, wie sehr du die Drachenritter hasst, doch wenn Kai den Plan umsetzt, sie ein für alle Mal zu besiegen, werden sie um ihr Leben kämpfen. Und in diesem Fall werden sie sich noch mehr bemühen, so viele Drachenwandler wie möglich zu töten, solange sie noch können."

Er hob ihre Finger an seinen Mund und küsste ihren Handrücken. Trotz allem, was vor sich ging, ließen seine warmen, feuchten Lippen an ihrer Haut sie vor Sehnsucht seufzen.

Was würde sie nicht geben, um den Mann wenigstens zu küssen, den sie liebte.

Seine Stimme riss sie zurück in die Realität. „Ich war immer vorsichtig, aber jetzt habe ich sogar noch mehr Grund, das zu tun. Du bist mein Ein und Alles, Ivy. Und sie werden mich töten müssen, um mich davon abzuhalten, zu dir zurückzukommen."

Ihr Herz stolperte – auf eine gute Weise. „Dann stell sicher, dass du das auch tust. Ich habe eine Überraschung für dich, aber erst, wenn du zu mir zurückkommst, nachdem das hier vorbei ist."

„Du weißt doch, dass ich Überraschungen hasse."

Sie lächelte. „Ich weiß, aber die wird dir gefallen, das verspreche ich."

Er beugte sich näher und küsste ihre Wange, seine Lippen verweilten auf ihrer Haut.

Sie musste sich zusammenreißen, um ihren Kopf nicht zu drehen und ihn richtig zu küssen.

Zain zog sich schließlich zurück. „Ich möchte dich nicht verlassen, aber ich muss gehen." Sie nickte, und er fuhr fort: „Bleib stark für mich, Mensch. Okay?"

Sie neckte ihn: „Nun, wenn man bedenkt, dass ich eine Menge rumsitzen werde, während ich hier unten bin, gezwungen, es ruhig angehen zu lassen, sollte das wenigstens dich und deinen Drachen glücklich machen, oder?"

Er lachte leise. „Ein wenig." Zain wurde ernst. „Aber es wird nicht lange sein, wenn ich es verhindern kann. Ich lasse nicht zu, dass du in einer neuen Art Gefängnis bist, nachdem du so lange in einem bewusstlosen Körper gefangen warst."

Zains raue Außenseite versteckte den vorsichtigen, sensiblen Mann im Inneren. Selbstsüchtig wollte sie ihn festhalten und nie gehen lassen. Sie wusste jedoch, dass sie das nicht tun konnte, nicht, wenn sie jemals ein halbnormales Leben in der Zukunft wollte. „Ich glaube an dich, Zain. Jetzt geh und komm gesund und munter zu mir nach Hause zurück."

Er küsste ihre Wange noch einmal, bevor er aus dem Raum eilte.

Als sich die Tür schloss, hallte das Geräusch im kleinen Wohnbereich des Bunkers wider.

Ivy wollte nicht bei dem Gedanken an ihr neues unterirdisches Zuhause verharren oder daran, wie lange sie dort würde bleiben müssen, schaltete ihren Laptop ein und kehrte zu den entschlüsselten Daten zurück. Vielleicht hatte sie irgendwas übersehen, etwas Wichtiges, das Zain und den anderen helfen könnte, die Ritter zu besiegen.

Wenn ihr Mann schließlich sein Leben riskieren würde, um für sie zu kämpfen, dann wollte sie nicht einfach dasitzen und in Gedanken wälzen, was mit ihr passieren könnte. Nein, Ivy würde auf ihre Art kämpfen, mit Informationen und Wissen. Sie musste nur erst finden, was sie brauchte.

Kapitel Siebzehn

Nicht zum ersten Mal war Zain dankbar für seine langjährige Tätigkeit als Beschützer, da sie ihm erlaubte, seine Gefühle für Ivy allmählich zu ordnen.

Er liebte seine Menschenfrau und hatte es ihr beinahe gestanden.

Doch letztlich hatte er beschlossen, es ihr erst zu gestehen, nachdem er ihre größten Feinde besiegt hatte.

Sein Drache seufzte. *Ich verstehe Menschen überhaupt nicht. Wir lieben sie. Das war's. Warum warten?*

Da wir in den Krieg ziehen, hätte ich gedacht, dass du deine Prioritäten neu ordnen würdest, Drache.

Unsere Gefährtin ist genauso wichtig.

Da er sich nicht streiten wollte, ignorierte er sein

Tier, als er sich auf den Weg zum Hauptgebäude der Beschützer machte.

Obwohl er vor etwa einer Stunde seine experimentelle Spritze erhalten hatte, um sich gegen die Drogen der Ritter zu schützen, hatte er noch keine Nebenwirkungen erlitten. Die Ärzte hatten ihm versichert, dass es schnell reagierte und innerhalb weniger Stunden vollständig wirken würde.

Jetzt musste er nur noch mit Kai arbeiten, um einen Plan zu entwickeln, und sowohl Stonefire zu schützen als auch die Verstecke der Ritter anzugreifen. Dann könnte er sich endlich der Jagd anschließen, mit dem Ziel, einen ihrer Feinde zur Strecke zu bringen. Noch vor wenigen Wochen hätte er die Drachenjäger an die Spitze seiner Liste gesetzt, wegen dem, was sie seiner Freundin Charlie angetan hatten. Allerdings waren die Ritter ihnen in der Gegenwart etwas voraus.

Zain musste seine Gefährtin beschützen. Seine verstorbene Freundin hätte das verstanden.

Er betrat das Hauptsicherheitsgebäude und nickte seinen Landsleuten zu. Zain schaffte es jedoch, jeder Art von Gespräch aus dem Weg zu gehen, und kam schnell in Kais Büro an. Nach einem kurzen Klopfen rief Kai ihn herein.

Zain schloss die Tür und setzte sich vor den Schreibtisch seines Chefs neben Stonefires Clanführer Bram. Zain sagte ohne Einleitung: „Habt ihr schon einen Plan?"

Kai grunzte. „Nein, wir überlegen noch. Viel

hängt davon ab, ob die schützenden Injektionen wirken, ohne tödlich zu sein oder nicht."

Zain deutete auf sich selbst. „Ich lebe, oder etwa nicht?"

Bram hob die Brauen und sagte: „Es sind erst ein paar Stunden vergangen. Aber meine Haltung hat sich in Bezug auf deine Gefährtin nicht geändert. Wir werden Ivy beschützen, egal, was dazu nötig ist. Keine Sorge."

Sein Drache knurrte. *Als ob es eine andere Option gäbe.*

Kai hinderte Zain daran, seinem Tier zu antworten. „Die Menschenfrau zu schützen, ist der leichte Teil. Die Ritter und nur die Ritter anzugreifen, ohne anderen Menschen zu schaden, ist unser größtes Hindernis."

Zain runzelte die Stirn. „Das MDA hat aber nicht seine Meinung geändert, oder?"

Kai schüttelte den Kopf. „Nein, wir haben die Erlaubnis, die Ritter allein zu bekämpfen und vorübergehend festzunehmen, solange wir das MDA informieren, sobald wir fertig sind. Nach dem jedoch, was Nate und Lucien aus den Daten entnommen haben, sind die meisten Verstecke der Ritter in bewohnten Gebieten. Das ist ein großes Problem."

Bram sagte: „Es gibt zwei Möglichkeiten, damit umzugehen, aber Zain wird eine davon nicht mögen, da es Ivy betrifft."

Zain gab sein Bestes, seinen Clan-Führer nicht

anzugreifen, zwang seine Stimme, ruhig zu bleiben, und fragte: „Was ist die Option, die Ivy nicht einschließt?"

Bram zuckte die Schultern. „Die britische Armee um Hilfe bitten. Rafe sagt, dass er es wahrscheinlich schaffen kann, wenn wir nett fragen."

Rafe Hartley war nicht nur ein ehemaliger Soldat, sondern auch der Mensch, der Nikkis Gefährte ist. Er diente derzeit als Verbindungsglied zwischen den Menschen und Stonefire. Während Zain den Offizieren wegen seiner Vergangenheit weniger vertraute als anderen, hatte er möglicherweise keine andere Wahl, als sich auf sie zu verlassen. Schließlich ließe er niemanden Ivy als Köder benutzen.

Er sah zwischen Bram und Kai hin und her, als er sagte: „Also erzählt mir, was der Armeeplan beinhaltet."

Bram hob eine Braue. „Ich dachte nicht, dass du so schnell mit ihnen zusammenarbeiten wollen würdest."

Verdammt, sein Clan-Anführer wusste zu viel. Zain änderte seinen neutralen Ausdruck kein bisschen, als er sagte: „Wenn du zwischen der Gefahr für deine Gefährtin oder der Bitte um Hilfe bei Menschen, denen du vielleicht nicht ganz vertraust, wählen müsstest, was würdest du wählen?"

„Guter Punkt", sagte Bram. „Nun, hier ist das, was wir bisher überlegt haben."

Als Bram den Plan erklärte, dachte Zain, er

könnte funktionieren. Vor allem, wenn er und die Handvoll anderer geimpfter Beschützer an der Seite der Menschen in der Armee arbeiten würden.

Zain hasste es, das Leben aller auf die Schultern der britischen Armee zu legen, aber er hatte nicht wirklich eine Wahl. Er hoffte nur, dass sich die Beziehungen zwischen den Menschen und den Drachenwandlern im letzten Jahrzehnt verbessert hatten. Denn ansonsten müssten sie sich einen anderen Plan überlegen, einen, der wahrscheinlich mit Ivy als Köder verbunden war. Und sobald seine Gefährtin erfuhr, wie sie helfen konnte, würde sie sich verdammt nochmal freiwillig melden.

Und auf keinen verdammten Fall würde Zain das zulassen.

Ivy aß den letzten Bissen von ihrem Sandwich und schob den leeren Teller weg, vertieft in die Informationen auf dem Bildschirm vor sich.

Konnte es wahr sein? Hatte sie endlich was entdeckt, das Zain und den anderen helfen könnte, die Drachenritter zur Strecke zu bringen?

Um doppelt sicher zu sein, las sie die fragliche Passage noch einmal durch:

Da sich immer mehr Drachenwandler von unseren chemischen Angriffen vollständig erholen, müssen Rückzugsgebiete und Zerstörungspläne festgelegt werden, um an einem anderen Tag weiterzu-

kämpfen. Die größte Herausforderung wird sein, alles so schnell wie möglich aufzubauen, da die Notwendigkeit, einen flächendeckenden Plan umzusetzen, täglich wächst.

Das wahrscheinlichste Szenario, um jeden zu erreichen, wird es sein, einen Satz an alle Mitglieder gleichzeitig zu senden, die durch jede mögliche Form der Kommunikation sowohl intern als auch durch Leaks an menschliche Nachrichtenagenturen verbreitet wird. Zwar müssen konkrete Pläne erstellt und genehmigt werden, doch ein Hinweis auf den wahren Gründer der Drachenritter und die Erwähnung seines Opfers im Kampf gegen die Drachenwandler ist vermutlich die beste Methode. Jedes Mitglied erfährt frühzeitig den Namen und das Opfer. Und soweit wir wissen, wird kein Drachenwandler oder menschlicher Drachenverbündeter verstehen, was es bedeutet.

Ivy lehnte sich zurück und stieß den Atem aus, den sie angehalten hatte. Nein, die meisten würden die Informationen nicht kennen, da es ein streng gehütetes Geheimnis war, das man nur denjenigen offenbarte, die alle Lektionen und Therapiesitzungen mit den Freunden der Welt abgeschlossen hatten, kurz bevor sie in die Drachenritter aufgenommen wurden. Die strengen Maßnahmen und Verfahren stellten sicher, dass Außenstehende die Wahrheit über die Gründung der Drachenritter nicht kannten.

Aber Ivy wusste das alles und mehr.

Und es war unschwer zu sehen, wie die anderen, die die Informationen vom USB-Stick durchgegangen waren, die Passage, die sie gerade gelesen hatte, übersehen konnten. Schließlich hätten Außenstehende keine Ahnung, worauf sich die vagen Aussagen bezogen.

Das bedeutete, dass, wenn Ivy die Informationen über den Gründer an die Medien weitergäbe und sie Lucien und Nate über diskrete Online-Kanäle verbreiten ließe, dies die Drachenritter dazu bringen könnte, in Panik zu geraten und fliehen zu wollen. Und wenn die Drachenwandler und das MDA auf sie warteten, konnten sie mit minimalem Verlust an Leben gefangen genommen werden.

Allerdings wäre der Plan nicht ohne Verluste, da einige der fanatischsten Drachenritter bis zum letzten Atemzug kämpfen würden. Trotzdem war es besser, als wenn Stonefire und ihre Verbündeten blind hineingestürzt wären und versucht hätten, sich den Sieg zu erkämpfen.

Und ihr Instinkt sagte ihr, dass es funktionieren würde.

Also öffnete Ivy schnell ein leeres Dokument auf ihrem Laptop und tippte alles ein, was Stonefire und die anderen wissen mussten, um ihre Idee umzusetzen. Natürlich wollte sie Sid und die anderen so schnell wie möglich informieren. Aber nur für den Fall, dass sie wieder ohnmächtig wurde, bevor sie die Informationen weitergeben konnte – es bestand immer die Möglichkeit, dass dies passierte, bis sie vollständig geheilt war –, würde sie sie jetzt senden, um sicherzustellen, dass sie sie erhielten.

Während sie tippte, als hingen Leben davon ab – was sie taten –, begann der Bildschirm, vor ihren Augen zu verschwimmen. Sie schüttelte den Kopf und drängte sich weiter, bis sie in ihrer E-Mail auf die Schaltfläche „Senden" klickte.

Als das erledigt war, legte sie ihren Kopf in die Hände und schloss die Augen. Das Pochen in ihrem Kopf fühlte sich an, als würde jemand gegen ihren Schädel hämmern, und obwohl sie gerade gegessen und die letzten Stunden auf einer Couch verbracht hatte, war ihr schwindelig.

Etwas stimmte nicht.

Ivy griff nach dem Notrufknopf in der Nähe des Sofas, um entweder einen der Ärzte oder eine vertrauenswürdige Krankenschwester zu rufen, die sich um sie kümmerte. Aber bevor sie ihn erreichen konnte, wurde die Welt dunkel.

Kapitel Achtzehn

Zain saß mit Kai, Bram und Nikki zusammen und sprach über die E-Mail, die Ivy mehreren von ihnen geschickt hatte – eine brillante Information, die ihre Pläne verändert hatte –, als jemand an die Tür klopfte und hereinkam.

Jane sah sich im Raum um, ihr Gesichtsausdruck war düster. Kai war der Erste, der fragte: „Was ist los, Janey?"

„Es geht um Ivy – sie ist bewusstlos."

Zain sprang auf und bellte: „Erzähl mir alles, jetzt!"

Jane hob nicht einmal eine Augenbraue und wies ihn auch nicht zurecht, was Bände sprach. Sie erwiderte: „Es gibt nicht viel zu berichten. Dr. Sid und Gregor versuchen herauszufinden, was passiert ist. Ich weiß nur, dass eine der Schwestern sie bewusstlos auf dem Boden gefunden hat. Sie hat kaum geatmet."

Er eilte zu Jane. „Wo ist Ivy jetzt?"

„Irgendwo in der Krankenstation, aber Dr. Sid hält ihren Standort vorerst geheim."

Zain ignorierte sein hämmerndes Herz – er würde sich nicht von der Angst überwältigen lassen – und wandte sich zu Kai. „Ich muss nach ihr sehen."

„Geh! Wir haben das im Griff."

Er wartete nicht auf ein weiteres Wort, sondern rannte aus Kais Büro, die Gänge hinunter und aus dem Gebäude.

Obwohl die Ärzte immer gesagt hatten, dass Ivy irgendwann einen Rückfall erleiden könnte, bis sie vollständig geheilt wäre, sagte ihm sein Bauch, dass hier etwas anderes am Werk sei. Denn die Enthüllung in den heutigen Nachrichten, die Ivys Standort und die Tatsache, dass sie lebt, preisgab und sie zwang, sich zu verstecken, schien ein zu großer Zufall zu sein.

Schließlich reichte eine einzige Person mit Kenntnis ihres Standorts und dem Hass der Drachenritter, um seine Menschenfrau zu verletzen. Sie den Rittern zu übergeben, wäre nicht genug für ein paar Drachen, die Groll hegten.

Sein Drache meldete sich zu Wort. *Wenn jemand sie erreicht hat, finden wir heraus, wer es war, und kümmern uns um ihn.*

Aber kein Töten. Du weißt es doch besser.

Sein Tier knurrte. *Sie ist unsere Gefährtin, die Frau, die wir lieben. Wir sollten zu Recht Vergeltung üben dürfen.*

Lass uns erst sehen, wie es ihr geht und was die Ärzte wissen, bevor wir einen Rachefeldzug planen.

Du bist zu verdammt ruhig.

Einer von uns muss es ja jetzt sein, wenn wir Ivy, so gut wir können, helfen wollen.

Sein Drache ging in seinem Kopf auf und ab, blieb aber zumindest still, als Zain den Hintereingang des Behandlungsgebäudes betrat.

Emily Davies tauchte aus einem der Räume auf, an denen er vorbeiging, und rief nach ihm. Zain drehte sich um und bellte: „Wo ist sie?"

Die Menschenfrau war Drachenwandler und ihren Befehlston gewohnt, nachdem sie schon so lange in Stonefire lebte, also zuckte sie nicht mit den Wimpern. „Komm mit mir. Und spar dir deine Fragen für später auf, oder ich setze dich in einen Warteraum, bis Dr. Sid oder Gregor Zeit haben, mit dir zu sprechen."

Obwohl Zain wahrscheinlich ein Loch in die Wand eines jeden Raums im Gebäude schlagen und einen Weg finden konnte, um zu entkommen, grunzte er nur. „Schön."

Die Frau führte ihn zu einem der kleineren Lagerräume. Erst als die Tür geschlossen war, ging sie nach hinten und drückte gegen einen Teil der Mauer. Es klickte, die Wand glitt auf und enthüllte einen weiteren geheimen Eingang, von dessen Existenz er nichts gewusst hatte.

Da er nur daran interessiert war, zu erfahren, was mit seiner Gefährtin passiert war, stellte Zain keine Fragen dazu, damit Dr. Davies nicht ihre Drohung wahrmachte, ihn irgendwohin zu setzen, wo er in Qualen abwarten musste.

Nach mehreren Treppenläufen hielt die Menschenfrau schließlich an einer Tür an, drückte den Daumen an einen Scanner und betrat den Bereich.

Er achtete kaum auf die Anzahl der Türen oder das Layout. Sein Verstand versuchte immer wieder, die schlimmsten Szenarien für Ivy durchzugehen, und es erforderte seine ganze Energie, um sie zurückzudrängen.

Im Moment brauchte seine Gefährtin seine Stärke. Er durfte sich nicht ablenken lassen.

Emily hielt schließlich vor einer Tür ganz am Ende des Flurs an und sagte: „Versprich mir, dass du nicht anfängst, die Ärzte anzubrüllen, und wir gehen rein, aber nicht vorher."

In jeder anderen Situation hätte er die Stärke des Menschen bewundert. Zain antwortete jedoch nur: „Ja, gut, ich verspreche es. Jetzt zeig mir Ivy."

Sie öffnete die Tür und trat aus dem Weg. Was er sah, ließ ihn aufhören zu atmen.

Ivy lag blass – blasser als sonst – in einem Krankenhausbett, angeschlossen an ein Beatmungsgerät und verschiedene Überwachungsgeräte. Und obwohl er fast ein Jahr lang auf sie aufgepasst hatte, als sie bewusstlos gewesen war, hatte sie da wenigstens allein geatmet.

Ihr Zustand war schlimmer, weit schlimmer, diesmal. Sie könnte sterben.

Er eilte auf sie zu, aber Gregor trat vor ihn. „Noch nicht, Junge. Wir müssen erst mit dir reden."

Zain ballte seine Finger zu einer Faust und sagte: „Worüber?"

Gregors Stimme war weicher, als er sagte: „Ich weiß, dass du deine Gefährtin berühren willst, wahrscheinlich mit ihr reden und versuchen willst, sie zu trösten. Aber sie ist gerade in einem kritischen Zustand. Und selbst die kleinste Bewegung könnte sie über den Rand bringen."

Er ließ Ivys Gesicht nicht aus den Augen und fragte: „Was ist los mit ihr?"

Gregor zögerte nicht. „Sie wurde vergiftet. Es ist nicht dasselbe Gift, das sie von den Drachenrittern verabreicht bekommen hat. Und die Dosis, die vermutlich bei ihr verwendet wurde, würde normalerweise nicht ausreichen, um jemanden in einen derart kritischen Zustand zu versetzen. Aber mit ihrem zugrunde liegenden Zustand war es genug."

Trotz der Tatsache, dass Mann und Tier hinübereilen wollten, um ihre Gefährtin in die Arme zu nehmen und ihr zu sagen, sie solle durchhalten, zwang Zain sein Gehirn dazu, zu arbeiten. „Offenbar wusste jemand, was er tat."

Emily warf ein: „Es scheint so. Wenn Schwester Ginny sie nicht rechtzeitig gefunden hätte, wäre es vielleicht zu spät gewesen."

Sein Tier brüllte bei der Möglichkeit. Zain

gelang es, der Ruhigere von beiden zu bleiben. „Kannst du ihr helfen?"

Emily war diejenige, die antwortete. „Wir sind zuversichtlich. Wenn wir die Behandlung anwenden, von der Sid und Gregor mit dir gesprochen haben, könnte es ausreichen, sie für ein paar Tage von kritisch zu einfach nur krank zu bekommen."

Er knurrte: „Warum habt ihr es dann verdammt nochmal nicht schon getan?"

Emily sagte unbeeindruckt: „Wir brauchen deine Erlaubnis, da wir sie nicht von Ivy selbst bekommen können."

„Macht es, und zwar schnell."

Gregor trat vor Zain und blockierte seine Sicht auf Ivy. Zain wollte ihm gerade schon sagen, dass er sich bewegen solle, als der Arzt erwiderte: „Ich kann nicht garantieren, dass es funktioniert, Zain. Das musst du jetzt verstehen. Es könnte die Dinge noch schlimmer machen, da die Behandlung ihren jetzt geschwächten Zustand nicht berücksichtigt hat."

„Gibt es einen anderen Weg?", verlangte er zu erfahren. Als beide Ärzte Nein sagten, wandte sich Zain zu Ivy. „Ohne Behandlung wird sie sterben, oder?"

Gregor nickte. „Korrekt."

„Dann gebt ihr die verdammte Behandlung."

Emily sagte leise: „Vielleicht willst du draußen warten. Wir können nicht riskieren, dass du die Kontrolle an deinen verlierst und er uns behindert."

Sein Drache knurrte. *Ich würde nie was tun, das unsere Gefährtin gefährdet. Sag ihnen das so.*

Bist du dir sicher? Ich möchte Ivy auch nicht verlassen. Aber wenn sie Schmerzen hat, verlierst du vielleicht den Kopf.

Ich werde verdammt nochmal nicht den Kopf verlieren. Wir sollten hier sein.

Nur für den Fall, dass sie nicht überlebt, blieb ungesagt.

Er verdrängte den negativen Gedanken – Ivy brauchte so viel Hoffnung und Positivität, wie er aufbringen konnte – und sah nacheinander die Ärzte an. „Wir werden uns beide benehmen und aus dem Weg gehen. Helft ihr, ich flehe euch an."

Eine Sekunde lang musterte Gregor seine Augen, bevor er nickte. „Aye, machen wir uns daran. Emily." Er deutete auf die Seite des Raumes. „Warte da drüben, bis wir sagen, dass es sicher ist, dich deiner Gefährtin zu nähern, Zain."

Zain folgte dem Befehl und ging aus dem Weg. Er sah zu, wie das Paar etwas aus einem Kühlschrank holte, medizinische Vorräte vorbereitete und sich dann zu beiden Seiten von Ivy positionierte, um ein großes, deckenähnliches Gerät über sie zu legen.

Es war schwierig, sie mit dem Schlauch im Mund und Drähten zu sehen, die an verschiedenen Körperteilen befestigt waren. Seine Frau war so verdammt weit gekommen, hatte mit aller Kraft gekämpft, um wieder gehen zu können, und war zurück an Punkt Null.

Sein Tier bemerkte, *Sie wird wieder gehen. Sie würde niemals zulassen, dass wir sie überall hintragen.*

Er lächelte fast. *Nein, würde sie nicht, oder?*

Gregor sah ihm endlich wieder in die Augen. „Wir fangen jetzt an. Der erste Teil wird der schwierigste sein, da wir ihre Körpertemperatur senken müssen, bevor wir die Behandlung verabreichen. Bist du bereit?"

Sobald er nickte, gaben Gregor und Emily einige letzte Anweisungen, bevor Emily einen Schalter umlegte.

Anfangs schien es, als wäre nichts passiert. Aber bald darauf piepte die Maschine, die Ivys Vitalzeichen überwachte, schneller und schneller. Obwohl er weder Pfleger noch Arzt war, wusste er, was die meisten angezeigten Informationen bedeuteten.

Ivys Körpertemperatur fiel. Schnell.

Jeder Muskel in seinem Körper drängte ihn, hinzuspringen, das deckenähnliche Gerät von ihr zu reißen und sie zu halten, um sie zu wärmen.

Aber er vertraute den Ärzten. Auch wenn er sich manchmal über den Schotten beschwerte, würde Sid niemals einen Dummkopf tolerieren, geschweige denn sich mit ihm paaren.

Als eine Sekunde verging, und dann noch eine und noch eine, ballte Zain seine Finger zu Fäusten und widerstand dem Drang, an die Seite seiner Gefährtin zu eilen. Die Behandlung war nichts, was er tun konnte, und es brachte ihn um, dass er seine

Gefährtin nicht in jeder Hinsicht beschützen konnte.

Sein Drache sagte, *Niemand kann es. Selbst ich weiß das.*

Emily schlug die Decke schnell zurück, und Gregor verabreichte eine, zwei, drei verschiedene Injektionen, bevor Emily die Decke zurücklegte. Beide beobachteten die Monitore und warteten auf etwas, obwohl er keine Ahnung hatte, auf was.

Als die Maschine lauter piepte, konnte Zain sein Knurren nicht zurückhalten. Soweit er wusste, konnte sie sterben. „Hilf ihr!", befahl er.

Emily nahm ihren Blick nicht von den Monitoren. „Fast geschafft."

Zwei Sekunden später kippte sie einen Schalter, und Gregor verabreichte eine letzte Injektion.

Da begann Ivys Körpertemperatur zu steigen.

Mit jedem Grad, den sie stieg, schlug sein Herz langsamer. Er hatte keine verdammte Ahnung, ob sie über den Berg war, aber zumindest würde sie nicht an Unterkühlung sterben, oder was auch immer es war, das jemanden mit einer niedrigen Körpertemperatur töten konnte.

Nach gefühlten Stunden – die wahrscheinlich nur Minuten waren – wandte sich Gregor schließlich Zain zu. „Komm an ihre Seite und sprich mit ihr. Sie muss deine Stimme hören."

Er brauchte keinen weiteren Anstoß, eilte hinüber, berührte sie aber noch nicht. „Heißt das, sie wird sich erholen?"

„Wir werden es erst wissen, wenn sie aufwacht oder allein zu atmen beginnt. Aber wenn du extrem sanft bist, kannst du ihre Hand halten, um sie wissen zu lassen, dass du hier bist."

Emily stellte einen Hocker in die Nähe des Bettes. Zain setzte sich und nahm vorsichtig Ivys Hand in seine.

Ihre Haut war wie Eis und ihre Finger schlaff.

Ganz anders, als wenn sie wach war und ihn zu ihrem neusten Durchbruch oder Kochversuch zerrte.

Er würde eine Million verbrannter Suppen und Sandwiches ertragen, wenn er sie nur wieder lächeln sehen könnte.

Zain räusperte sich, um die Emotionen, die nach vorn zu sprudeln drohten, zurückzudrängen. Er wollte Ivy sagen, wie sehr er sie liebte, sie brauchte, ohne sie nicht leben konnte. Erst dann würde er sie schelten, weil sie fast gestorben wäre, und drohen, sie wieder zum Leben zu erwecken, nur um sie nochmal zu töten, wenn sie ihn verließ.

Er war jedoch nie ein Mann gewesen, dem es leichtfiel, Gefühle vor anderen zu zeigen. Also hielt er sanft ihre Hand und flehte: „Komm zurück zu mir, Liebes."

Gregor legte eine Hand auf seine Schulter. „Wir geben dir ein paar Minuten allein, aye? Aber drück bei der geringsten Veränderung ihres Zustands die Ruftaste direkt neben dem Bett."

Er nickte. „Das werde ich."

„Gut. Entweder Emily oder ich kommen bald wieder, um nach euch beiden zu sehen."

Zain bemerkte es kaum, als die Ärzte mit dem Aufräumen fertig waren und ihn mit Ivy allein ließen.

Kaum schloss sich die Tür, flüsterte er: „Ivy, Liebes, wach auf, damit ich dir sagen kann, wie brillant du bist. Dein Plan, die Drachenritter zu erledigen, ist etwas, das wir allein nie hätten umsetzen können. Und wenn niemand in Stonefire merkt, wie schlau du bist oder dass du uns unbedingt beschützen willst, dann sage ich: Wirf sie so schnell wie möglich aus dem Clan."

Ivy blieb regungslos.

Zains ganze Welt drehte sich um eine experimentelle Behandlung. Und als er auf das blasse Gesicht seiner Gefährtin starrte, traten alle Gedanken daran, die Drachenritter zu Fall zu bringen, in den Hintergrund. Seine Frau war seine Zukunft, egal, was mit den Rittern geschah. Sie brauchte ihn mehr denn je.

Also ließ er sich nieder, erzählte ihr eine Kindheitsgeschichte nach der anderen und hoffte, dass sie irgendwann ihre Augen öffnen und ihm sagen würde, dass er aufhören solle zu reden.

Kapitel Neunzehn

Geräusche drangen in Ivys seltsamen Traum, in dem sie auf dem Rücken eines Drachen ritt, während die hohen Gebäude Londons und die Themse unter ihr vorbeizogen.

Und doch kam dabei ein Plaudern von hinter ihr – das Geräusch von Kindern. Sie war nicht allein auf dem Rücken des Drachen, was sie die Stirn runzeln ließ. Wenn sie sich kaum festhalten konnte, sollten Kinder keinesfalls auf einem fliegenden Drachen sitzen.

Sie schrie ganz laut zu dem Drachen, aber das Tier schlug abwechselnd mit den Flügeln und glitt auf den Luftströmungen.

Ivy musste zumindest sicherstellen, dass sich die Kinder beruhigten und sich an ihr festhielten. Als sie jedoch versuchte, sich umzudrehen, konnte sie sich nicht bewegen, egal wie sehr sie es versuchte.

Dann wurden die Geräusche lauter, bis eine Stimme schließlich zu verstehen war: „Komm, Freddie. Wir sollten das nochmal machen. Du könntest endlich gewinnen."

Die Antwort verklang zu einem Flüstern, das Ivy nicht verstehen konnte.

Warum sollten Freddie und Daisy in ihren Träumen sein? Ganz zu schweigen davon, welches Spiel sie auf dem Rücken eines fliegenden Drachen spielen könnten?

Dann war der Traumdrache plötzlich an den Weißen Klippen von Dover. Eine Sekunde später tauchte er direkt zum Ärmelkanal ab, und sie schrie, als das Tier in letzter Sekunde hochzog und das Wasser mit den Krallen streifte.

Daisys Stimme drang nochmal zu ihr durch. „Tante Ivy? Geht's dir gut?"

Da erfüllte Zains Stimme ihre Ohren. „Ivy, Liebes, bist du da? Kannst du die Augen öffnen?"

Zain. Sie sehnte sich danach, seine Arme um sich herum zu spüren. Seine Hitze und sein Duft drangen in ihre Sinne ein.

Aber Ivy konnte ihre Augen nicht dazu bringen, zu funktionieren, geschweige denn sonst etwas zu bewegen.

War sie erneut in ein verdammtes Koma gefallen?

Jemand berührte ihr Gesicht. „Ivy." Es war wieder Zain. „Komm zu uns zurück, Liebes. Bitte!"

Der flehende, sanfte Ton seiner Stimme gefiel ihr

nicht. Zain sollte stark und stur sein und sie definitiv nicht um etwas anflehen.

Vielleicht lag sie im Sterben.

Anstatt sich von dem Gedanken verängstigen zu lassen, stärkte es nur ihre Entschlossenheit, ihre Augen zu öffnen.

Sie konzentrierte sich und stellte sich vor, wie Licht in ihre Pupillen eindrang, sodass sie jeden und alles im Raum sehen konnte.

Nach wer weiß wie langer Zeit schaffte sie es, die Augen einen Spalt weit zu öffnen. Und dann noch ein bisschen mehr, bis das Licht sie vorübergehend blendete.

Sie blinzelte ein paar Sekunden, bevor sie deutlich Zain, Daisy und Freddie sah, die alle um ihr Bett herum standen und auf sie hinunterblickten.

Zain war der Erste, der sprach. „Da bist du ja, meine Menschenfrau. Wurde aber auch Zeit, dass du aufwachst."

Sie wollte knurren, schaffte aber kaum ein Krächzen.

Lächelnd beugte sich Zain vor und flüsterte: „Du kannst mich noch früh genug beschimpfen, Liebes." Er küsste sanft ihre Wange. Die Wärme seiner Lippen auf ihrer Haut ließ Kraft in sie rauschen. „Aber im Moment versuche einfach, die Augen offen zu halten, bis die Ärzte kommen."

Daisy hob ihre Hand. „Ich werde sie holen!"

Zain sagte zu ihr: „Nimm Freddie mit."

Die beiden rannten aus dem Zimmer und ließen sie mit Zain allein.

Als sie in seine tiefbraunen Augen blickte, bemühte sie sich, nicht zu weinen. Sie hatte keine Ahnung, warum sie wieder weg gewesen war, aber jetzt, da sie wach war, war sie dankbar, dass sie wieder bei ihrem Gefährten sein konnte. Vielleicht war es egoistisch, doch sie wollte nicht, dass er weiterzog und mit einer anderen zusammen war, da sie selbst so wenig Zeit mit ihm verbracht hatte.

Sie hatte ihm noch nicht einmal gesagt, wie sehr sie ihn liebte.

Danach würde sie großmütiger sein.

Er strich ihr die Haare aus dem Gesicht und sagte: „Ich bin hier. Ich werde immer hier sein."

Vielleicht würden einige denken, dass es eine Übertreibung war, aber sie wusste, dass er so viel wie möglich an ihrer Seite gewesen war.

Sie starrten einander weiter in die Augen – Ivy versuchte zu vermitteln, wie sehr sie wollte, dass er sie hielt und nie losließ –, bis ein paar Leute in den Raum stürzten. Dr. Sids braune Augen und ihr Kopf mit dem Pferdeschwanz kamen zuerst in Sicht. „Weg, Zain. Ich muss Ivy untersuchen."

Sie erwartete, dass Zain knurren würde, aber er fügte sich nur und trat beiseite, damit Dr. Sid und Emily beide an ihrer Seite sein konnten.

Ivy war sich nicht sicher, ob sie sich Sorgen um seine Gefügigkeit machen sollte oder nicht.

Dr. Sid sprach zuerst, während sie ein Licht in

Ivys Augen schien. „Kannst du schon sprechen, Layla?"

Es brauchte etwas Mühe, um zu sagen: „Nein."

Sid lächelte. „Das war ein Wort." Ihr Gesicht kehrte zu seinem normalen strengen Ausdruck zurück. „Da du wahrscheinlich neugierig bist, was mit dir passiert ist, werde ich alles erklären, während Emily dich untersucht." Als Sid erzählte, dass jemand sie vergiftet hatte und die Ärzte die experimentelle Heilung versucht hatten, wäre Ivy die Kinnlade heruntergefallen, wenn sie es hätte schaffen können.

Dr. Sid fügte hinzu: „Dass du wach bist, ist jedoch ein gutes Zeichen, ein sehr gutes Zeichen. Du könntest das Schlimmste hinter dir haben."

Mit ein wenig Anstrengung krächzte sie: „Wie lange ... um ... mich zu erholen?"

„Ich bin nicht sicher. Aber die gute Nachricht ist, dass deine letzten Bluttests zeigen, dass du für niemanden mehr giftig bist. Sobald du also stark genug bist, kannst du endlich deinen Gefährten küssen." Sid sah Zain an und hob die Brauen. „Und denkt nicht daran, es früher auszuprobieren, als bis wir sagen, dass ihr es dürft."

Sid und Zain tauschten schweigend etwas aus, eine stille Übereinkunft, in die sie nicht einbezogen wurde.

Und so sehr sie Antworten verlangen wollte, schmerzte ihre Kehle, und ihr ganzer Körper war schwer, wie beim Aufwachen aus dem Koma.

Wenn – nein, sobald – sie wieder auf eigenen Beinen gehen konnte, würde sie das nie wieder für selbstverständlich halten.

Emily beendete ihre schnelle Untersuchung, nickte und begegnete Ivys Blick. „Im Moment scheint alles stabil zu sein. Ich muss mehr Blut abnehmen, aber dann kannst du ein paar Eiswürfel haben und ein bisschen Zeit allein mit Zain verbringen."

Zain schnaubte. „Wir werden sehen, ob das wahr wird oder nicht. Daisy hat versucht, so viel Zeit wie möglich in diesem Raum zu verbringen, und meinte, sie habe so viel Energie und wolle etwas davon an Ivy abgeben, um ihr beim Aufwachen und Gehen zu helfen."

Sie versuchte zu lachen, aber es verwandelte sich in einen schnellen, trockenen Husten.

Emily nickte vor sich hin. „Gut, dann lass mich dir Blut abnehmen, damit Zain dir mit deiner Kehle helfen kann."

Als die Ärztin dies schnell tat, konnte Ivy ihren Blick nicht von Zain wegreißen. Für die meisten Menschen sah er nonchalant und kontrolliert aus.

Aber sie hatte viel Zeit mit ihrem Gefährten verbracht – zumindest, als sie bei Bewusstsein gewesen war – und sie bemerkte die Ringe unter seinen Augen und die langen Stoppeln auf seinen Wangen.

Sie hasste es, dass sie diejenige gewesen war, die

ihn in Bedrängnis gebracht hatte. Doch sobald es ihr besser ging, würde sie es wiedergutmachen.

Beginnend mit ihrem ersten verdammten Kuss auf die Lippen.

Zain bemühte sich, ruhig zu bleiben, während er die beiden Ärztinnen bei ihrer Arbeit beobachtete. Aber innerlich war er ein Wrack.

Er war kein Mann, der oft weinte, aber als Ivy endlich ihre Augen geöffnet hatte, hatte er es fast getan. Nur die beiden Kinder im Raum hatten ihn daran gehindert, zusammenzubrechen.

Die Ärzte hatten gesagt, dass, sobald Ivy aufwachte, die schlimmste Gefahr vorüber sein sollte.

„Sollte" war dabei das kritische Wort, aber er würde es nehmen.

Und jetzt war seine Gefährtin wach und starrte ihn von der anderen Seite des Raumes an. Ihre schönen Augen vermittelten mehr als alles, was sie in diesem Moment sagen konnte.

Er konnte es kaum erwarten, mit ihr zu sprechen, ohne dass jemand anderes zuhörte.

Sein Drache meldete sich zu Wort. *Du solltest ihr besser verdammt noch mal sagen, dass du sie liebst, wenn du die Gelegenheit dazu hast. Kein Warten mehr.*

Ich stimme zu, kein Warten mehr, Drache.

Gut. Und sobald du das getan hast, halte sie fest, küsse ihren Kiefer, ihre Wange, ihre Schläfe und sag es nochmal.

Zain grunzte innerlich. *Da wird aber jemand romantisch.*

Ärgere mich nicht! Du weißt, wie nahe sie dem Tod gekommen ist. Wenn du sie nicht schätzen wirst, dann werde ich die Kontrolle übernehmen und es selbst tun.

Zain knurrte innerlich. *Natürlich werde ich sie schätzen. Lass einfach zuerst die Ärzte ihre Arbeit machen, okay?*

Schön.

Er ging wieder dazu über, den Ärzten bei der Arbeit an Ivy zuzusehen. Die Zeit verging unendlich langsam.

Als Emily endlich mit der Blutentnahme fertig war, verließ sie den Raum. Dr. Sid flüsterte Ivy noch etwas ins Ohr, bevor sie zu ihm kam. Die Ärztin sagte: „Ich kann dir fünf Minuten mit ihr geben, aber ich möchte wirklich, dass in den ersten Stunden eine Krankenschwester oder ein Arzt hier bei Ivy bleibt, um die Dinge genau zu überwachen."

Nur für den Fall, dass Ivy eine der Nebenwirkungen erlitt, von denen die Ärzte gesprochen hatten.

Eine davon bedeutete, dass sie wieder ins Koma fallen konnte – eins, aus dem sie nie mehr aufwachen würde.

Sein Drache bemerkte: *Sie muss nur einen Tag*

durchstehen. Wenn Ivy die ersten vierundzwanzig Stunden nach dem Aufwachen überlebt, sind die Ärzte ziemlich zuversichtlich, dass sie sich vollständig erholen wird.

Nur noch dreiundzwanzig Stunden und zweiundvierzig Minuten.

Zain antwortete Sid schließlich: „Ich nehme mir so viel Zeit mit ihr, wie ich bekommen kann." Er senkte die Stimme auf ein Niveau, das nur ein Drachenwandler hören konnte. „Und bevor du fragst, nein, ich werde nicht gehen und woanders schlafen. Erst wenn Ivy aus dem Gefahrenbereich heraus ist, werde ich mehr tun, als in die angeschlossene Toilette zu gehen."

Sid nickte. „Das verstehe ich vollkommen." Sie legte eine Hand an seinen Bizeps. „Wir sind einen Schritt näher daran, dass das hier vorbei ist, Zain. Dann kannst du es endlich genießen, eine Gefährtin zu haben."

Damit ging die Ärztin und ließ ihn mit Ivy allein.

Er sah seiner Gefährtin nochmal in die Augen und ging langsam auf sie zu, bis er neben ihrem Bett stand. Ohne seinen Blick abzuwenden, nahm er ihre Hand in seine und sagte: „Ich liebe dich, Ivy."

Sie lächelte schwach. Dann flüsterte ihre kratzige Stimme: „Ich liebe dich auch."

Obwohl er das schon vermutet hatte, sandten die Worte einen Ansturm von Euphorie durch seinen Körper und machten sein Herz warm. „Ich bin sicher, dass manche gewartet hätten, bis du vollständig genesen bist, aber ich konnte es nicht, Ivy. Ich habe es zu lange aufgeschoben, bevor du vergiftet wurdest, und ich wollte die Chance nicht wieder verstreichen lassen."

„Nun, ein wenig ist verstrichen."

Er schnaubte und streichelte dann ihre Wange mit einem Finger, als er antwortete: „Ich bin froh, dass dein Humor noch intakt ist." Er beugte sich hinab, küsste ihre Wange und sagte sanft: „Bald schon werde ich in der Lage sein, dich richtig zu küssen, und mich zu ärgern sollte das Letzte sein, woran du denkst."

„Ärgere mich nicht!"

Beim Kratzen ihrer Stimme erinnerte er sich an ihre Kehle. Er küsste noch einmal ihre Wange, griff nach der Tasse Eis und setzte sich auf ihre Bettkante. Er hielt ein kleines Stück Eis an ihre Lippen – Lippen, die voll und verlockend waren, obwohl er es nicht bemerken sollte, denn es zeigte seine egoistische Seite, weil er sie sofort küssen wollte – und fütterte sie langsam mit einem und dann mit einem anderen. Nachdem sie mit dem zweiten fertig war, sprach er endlich wieder. „Ich werde dich immer necken, Liebes. Wenn du also damit nicht klarkommst, solltest du vielleicht jetzt die Scheidung einreichen."

Sie verdrehte die Augen. Als sie endlich etwas erwiderte, war ihre Stimme weniger kratzig. „Kurz bevor ich dich endlich küssen kann, willst du eine Scheidung."

Sein Drache knurrte. *Lass sie das nicht denken.*

Sie macht einen Scherz.

Das ist mir egal. Schätze sie, denk dran.

Das werde ich, aber ich werde sie auch nicht so schnell mit Überfürsorglichkeit ersticken. Das würde ihr missfallen.

Ivys Stimme unterbrach seine Unterhaltung. „Was hat dein Drache zu sagen?"

„Er ist überfürsorglicher, als du es je zuvor erlebt hast."

Seine Gefährtin lächelte schwach. „Sag ihm einfach, dass ich ihm die Ohren kraulen werde, sobald ich dazu in der Lage bin. Vielleicht wird ihn das beruhigen."

Es ist ein Anfang. Aber bis wir sie vollkommen beanspruchen, werde ich nicht ruhig sein. Überhaupt nicht.

Zain ignorierte seinen Drachen und sagte zu Ivy: „Er wird es natürlich mögen." Er gab ihr einen weiteren Eissplitter, bevor er hinzufügte: „Aber dich küssen zu können, wird noch mehr helfen."

Sobald sie mit dem Eis fertig war, fragte sie: „Wem wird es mehr helfen – dir oder dem Drachen?"

„Beiden", sagte er, ohne zu zögern.

„Mir auch." Sie streckte den Arm aus, um seinen Oberschenkel zu berühren. Trotz des dicken Stoffs seiner Jeans verbrannte es seine Haut. Sie fuhr fort: „Aber es wird schon noch eine Weile dauern, oder? Für den Fall, dass es einen Gefährtenrausch auslöst?"

Zain entschied, ehrlich zu ihr zu sein. „Selbst wenn du vorher die meine warst – und ich weiß nicht genau, ob das stimmte – könnte es sein, dass es jetzt nicht passiert, Ivy. Die Ärzte hatten keine Zeit, es dir zu erklären, aber die Behandlung, die sie dir gegeben haben, hat deine DNA ein wenig verändert, genug, um dich dem Instinkt eines Drachen gegenüber als eine andere Person erscheinen zu lassen."

Wenn sie Zain während ihrer Zeit bei Stonefire nicht kennengelernt oder Freundschaften geschlossen hätte, wäre sie vielleicht von der Nachricht verunsichert worden. Allerdings war es wichtiger, am Leben zu sein – vor allem angesichts ihrer Chance auf eine Zukunft mit Glück – als eine subtil veränderte DNA.

Sie antwortete schließlich: „So oder so, es ist mir egal." Sie zögerte, bevor sie fragte: „Wirst du enttäuscht sein, wenn ich es nicht bin?"

Er knurrte, bevor er ihre Wange berührte. „Natürlich werde ich das verdammt nochmal nicht sein. Du gehörst mir, Mensch. Also gewöhn dich an die Vorstellung."

„Ich denke, das könnte ich einfach, solange ich sagen kann, dass du auch mir gehörst."

Zain wollte sie küssen, bis sie beide atemlos

waren, aber irgendwie schaffte er es, die weiche Haut ihrer Wange nur mit dem Daumen zu streicheln. „Jeder weiß bereits, dass ich dir gehöre, aber du kannst Schilder machen und sie an der Haustür des Cottages aufhängen, wenn du willst, nur um sicher zu sein."

Sie lachte, und selbst wenn es ein bisschen kratzig war, war es Musik in seinen Ohren. Er liebte jedes einzelne Mal, wenn seine Gefährtin lachte, und er würde härter daran arbeiten, damit es öfter passierte.

Sein Drache schnaubte, jetzt deutlich besser gelaunt. *Niemand wird glauben, dass du das kannst, selbst wenn er es sieht.*

Wir haben immer wieder gesehen, wie eine gute Gefährtin einen Drachenwandler zum Besseren verändern kann. Warum sollten die Leute nicht glauben, dass wir unsere zum Lachen bringen können?

Sein Drache seufzte. *Weil manche niemals glauben werden, dass ein Drache und ein ehemaliger Ritter wirklich glücklich sein könnten.*

Nun, scheiß auf sie und ihre Ignoranz. Denn ich werde unseren Menschen nicht aufgeben.

Zain sprach endlich wieder laut. „Bereite dich darauf vor, für eine Weile verwöhnt zu werden, und zwar nicht nur von mir." Er deutete auf die Zeichnungen an der Wand. „Daisy ist ziemlich von dir angetan und hat die meiste Zeit hier mit Freddie verbracht und wie wild gemalt, um dein Zimmer zu dekorieren."

Ivys Blick wanderte zu den verschiedenen Wänden, bevor er wieder seinen traf. „Ich mag sie. Es ist viel besser als zuvor, als niemand was mit mir zu tun haben wollte. Zumindest habe ich jetzt zwei Kinder, die mit mir befreundet sein wollen."

Da Ivy sich nicht an die turbulenten ersten Wochen nach dem Aufwachen aus ihrem einjährigen Koma erinnern sollte, konzentrierte er sich wieder auf Daisy. „Keine Sorge, du hast mehr als genug Zeichnungen, um sie auch zu Hause aufzuhängen. Daisy hat Tristan und andere Lehrer überredet, ihre Schüler auch Bilder für dich machen zu lassen, die verschiedene Aspekte der Drachenwandler-Geschichte darstellen."

Endlich lächelte sie wieder, und der Anblick ließ ihn sich etwas entspannen. „Normalerweise verlasse ich mich nicht gern auf die Versionen der Geschichte anderer, aber ich denke, ich werde dieses Mal eine Ausnahme machen."

Er schnaubte. „Wenn du überhaupt erkennen kannst, was sie darstellen. Einige Kunstwerke der Kleinen sind eine riesige Farbansammlung."

„Das spielt keine Rolle. Ich werde sie immer noch schätzen."

Als sie verstummte, fragte er sich, ob sie eines Tages an eigene Kinder dachte.

Um den Gedanken zu verdrängen – seine erste Priorität war vor allem Ivy –, wechselte er das Thema. „Im Namen von ganz Stonefire: Danke für die E-Mail und die Idee, die du uns geschickt hast, um die Drachenritter zu besiegen."

Ivy wurde ein wenig munterer. „Werden Kai und die anderen es benutzen?"

„Wahrscheinlich, wenn auch mit ein paar eigenen Ergänzungen. Er und das MDA sind gerade mitten in den Gesprächen."

Ivy öffnete den Mund, um wahrscheinlich weitere Fragen zu stellen, aber jemand klopfte an die Tür, bevor Sid hereinkam.

Und obwohl Zain wusste, dass Sid nur helfen wollte, wollte ein kleiner Teil von ihm, dass die Ärztin noch ein bisschen wegging.

Sein Drache meldete sich zu Wort. *Wer ist jetzt hier ungeduldig?*

Halt die Klappe, Drache.

Als Zain zusah, wie Sid Ivy Fragen stellte und ihre vorläufigen Blutwerte erklärte – die vielversprechend waren –, blitzte wieder das Bild von ihm in seinen Kopf, wie er neben Ivy auf der Krankenstation stand und sie ihr Kind hielt.

Ja, er wollte diese Zukunft. Was ihn dazu brachte, etwas zu akzeptieren, das ihm im Hinterkopf herumgeschwebt war: Er würde seine Chance aufgeben müssen, die Drachenritter zur Strecke zu bringen. Ivy zu unterstützen, sie zu lieben und sicherzustellen, dass sie wusste, dass sie am Leben bleiben musste, war weitaus wichtiger als eine Mission oder Operation.

Und da Kai und das MDA eher früher als später

handeln wollten, würde Ivy ihn immer noch brauchen, wenn alles mit den Rittern losging. Er würde jedoch weiter Bram und Kai helfen, sich mit dem Verräter zu befassen, der Ivys Aufenthaltsort preisgegeben hatte. Das müsste ausreichen, um sein Tier zu beschwichtigen, wenn es darum ging, ihre Frau zu beschützen.

Kapitel Zwanzig

Zwei Wochen später saß Ivy aufrecht in ihrem Krankenhausbett, Zain an ihrer Seite, und wünschte sich ausnahmsweise, ihr Gefährte wäre nicht da.

Die Drachenclans des Vereinigten Königreichs und Irlands sowie das Ministerium für Drachenangelegenheiten beider Länder standen kurz davor, ihre Mission zu starten, die Drachenritter ein für alle Mal zu besiegen.

Sie konnte sich nicht zurückhalten und sagte: „Du solltest bei ihnen sein, Zain."

Er seufzte, als er sie näher an seine Seite kuschelte. „Wir haben das doch schon eine Million Mal besprochen, Liebes. Du brauchst mich mehr."

Sie biss sich auf die Lippe, um die Diskussion nicht wieder aufzuwärmen.

Ivy hatte die ersten vierundzwanzig Stunden

nach ihrer Sonderbehandlung überlebt, und es ging ihr jeden Tag besser.

Dr. Sid sagte, es sei nur eine Frage von Tagen, bis sie mit Zain nach Hause in ihr Cottage gehen könne.

Mit anderen Worten: Sie war auf dem Weg der Besserung und brauchte keine ständige Überwachung.

Ihr Gefährte hatte natürlich nicht zugestimmt, obwohl seine experimentelle Behandlung auch erfolgreich gewesen war und ihn so vor allen Drogen schützte, die die Ritter haben könnten. Stattdessen hatte Zain nur andere ermutigt, sich ebenfalls freiwillig für die Injektionen zu melden.

Nicht, dass ihre Argumente, dass er gehen sollte, noch eine Rolle spielten. Er hatte längst den Punkt überschritten, an dem es kein Zurück mehr gab – die Operation würde in wenigen Minuten starten –, also kuschelte sie sich an ihn und spielte mit dem kleinen Flecken Brusthaar am Ausschnitt seines Oberteils.

Beide starrten auf die Lautsprecher auf dem Beistelltisch, der die wichtigsten Informationen an bestimmte Personen in Stonefire übertragen würde.

Zain hatte sich mit Kai und Bram darüber gestritten und gesagt, dass Ivy das alles auch hören müsse, um einen Abschluss zu finden.

Und während sie versucht hatte, halbherzig zu protestieren, hatte sie insgeheim zugestimmt, dass sie alles in Echtzeit hören musste.

Vielleicht wäre es zu viel gewesen, wenn sie allein gewesen wäre, von allen um sie herum gehasst.

Als sie jedoch Zains Duft einatmete und seine Körperwärme aufnahm, war sie nicht allein.

Sie würde es nie wieder sein.

Der Gedanke löschte einen Teil ihrer Anspannung aus, und Ivy sprach schließlich wieder und deutete auf die Lautsprecher. „Nochmals vielen Dank, dass du das alles organisiert hast."

Er lächelte sie an und küsste ihre Stirn – die Anweisungen der Ärztin erlaubten es ihnen immer noch nicht, einander auf die Lippen zu küssen. „Wir werden sehen, wie sich Dacian als Ansager schlägt."

Der junge Drache hatte all seine letzten Tests bei den Beschützern bestanden und war jetzt ein vollwertiger. Er war jedoch immer noch neu, und das neueste Mitglied war mit der Aufgabe des Ansagers betraut. „Nun, er liebt Football, also werden ihm hoffentlich all die Jahre, in denen er Spiele gesehen hat, eine Vorstellung davon geben, wie man es spannend gestaltet."

Zain schnaubte. „Er wird Informationen von mehreren Standorten gleichzeitig erhalten, wobei nur Nate, Lucien und Hudson ihm helfen werden. Er wird vermutlich überfordert sein, sodass es seine geringste Sorge sein wird, es unterhaltsam zu gestalten."

Sie schüttelte den Kopf. „Es ist nicht ganz richtig, dass er es mit einem Dreierteam machen wird. Die anderen Drachenclans in Großbritannien und Irland haben jeweils auch Leute, die helfen, alle Informationen zu sortieren."

Er grunzte. „Vielleicht. Technologie wird ihm helfen, so viel steht fest. So etwas wäre noch vor dreißig Jahren verdammt viel schwieriger gewesen."

Dacians Stimme kam über den Lautsprecher und hinderte sie daran, etwas anderes zu sagen. „Die Drachenritter haben dank der Arbeit der IT-Spezialisten ihre verschlüsselte Warnung erhalten und ihren Massenexodus gestartet. Jeder ist an Ort und Stelle, um sie gefangen zu nehmen, während sie fliehen."

Ivy hörte eine Sekunde lang auf zu atmen und wollte unbedingt hören, was als Nächstes passierte. Soweit sie wusste, konnte es neue Fluchtwege oder -verfahren geben, die das Ganze ruinieren könnten.

Dann würde jeder sie wirklich hassen und denken, dass sie sie alle absichtlich in die Irre geführt hatte.

Nach ein paar Sekunden sprach Dacian erneut. „Es ist bestätigt – jedes große Ritterversteck und Operationszentrum wurde diskret umzingelt, und die wichtigsten Orte haben zusätzliches Personal zur Verfügung, um sie im richtigen Moment zu überfallen."

Angesichts der Tatsache, dass es über hundert Orte waren, konnte Ivy sich gut vorstellen, wie viel Menschen- und Drachenkraft diese ganze Sache erforderte.

Es wurden wirklich alle Drachenclans und MDA-Mitarbeiter von den beiden Inseln Großbritannien und Irland gebraucht, um es durch ihre

Zusammenarbeit Wirklichkeit werden zu lassen. Und laut ihrem wöchentlichen Unterricht bei den Lehrern und Zain wäre das vor fünf Jahren noch nicht möglich gewesen. Während Feinde wie die Ritter und Drachenjäger dazu beigetragen hatten, die Clans zusammenzubringen, hatten Stonefire und Lochguard die Beziehungen zwischen den Clans langsam in eine kooperativere Position gebracht.

Sie schob ihren Geschichtsunterricht beiseite und starrte wie Zain weiter auf den Lautsprecher, da keiner von ihnen etwas verpassen wollte.

Dacians Stimme kehrte schließlich zurück. „Die ersten Gefangennahmen sind in Arbeit. Die Ritter versuchen, in nahegelegene Häuser in den Städten zu rennen, aber das MDA hat die Anwohner evakuiert und Personal dort stationiert. Die Flüchtenden werden nur in weitere Fallen geraten." Eine Pause, und dann sagte Dacians Stimme in Eile: „Sie verstreuen sich und rennen in alle Richtungen. Dank der darüber schwebenden Hubschrauber verfolgen wir sie jedoch genau. Oh, und jetzt wurde das erste Hauptquartier im ländlichen Wales überfallen! Snowridge leistet schnelle Arbeit damit, Gefangene zu sichern und sie dem MDA zu übergeben."

Obwohl Ivy in einem Krankenhauszimmer war, weit entfernt von der Aktion, pochte ihr Herz, ihr Atem beschleunigte sich, und sie beugte sich noch mehr vor. Die Zerstörung der Drachenritter war natürlich für alle Drachenwandler großartig, aber es bedeutete auch, dass sie keine Zielscheibe mehr auf ihrem Rücken haben würde.

Aufregung erfüllte Dacians Stimme, als er fortfuhr: „Einer der wichtigsten Chemielieferanten südlich von London wurde festgenommen. Sie haben versucht, die über ihnen fliegenden Drachen abzuschießen, aber Stonefires Serum hat gewirkt, es hatte also keine negativen Auswirkungen. Und ... und jetzt ist ein Teil des Gebäudes explodiert, weil ein Ritter etwas ausgelöst hat! Aber scheinbar wurde niemand auf unserer Seite verletzt, obwohl Skyhunter jetzt vorsichtiger ist, wenn sie das Gebäude betreten und die verbleibenden Ritter drinnen suchen.“

Während die Drachen und das MDA sich bisher gut schlugen, hielt Ivy die Ohren offen für die beiden größten Ziele, zumindest ihrer Meinung nach – die Hauptforschungseinrichtung unweit von Liverpool und die andere nördlich von Edinburgh. Die Drachenritter könnten die Einrichtungen verlegt haben, seit sie gegangen war, doch wenn nicht, hätten diese beiden Orte die strengsten Sicherheits und Do-or-Die-Protokolle. Das hieß, auch die fortschrittlichsten Waffen wären an diesen Orten.

Waffen, die durch kein Serum oder andere Medikamente abgewehrt werden konnten, um die Drachenwandler zu schützen.

Dacians Stimme war sogar noch schneller, als er wieder sprach. „Die Clans Glenlough und Northcastle haben es geschafft, die Basen der Ritter nicht weit von der Grenze in der Nähe von Donegal in

Irland zu umzingeln. Einige der Ritter haben es mit einem Langstrecken-Flammenwerfer versucht, aber Glenloughs Team ist es gelungen, auszuweichen und die Aerosol-Sedativa auszulösen, bevor sie sie abgeworfen haben." Ein paar Sekunden vergingen, und Dacian sprach wieder: „Alle Ritter in der Nähe sind am Boden. Oh, aber jetzt wehrt Lochguard einen großen Laserangriff am Standort in der Nähe von Edinburgh ab! Ein Lochguard-Drache wurde getroffen, wenn auch nicht tödlich. Sie versuchen, sich neu zu formieren, aber, wartet, das müssen sie nicht! Ein Team zu Fuß konnte sie mit Beruhigungspfeilen bezwingen! Die schottische Einrichtung ist ... Moment ... einige haben das Gebäude betreten und versuchen, es zu sichern, falls jemand es in die Luft jagen und irgendwelche Beweise vernichten will."

Dacian hielt nochmal inne, und Ivy knurrte. Was passierte da gerade? Würden sie die Einrichtung einnehmen? Es war eine der wichtigsten, in der Recherchen durchgeführt wurden, in die nicht einmal sie eingeweiht gewesen war. Wenn es den Rittern gelang, sie in die Luft zu jagen, gingen so viele Informationen verloren, Informationen, die den Rittern helfen könnten, ihre Organisation zu reformieren und den Drachenwandlern wieder nachzustellen.

Zain rieb nur beruhigend ihren Arm. Und während er den Eindruck vermittelte, als mache es ihm nichts, konnte sie die Spannung seiner Muskeln unter ihren Fingern spüren.

Dacian sprach schließlich wieder, diesmal etwas weniger eilig als zuvor. „Eines der hinteren Gebäude auf dem schottischen Gelände ist explodiert, aber Lochguard hat eine Handvoll Forscher erwischt, die gerade rechtzeitig das Hauptgebäude hochgehen lassen wollten. Obwohl es sicher sein sollte, evakuieren sie schnell alle, bis eine gründlichere Überprüfung durchgeführt werden kann."

Zain sah sie an und sagte: „Hoffentlich ist das also gerettet."

„Hoffen wir es."

Ivy juckte es in den Fingern, zusätzliche Daten in die Hände zu bekommen und ihre Arbeit sowohl mit den IT-Drachenwandlern als auch mit den medizinischen Forschern fortzusetzen.

Denn selbst wenn es ihnen heute gelänge, die Vielzahl an Hochburgen, Verstecken und Einrichtungen der Drachenritter in diesem massiven Überfall zu zerstören, würde es immer abtrünnige Mitglieder geben, die allein oder in kleinen Gruppen agierten und versuchten, die Drachenwandler zu Fall zu bringen.

Zwar konnte niemand diesen isolierten Individuen helfen, die voller Hass und Lügen waren und glaubten, ihre einzige Bestimmung sei es, die Drachenwandler zu vernichten, doch Ivy hatte Hoffnung für die Drachenritter, die während der Überfälle gefangen genommen wurden. Schließlich hatte Dr. Rossi Ivy enorm geholfen, und die Drachenfrau hatte sich mit den anderen Drachenwandlern und

menschlichen Psychologen abgestimmt, um einen
großangelegten Ausstiegsberatungsplan aufzustellen.

Dacians Stimme dröhnte erneut. „Und endlich
das, worauf wir alle gewartet haben: Stonefire hat
sein Manöver gestartet und berichtet über die Ergebnisse. Nikkis Geschwader hat intakt überlebt – sie
sind erfolgreich den Lasern ausgewichen, die auf sie
geschossen wurden – und hat Kais Gruppe die dringend benötigte Ablenkung geboten, um vom Boden
aus einzudringen, wobei sie mit Rafe und einigen der
britischen Streitkräfte zusammengearbeitet haben.
Die als Gruppe von Lagern getarnten Gebäude
wurden alle gleichzeitig angegriffen. Eines wurde
erfolgreich eingenommen, aber zwei der anderen ...
zwei der anderen haben Geiseln. Es scheint, dass
einige abtrünnige Drachenwandler, die sich in
Schottland versteckt hatten, von den Rittern
gefangen genommen und inhaftiert wurden, um
Tests an ihnen durchzuführen.“

Ivy wusste nur das Nötigste über die soge-
nannten abtrünnigen Drachenwandler. Während all
der Veränderungen in den letzten Jahren in Großbritannien, hatten einige der Clanmitglieder nicht zugestimmt, Menschen auf ihrem Land zu akzeptieren.
Im Laufe der Zeit waren diese Drachen nach und
nach abgehauen oder aus den verschiedenen Clans
geworfen worden und hatten sich in der Wildnis
versteckt. Zain sagte, an der Geschichte sei noch
mehr dran, aber er konnte die Informationen nicht
weitergeben, für den Fall, dass jemand in Stonefire

lauschte. Eine undichte Stelle könnte die monate-
lange Arbeit zunichtemachen, die die Beschützer
und Bram geleistet hatten, um auch diese Feinde
einzudämmen.

Zain drückte Ivy fester an seiner Seite und ließ
sie wissen, dass, auch wenn ihn interessierte, wie alle
Operationen gelaufen waren, die Nachricht über
Stonefire die wichtigste war.

Schließlich waren es seine Freunde und Kollegen, die ihr Leben riskierten.

Dacian jubelte, bevor er sprach. „Das MDA hat
geliefert! Der Maulwurf, den die MDA-Direktorin
vor Monaten in die Reihen der Ritter eingeschleust
hat, hat es geschafft, die Sprinkleranlage für ein paar
Minuten auszulösen und alle lange genug abzulenken, damit er die Chemikalie in die Lüftungsschlitze
freisetzen konnte, sobald das Wasser ausgeschaltet
war. Das hat alle umgehauen."

Ivy hätte fast selbst gejubelt. Bram, Kai und Zain
hatten die Warnung vor Verrätern in den Reihen des
MDA ernst genommen. Sie hatten jedoch schließlich
die MDA-Direktorin Rosalind Abbott von ihrem
Verdacht freigesprochen und einige geheime Treffen
mit ihr geführt. Nicht einmal Ivy wusste, worum es
bei ihnen gegangen war, aber anscheinend hatte die
menschliche Direktorin ihre Seite der Vereinbarung,
die sie getroffen hatten, eingehalten.

Dacians Stimme rauschte aus den Lautspre-
chern. „Wartet, sie haben eine Person entdeckt, die
in einem Panikraum eingesperrt war. Sie sind sich

nicht sicher, ob sie ihn oder sie für eine ganze Weile herausholen können."

Sie tauschte einen Blick mit Zain aus. Es gab Tunnel unter vielen der bekanntesten Einrichtungen, und es war durchaus möglich, dass der Panikraum tatsächlich irgendwo einen Ausgang hatte.

Betrachte das große Ganze, Ivy. Ein Ausreißer wäre nicht in der Lage, das gesamte Unternehmen wieder aufzubauen. Das Schlimmste, was passieren konnte, war, wenn das Individuum zu den Drachenjägern rannte, in der Hoffnung, Zuflucht zu finden.

Als Dacian weiter erklärte, dass alle Operationen abgeschlossen und fast alle erfolgreich verlaufen waren – ohne Todesopfer auf der Drachen-/MDA-Seite, aber mit ein paar schweren Verletzungen –, seufzte sie erleichtert. Erst als Dacian sich abmeldete und sagte, dass ein Update später bereitgestellt würde, sprach sie endlich wieder mit Zain. „Es ist also vollbracht."

Er nahm ihr Kinn zwischen die Finger und bewegte vorsichtig ihren Kopf nach oben, damit sie seinem Blick besser begegnen konnte. „Zum Teil dank dir, Liebes."

„Nur ein winziges bisschen. Die meiste harte Arbeit wurde von denen geleistet, die heute ihr Leben riskiert haben."

„Aber du hast deins auch riskiert, als du dich auf den Weg nach Stonefire gemacht hast."

Es war schwer, sich an all die Monate vor mehr als einem Jahr zu erinnern, als sie auf dem Weg nach

Norden ständig über ihre Schulter geschaut hatte. „Aber egoistisch. Ich hatte leben wollen und wollte vielleicht Rache für meinen Bruder, aber es ging definitiv nicht darum, Drachenwandlern zu helfen."

Er fuhr ihre Unterlippe nach, bevor er antwortete: „Egal, es brauchte Kraft, um den ganzen Weg hierher zu schaffen. Ich wünschte nur, ich hätte meinen Teil der Abmachung erfüllen können, gezielt die Mörder deines Bruders zu finden."

Sie schüttelte den Kopf. „Mach dir keine Sorgen darum. Das war damals die einzige Verbindung, die mir geblieben war. Aber obwohl ich meinen Bruder und David immer vermissen werde, habe ich jetzt eine neue Familie. Und ihnen zu helfen und sie zu schützen, ist wichtiger, als Leben zu opfern, um an der Vergangenheit festzuhalten."

Er streichelte ihre Haut, und sie lehnte sich in seine Berührung. Sie würde das nie leid sein. Er sagte: „Ich liebe dich, Ivy Passmore. Und sobald wir dich aus diesem verdammten Bett bringen und wieder nach Hause gehen können, können wir anfangen, diese Zukunft mehr zu genießen."

Sie lachte. „Irgendwie kann ich mir vorstellen, dass wir das Cottage tagelang nach der Ankunft nicht verlassen werden, nicht wahr?"

„Ich würde sagen Wochen, aber es gibt noch so viel zu tun für uns beide in naher Zukunft. Ich kann nicht zu sehr ein selbstsüchtiger Bastard sein und dich ganz für mich behalten."

Sie lächelte, beugte sich ein Stück weiter vor und

gab sich Mühe, Zains Lippen zu ignorieren. „Wir können beide ein paar Tage lang egoistisch sein. Ich glaube, das haben wir uns verdient."

„Und jetzt ist meine Menschenfrau die, die heiß ist."

Sie schnaubte. „Aber bei weitem nicht so sehr wie dein Drache."

Als Zains Pupillen zu Schlitzen aufblitzten, fühlte sie nicht das geringste bisschen Furcht oder Angst. Vielmehr war der Anblick beruhigend, ein Teil von Zain, den sie auch liebte.

Ivy hatte sich in den letzten Monaten wirklich verändert. Und vielleicht, nur vielleicht, könnte sie auch einigen anderen, die wie sie gewesen waren, helfen, sich vollständig zu erholen.

Als Zains Pupillen wieder rund blieben, sagte er: „Ich werde nicht einmal versuchen, dich zu widerlegen. Der Bastard würde einem Pornostar die Röte ins Gesicht treiben."

Sie neigte den Kopf. „Nun, dann freue ich mich darauf, wenn wir uns endlich küssen können, und so viel mehr."

Er knurrte. „Führe mich nicht in Versuchung, Mädel. Oder ich muss diesen Raum verlassen, um mich zurückzuhalten."

Sie packte sein Oberteil mit den Fingern einer Hand. „Nein, bleib. Ich kann mich benehmen. Vorerst."

Er stöhnte. „Du bringst mich noch um, Ivy."

Sie legte ihren Kopf auf seine Brust und hoffte,

die Versuchung, sie zu küssen, zu beseitigen. „Nur noch ein paar Tage, Zain. Dann kannst du mit mir machen, was du willst."

„Ich nehm' dich beim Wort, Mensch."

Als sie sich an die warme Brust ihres Drachenmannes kuschelte, seufzte Ivy glücklich. Die nächsten paar Tage konnten nicht schnell genug vergehen.

Kapitel Einundzwanzig

Fünf Tage später wünschte sich Zain, Ivy würde ihm erlauben, sie zu ihrem Cottage zu tragen. Vielleicht würden manche sagen, er sei unreif oder unsensibel oder etwas Ähnliches, doch er brannte darauf, seine Gefährtin zu beanspruchen.

Heute war der Tag, an dem Ivy entlassen worden war, nicht nur nach Hause zu gehen, sondern ihn zu küssen und das zu tun, was als nächstes mit ihm käme.

Sein Drache meldete sich zu Wort. *Dass sie trotz allem wieder laufen kann, ist für sie eine große Sache. Lass Ivy es genießen.*

Ironisch, dass du das sagst, Drache, angesichts der flüchtigen „nackten Tagträume", die du in unserem Kopf aufblitzen lässt.

Sein Tier richtete sich höher auf. *Es hat mir geholfen, während der Operation ruhig zu bleiben und den alten Drachenmann, der Ivys Aufenthaltsort verraten hat, nicht zu töten, und bei allem, was darauf folgte.*

Klar, bin mir sicher, dass das der einzige Grund ist.

Sein Drache grunzte. Glaub, was du willst. Aber ich weiß auch, wie sehr du diesen Verräter zu Brei schlagen wolltest. Meine nackten Fantasien haben auch dir geholfen, dich zu beruhigen.

Später hatte Zain Kais und Brams Argumentation dafür verstanden, dass er sich von dem alten Drachenverräter fernhalten sollte. Es hatte ihn jedoch umgebracht, den Bastard nicht wenigstens selbst befragen zu können.

Er wusste nur, dass der Drache Angst um seine Kinder und Enkel gehabt hatte. Jeder hatte Angst, doch dem Clanführer von Stonefire nicht zuzutrauen, dass er alles regelte, war ein Vergehen an sich.

Er wusste noch immer nicht, was Bram dem Mann gesagt hatte, doch dieser war nun im Exil auf einem abgelegenen Stück Land, das von ganz Stonefire gemieden wurde.

Zain dachte immer noch, Gefängnis wäre besser gewesen. Ihm war es egal, dass der Drache schon einundsiebzig Jahre alt war.

Sein Drache schnaubte. Er steht unter ständiger Überwachung und hat sogar eine Fußfessel. Wir müssen Bram vertrauen.

Ich weiß, aber das ist nicht leicht.

Sein Drache hatte keine Gelegenheit, etwas

anderes zu sagen, weil Ivy in einem hübschen violetten Kleid aus ihrem Krankenhauszimmer trat, das ihre Augen eher indigoblau als blau erscheinen ließ. Er ging geradewegs auf sie zu, legte eine Hand an ihren Nacken und genoss das Gefühl, wie ihr weiches Haar seinen Handrücken kitzelte. „Bereit, Liebes?"

Ihre Mundwinkel hoben sich. „Ich sollte diejenige sein, die dich fragt, ob du bereit bist."

Er massierte ihre Haut und fragte: „Was meinst du damit?"

Sie zuckte mit einer Schulter. „Ich bin vielleicht deine wahre Gefährtin, vielleicht aber auch nicht, doch falls es sich als wahr herausstellt, habe ich gehört, dass dein Drache ziemlich fordernd wird."

Er schnaubte. „Um meinen Drachen kümmere ich mich." Er flüsterte ihr ins Ohr: „Beeilen wir uns und bringen dich nach Hause, denn ich will dich unbedingt ohne dieses Kleid sehen."

„Zain", sagte sie mit stockendem Atem.

Sein Tier meldete sich zu Wort. *Stell dir vor, sie sagt unseren Namen wiederholt, kurz bevor sie zum Orgasmus kommt.*

Nicht hilfreich, Drache.

Zain stellte sich an ihre Seite und führte sie aus dem Hintereingang der Krankenstation.

Er hatte die Route nicht gewählt, weil er Angst hatte, dass jemand sie angriff, sondern er vermutete, dass Daisy und Freddie nach Ivy Ausschau hielten. Während es ihm normalerweise nichts ausmachte, dass die beiden sich mit Ivy anfreunden wollten, wollte er heute seinen Menschen ganz für sich allein haben. Das bedeutete, ein Paar entschlossener Elfjähriger zu überlisten.

Sobald sie an die frische Luft gelangten, sah Zain sich um, um sicherzustellen, dass die Kinder nicht irgendwo lauerten, und schlug dann einen weniger belebten Weg ein. „Komm, hier entlang. Hier sollte es ziemlich ruhig sein."

Sie hob eine rotblonde Augenbraue. „Ich dachte, Brams Plan für die Zukunft wäre, dass ich mehr mit dem Clan interagiere."

„Und das wirst du, nachdem ich dich bean-sprucht habe, aber nicht vorher."

„Oh!"

Ihr stockender Atem schoss direkt in seinen Schwanz. Er konnte sich gut ihre heißen Lippen auf seiner Haut vorstellen, bevor ihr Atem ihn kitzelte und sein Fleisch kühlte.

Sein Drache schmunzelte. *Wer ist jetzt der Notgeile?*

Er ignorierte sein Tier und sagte zu Ivy: „Keine Sorge, ich werde sanft sein, Liebes. Drachen lieben Sex, aber wir sind nicht so ein hirnloser, animalischer Haufen, wie die Drachenritter behaupten."

„Natürlich nicht. Und nein, ich habe keine Angst. Wenn überhaupt, versuche ich an etwas anderes zu denken, als an das, was passiert, wenn wir endlich unser Cottage erreichen. Ich werde leicht rot, und ich möchte bei unserem ersten Mal nicht fleckig wirken."

Er lächelte. „Das spielt für mich alles keine Rolle, Ivy. Du bist für mich die schönste Frau der Welt."

Ihre Wangen wurden rosa, aber ihre Lippen lächelten breiter. „Manchmal fällt es mir schwer, diese schöne, romantische Seite von dir mit dem ersten knurrigen, unhöflichen Drachenmenschen in Einklang zu bringen, den ich beim Aufwachen aus dem Koma vorgefunden habe."

„Diese Seite von mir gehört dir, und nur dir. Nun, und manchmal werde ich ein bisschen weich für meine Neffen. Aber für niemanden sonst."

Sie lehnte sich an seine Seite. „Du bist gut mit diesen Kindern. Und ich denke, du wirst ein wunderbarer Vater sein."

Zain stolperte, fing sich aber schnell. „Wie bitte?"

Ivy starrte nach vorn, der Wind wehte rotblonde Strähnen in ihr Gesicht. „Da ich in den letzten Monaten viel Zeit in einem Bett verbracht habe, habe ich darüber nachgedacht, wie meine Zukunft aussehen sollte." Sie begegnete seinem Blick. „Und obwohl Dr. Sid gesagt hat, dass ich mit Drachen- wandlern kompatibel bin und ihre Kinder haben kann, auch wenn ich keine wahre Gefährtin bin, wenn du keine willst, ist das in Ordnung. Ich brauche nur dich, Zain. Du bist meine Zukunft."

Er hielt inne, zog Ivy gegen seine Vorderseite und berührte ihre Wange mit einer Hand. „Ich liebe dich, Ivy Passmore, und wenn wir ein Kind haben, werde ich es auch lieben. Aber wenn du alles bist, was ich für die nächsten fünfzig oder mehr Jahre habe, werde ich ein glücklicher Mann sein."

„Zain", hauchte sie.

Er streichelte ihre warme, weiche Wange und wünschte sich, er könnte sie küssen und ihr zeigen, wie sehr er sie wollte. Aber er konnte das nicht im Freien riskieren.

Also schmiegte er sich an ihre andere Wange und flüsterte: „Ich weiß, ich habe gesagt, ich würde dich gehen lassen, aber ich kann nicht länger warten, Liebes. Also trage ich dich."

Zain hob Ivy in seine Arme und rannte auf ihr Cottage zu. Als sie sich an ihn lehnte und ihre Arme um seinen Hals schlang, wusste er, dass sie es genauso wenig abwarten konnte wie er, einander zu beanspruchen.

Er lief noch schneller, hatte nie in seinem Leben etwas so sehr gewollt, wie er die Frau in seinen Armen beanspruchen wollte.

In Zains Arme gekuschelt, lauschte Ivy seinem Atem und Herzschlag, als ihr Cottage in Sicht kam.

Obwohl sie es ziemlich gut hinbekam, nicht zu erröten – oder zumindest dachte sie das –, pochte ihr Herz so schnell, dass sie nicht wusste, wie irgendein

Drachenwandler in einem Umkreis von einer Meile es nicht hören sollte.

Nach all den Tagen, Wochen und Monaten der Genesung und Zurückhaltung würde sie endlich Sex mit ihrem Drachenmann haben.

Und selbst wenn ihr Gespräch über Kinder nicht klar gewesen war, wusste er zumindest, wie sie empfand. Weil es stimmte – Zain war ihre Zukunft. Hätte er sich nicht in ihr Leben gedrängt, wüsste sie nicht, was aus ihr geworden wäre.

Denn auch wenn es kitschig klingt, braucht es manchmal wirklich Liebe, um jemanden zum Besseren zu verändern.

Zain erreichte endlich ihre Haustür und blieb stehen, um sein Ohr daran zu halten. Sie flüsterte: „Was machst du da?"

Ein paar Sekunden vergingen, bevor er erleichtert seufzte. „Da ist niemand drin. Ich wollte nur sicherstellen, dass Freddie und Daisy nicht mit einer weiteren Überraschungsparty warten."

Sie lächelte. „Keine Sorge, ich habe Dawn und Sasha gebeten, sie heute Nachmittag zu beschäftigen."

„Nur für *heute Nachmittag*?", knurrte er.

Ivy verkniff sich ein Lachen über Zains Ton. „Na ja, auf absehbare Zeit jedenfalls. Obwohl ich versprochen habe, dass wir in naher Zukunft einen Spieleabend für sie veranstalten werden. Du solltest dich also besser darauf einstellen."

„Gut, gut, solange sie mindestens eine Woche

wegbleiben, wäre ich bereit, sie in meiner Drachen-gestalt in die Luft zu tragen."

Als er die Tür öffnete, schnaubte sie. „Ich würde das Schicksal nicht herausfordern. Ich bin mir sicher, dass Daisy bereits plant, wie sie das erreichen kann."

Er knallte die Tür mit dem Fuß zu. „Im Moment ist mir Daisy egal."

Sie begegnete seinem erhitzten Blick, bevor Zain die Treppe hinaufstieg, wobei ihr Herz bei jedem Schritt kräftiger pumpte.

Das war es. Sie würde endlich von ihrem Gefährten beansprucht werden.

Ivy hoffte nur, dass sie die Erwartungen erfüllte. Vorfreude konnte die Sache versüßen, aber sie konnte auch zu größerer Enttäuschung führen.

Zain setzte sie abrupt auf dem Bett ab und trat zurück. Als sein Blick über sie wanderte – seine Pupillen blitzten –, befahl er: „Zieh dich für mich aus."

Eine Sekunde lang zögerte sie. Als Zain sie jedoch weiter anstarrte, als wäre sie ein köstliches Mahl, das er verschlingen wollte, schwand ihre Nervosität. Er wollte sie so, wie sie war, und er würde nie Enttäuschung darüber zeigen, dass sie immer noch zu dünn war oder wie viele Sommer-sprossen sie hatte.

Also schob Ivy einen Riemen ihres Kleides von einer Schulter und dann von der anderen und hielt die Vorderseite gegen ihre Brust, damit es nicht bis zu ihrer Taille fiel.

Zain knurrte und machte einen Schritt nach vorn. „Muss ich es selbst runterreißen? Ich habe so lange darauf gewartet, deinen wunderschönen Körper zu sehen, Liebes. Ich will nicht mehr warten."

Sie schüttelte mit einem Lächeln den Kopf, ein Prickeln kroch ihren Rücken empor, weil er sie für wunderschön hielt. Seine Worte gaben ihrem Selbstvertrauen einen Schub, also sagte sie: „Noch nicht. Nach all dieser Zeit wird dich eine weitere Minute nicht töten."

„Vielleicht doch", murmelte er, blieb aber, wo er war.

Ivy ging auf die Knie und zog das Kleid nach unten, ohne ihren Blick von Zains Gesicht zu nehmen. Seine Pupillen blitzten mit jedem Zentimeter freiliegender Haut schneller, und als sie schließlich den oberen Teil fallen ließ und sie bis zur Taille nackt zeigte, bewegte er eine Hand zur Vorderseite seiner Jeans und rückte die harte Beule in seinem Schritt zurecht.

Obwohl es Jahre her war, dass sie das letzte Mal einen nackten, erregten Mann gesehen hatte, stellte sie sich Zains Schwanz vor, der an der Spitze für sie glänzte.

Hitze stieg durch ihren Körper, direkt zwischen ihre Oberschenkel, und endete bei dem pochenden Schmerz dort.

Sie hatte ihn gehänselt, weil er ungeduldig gewesen war, aber Ivy war es genauso.

Sie wollte ihn nackt und in sich haben und wand sich aus dem Rest ihres Kleides, bis sie nackt auf dem Bett saß. Sie hatte ihre Entscheidung hinterfragt, keine Unterwäsche zu tragen, als sie die Krankenstation verlassen hatte, aber als Zains Blick auf ihren Fleck rötlicher Locken fiel, und er knurrte, entschied sie, dass sie Zweckmäßigkeit mochte. „Zieh deine Kleidung aus und beanspruche mich endlich, Zain!" Sie legte sich auf den Rücken und ihre Arme über den Kopf, ihre Beine weit gespreizt. „Ich warte."

Er riss sich schnell mit einem Knurren die Kleider vom Leib und war in weniger als einer Minute auf seinen Händen und Knien über ihr.

Vielleicht hätte sie ihn gebeten, ein Stück zurückzutreten, damit sie seinen nackten Körper richtig sehen konnte, wenn sein harter Schwanz ihren Bauch nicht in genau dieser Sekunde gestreift hätte.

Doch die heiße Härte, die gegen sie drückte, ließ das Pochen zwischen ihren Beinen nur noch intensiver werden. Sie konnte ihn später sehen. Schließlich hatten sie den Rest ihres Lebens zusammen.

Also bog Ivy ihre Hüften, wollte, nein, brauchte ihn in sich. „Warum schwebst du noch nur über mir?"

Seine Stimme war heiser, als er antwortete: „Ich weiß nicht, ob es einen Rausch geben wird oder nicht, also versuche ich, mir dich einzuprägen, wie du nackt auf dem Bett gelegen und auf mich gewartet hast, nur für den Fall, dass der Instinkt die

Oberhand gewinnt. Weil ich nicht in der Lage sein werde, aufzuhören und dich einfach zu bewundern, bis es abgeschlossen ist, Liebes. Ich hoffe, du weißt das."

Sie hob eine Hand und legte sie an seinen Nacken. „Küss mich, Zain. Es ist mir egal, ob es einen Rausch gibt oder nicht. Ich möchte nur, dass mein Gefährte mich beansprucht."

Er atmete einmal tief durch, bevor er sagte: „Wenn es einen Rausch gibt, wird es ein Kind geben."

„Ich weiß. Und so oder so, ob es passiert oder nicht, wenn du bereit bist, das Risiko einzugehen, dann bin ich es auch."

Zain senkte langsam seinen Körper auf ihren, und Ivy stöhnte über seine harte, warme Haut gegen ihre. Und als sein Schwanz ihre Klitoris berührte, keuchte sie.

Er kuschelte sich an eine Wange und dann an die andere, das leichte Kratzen der Stoppeln machte sie nur heißer. Schließlich schwebte er einen Zentimeter über ihren Lippen und sagte: „Es ist Zeit, endlich meine Gefährtin zu beanspruchen. Du gehörst mir, Ivy. Und nur mir."

„Ja, dir. Also küss mich schon."

Sobald ihre Lippen seine berührten, öffnete Ivy ihren Mund und stöhnte, als er leckte, knabberte und jeden Zentimeter erforschte. Sie hatte keine Ahnung, ob ihr Kuss etwas ausgelöst hatte, aber es war ihr egal. Sie war zu beschäftigt damit, ihn zu

küssen und ihn wissen zu lassen, dass sie ihn so sehr
wollte, wie er sie.

Zain hatte fast geblutet, als er seine Nägel in seine
Handflächen gegraben hatte, während Ivy sich
langsam ausgezogen hatte. Er hatte nie gedacht, dass
jemand, der sich einfach nur auszog, so verdammt
sexy sein konnte, aber er war auch noch nie in
seinem Leben so hart gewesen, als seine zierliche
Gefährtin es getan hatte.

Und als sie ihre kleinen Brüste freigelegt hatte,
juckte es ihn in den Fingern, an einer ihrer Brustwarzen zu saugen, bis sie schrie. Also würde er seine
Nägel nur fester eingraben, um sich selbst zurückzuhalten.

Sein Drache meldete sich zu Wort. *Warum sich
zurückhalten? Wir haben lange genug gewartet.*

Ich will ihr keine Angst einjagen.

Wird sie nicht haben. Ivy vertraut uns.

Bevor er jedoch antworten konnte, zog Ivy ihr
Kleid aus und legte sich wieder auf das Bett. Als sie
ihre Beine weit spreizte, konnte er sie bereits glitzern
sehen.

Und doch blieb er trotz seines pochenden
Schwanzes an Ort und Stelle. Er würde Ivy beim
ersten Mal die Kontrolle überlassen, nur für den Fall,
dass es einen Rausch gab.

Und selbst wenn nicht, war Zain sich nicht

sicher, ob er im Laufe der Nacht sanft und geduldig bleiben konnte. Sein Drache würde irgendwann herauskommen wollen, und die animalischere Seite ihres Bettspiels besetzen.

Ich könnte mich benehmen, knurrte sein Tier.

In der Sekunde jedoch, als Ivy sagte: „Ich warte", ignorierte er seinen Drachen, riss sich mit seinen Krallen die Kleider herunter und schwebte auf Händen und Knien über ihr. Als der Kopf seines Schwanzes ihren Bauch berührte, zischte er, und sein Schwanz stieß einen Tropfen Vorsamen aus.

Verdammt, er wollte sie weit spreizen und ihr zeigen, wie sehr er sie wollte.

Aber sie musste vorbereitet sein. So gelang es ihm irgendwie, sie vor dem Rausch und einer Schwangerschaft zu warnen, aber Ivy machte sich keine Sorgen.

Als er sich an eine ihrer Wangen und dann an die andere schmiegte, waren seine Hoden so gespannt, dass er nicht glaubte, lange durchhalten zu können, sobald er endlich in seiner Gefährtin war.

Was inakzeptabel war.

Also atmete er tief durch, um seinen Schwanz etwas zu beruhigen, und senkte dann schließlich seine Lippen auf ihre und küsste sie.

Es gab keinen Ruck eines Müssens oder des Verlangens, sie zu ficken, bis sie schwanger war. Und vielleicht hatte er sich irgendwann dafür interessiert, ob sie seine wahre Gefährtin war oder nicht. Zain schenkte dem jedoch kaum Aufmerksamkeit und genoss es, wie verdammt unglaublich sie schmeckte – besser, als er es sich jemals hätte vorstellen können.

Er erforschte ihren Mund mit seiner Zunge, leckte, streichelte und zeigte ihr, wie sehr er sie brauchte.

Und als Ivy ihm mit ihrer Zunge entgegenkam, stöhnte er und vertiefte den Kuss, als er eine Hand nach unten zu einer ihrer Brustwarzen bewegte. Er zupfte und drückte die feste Knospe, und Ivy stöhnte auf.

Aber er hörte nie auf, sich auf ihren Mund oder ihre Brüste zu konzentrieren.

Sein Drache summte. *Mehr, schmecke mehr von ihr. Lass sie wissen, wie sehr wir sie schätzen, oder ich werde die Kontrolle übernehmen.*

Obwohl er seinen Drachen dies später tun lassen würde – sie waren ein und dasselbe, und er würde sein Tier nie verleugnen –, wollte er sein erstes Mal nicht aufgeben.

Also bewegte Zain seine Hand von ihren Brüsten über ihren Körper, bis er zwischen ihre Oberschenkel griff. Er stöhnte darüber, wie feucht sie war. „Ich kann es später langsam angehen lassen, aber ich muss dich beanspruchen, Ivy, und zwar schnell."

Es war schwer, sich bei ihren geschwollenen Lippen und geröteten Wangen auf ihre Worte zu konzentrieren, aber irgendwie schaffte er es. „Ist es der Rausch?"

„Nein, das heißt aber nicht, dass ich dich weniger will."

Ihre Hand lief über seinen Rücken, zu seinem Po, und sie grub ihre Nägel hinein. „Dann nimm mich, Drachenmann. Ich denke, wir haben beide lange genug gewartet."

Sein Drache jubelte, als Zain sich zurücklehnte und ihre Beine weiter spreizte. Er würde dieses erste Mal nicht so gründlich sein, wie er wollte, aber er nahm sich dennoch eine Sekunde Zeit, um seinen Finger durch ihre Mitte zu führen und diesen Finger dann an seinen Mund zu bringen. Er leckte ihren süßen Honig und stöhnte. „Vielleicht sollte ich versuchen, durchzuhalten, da ich viel mehr als einen Geschmack von dir brauche."

Ivy beugte ihre Beine und wölbte ihre Hüften. „Zain, bitte. Lass keinen von uns noch länger warten." Ich will dich in mir, Drachenmann. Jetzt!"

Bei dem Verlangen und dem Befehl in ihrem Ton verschwanden alle anderen Gedanken außer dem, seiner Gefährtin Lust zu bereiten. Er positionierte seinen Schwanz an ihrem Eingang und rieb mit der Kuppe hin und her, genoss es, wie sie sich dabei wand. Erst als er sicher war, dass sie feucht genug war, stieß er sanft zu. Er stöhnte. „Verdammt, Ivy, du bist so eng."

Er bewegte sich noch ein paar Zentimeter, und wie sie ihn packte, kombiniert damit, wie heiß sie war, war fast zu viel.

Zain biss die Zähne zusammen und stieß schließlich bis zum Anschlag in sie. Ivy bog ihren Rücken und stöhnte.

Da er etwas von ihr kosten musste, beugte er sich vor und nahm ihre Lippen. Sie packte sofort seinen Bizeps und fing an, seinen Kuss zu erwidern.

Da er sich nicht mehr zurückhalten konnte, rollte er die Hüften und bewegte sich jedes Mal schneller. Ivy hakte ihre Füße hinter seinem Rücken ineinander und schloss sich ihm bald im Rhythmus an, bewegte sich, als ob nichts anderes wichtig wäre, als dass er sie beanspruchte.

Irgendwo in seinem Hinterkopf wusste Zain, dass er mehr für Ivy tun musste. Da sie nicht seine wahre Gefährtin war, würde sein Samen sie nicht zum Orgasmus bringen, was bedeutete, dass er sicherstellen musste, dass es jedes Mal passierte, wenn er sie beanspruchte. Das hatte jede Gefährtin verdient.

Er bewegte eine Hand an ihre Klitoris und streichelte sie sanft, während er zustieß.

Sie unterbrach den Kuss und schrie. „Schneller, Zain! Genau da, aber schneller!"

Er hielt sich nicht zurück und nahm sie immer und immer wieder, bis alles, was er hören konnte, ihre harten Atemzüge und das Geräusch von Haut war, die auf Haut klatschte.

Der Druck, der sich an der Basis seiner Wirbelsäule aufbaute, sagte ihm, er müsse sich mehr auf Ivy konzentrieren, sonst käme er zuerst.

Und seine Gefährtin sollte immer zuerst zum Orgasmus kommen.

Also drückte Zain fester gegen ihre harte Knospe

und genoss es, wie sich als Reaktion darauf ihre Muskeln zusammenzogen und seinen Schwanz drückten.

Scheinbar mochte seine Gefährtin es schnell und hart.

„Mmmh, Zain. So, so nah."

In der Hoffnung, sie über die Klippe zu stoßen, kniff er ihre Klitoris, und Ivy schrie, als ihre Pussy um ihn herum pulsierte.

Trotz des unglaublichen Gefühls, das ihn dazu brachte, sich ihr anschließen zu wollen, stieß Zain weiter, hielt sich aber zurück und wollte, dass sie als Erste fertig wurde.

Als sie sich schließlich gegen das Bett entspannte, stieß er noch ein, zwei, drei Mal und hielt dann mit einem Brüllen inne. Als er in ihr kam, schrie Ivy wieder vor Lust, ihre Pussy melkte ihn unerbittlich bis zum letzten Tropfen.

Als sie beide endlich von ihrem Höhepunkt herunterkamen, brach Zain neben Ivy zusammen und zog sie an seine Brust. Sie brauchte eine Sekunde, um Luft zu holen, aber sie sagte schließlich: „Ich weiß nicht, wie du das angestellt hast, aber es war unglaublich, Zain."

Er küsste ihre Stirn und schwelgte in ihrem Duft. „Du hast mich für jede andere Frau ruiniert, Liebes."

„Das hoffe ich. Denn ich teile nicht."

Er lachte leise und umarmte sie fester. Als sie die angenehme Stille genossen, meldete sich sein Drache zu Wort. *Etwas war seltsam.*

Was war merkwürdig?

Sie hatte einen Orgasmus, als wir gekommen sind. Nur wahre Gefährtinnen reagieren so auf den Höhepunkt eines Drachen.

Zains Gehirn feuerte nicht so bald nach dem Sex auf allen Zylindern, also nahm er sich eine Sekunde Zeit, um über die Worte seines Drachen nachzudenken.

Das stimmte. Nur die wahre Gefährtin eines Drachen kam in diesem Moment zum Orgasmus.

Was bedeutete, dass Ivy vor ihrer Behandlung die seine gewesen war. Obwohl sein Drache nicht das überwältigende Bedürfnis hatte, sie zu schwängern, reagierte sie immer noch auf ihn.

Er musste etwas laut gesagt haben, weil Ivy fragte: „Was ist los?"

Sein Drache sagte: *Sag es ihr einfach.*

Als er nach unten sah, um Ivy in die Augen zu blicken, erklärte er, was passiert war, und fügte hinzu: „Das wird eine normale Sache für dich sein, Liebes, also solltest du dich besser daran gewöhnen."

Sie strahlte ihn an. „Ich denke, das bekomme ich hin. Aber es ist auch interessant, meinst du nicht?"

Er seufzte. „Ich kann im Moment kaum denken, nachdem deine Pussy meinen Schwanz so hart gemolken hat, Liebes. Also sag es mir einfach."

„Nun, letztlich können selbst eine ehemalige Drachenritterin und ein Drachenwandler perfekt füreinander sein."

Er küsste sie sanft, bevor er antwortete: „Ich

nehme es an, obwohl auf beiden Seiten ein wenig Überzeugungsarbeit nötig war. Du hast mich überzeugt, Ivy Passmore. Nicht das Schicksal."

Verschlagenheit tanzte in ihren Augen. „Vielleicht brauche ich dann noch ein bisschen mehr Überzeugungsarbeit, um doppelt sicherzugehen, dass wir zusammen perfekt sind. Vielleicht vier oder mehr Orgasmen? Dann kann ich dir zustimmen und das Schicksal akzeptieren."

Mit einem Knurren rollte er sie, bis sie auf ihrem Rücken war. Er bewegte sein Gesicht, bis er einen Zentimeter von ihrem entfernt war. „Gut, dann werde ich sie unvergesslich machen, um keine Zweifel zu lassen." Er senkte seine Stimme, sich vollkommen bewusst, dass seine Pupillen blitzen mussten. „Und wir werden damit beginnen, dass die ersten beiden nur von meiner Zunge kommen."

Als er sich über ihren Körper bewegte, um genau das zu tun, konnte Zain nicht anders, als zu lächeln. Das Schicksal hatte auf seine Weise recht, doch nur weil das stimmte, bedeutete es nicht, dass er seine Gefährtin je für selbstverständlich halten würde.

Epilog

Jahre später

Ivy beendete ihren letzten Videoanruf, lehnte sich in ihrem Bürostuhl zurück und legte eine Hand auf ihren runden Bauch. Sie flüsterte ihrem ungeborenen Kind zu: „Es scheint, dass Matilda sich auch in einen Drachen verliebt hat. Das freut mich."

Matilda war eine von vielen ehemaligen Drachenritterinnen, mit denen Ivy über die Jahre zusammengearbeitet hatte, um sie nach bestem Wissen dabei zu unterstützen, die Lügen und Missverständnisse auszuräumen, die ihnen von den Drachenrittern verbreitet worden waren.

Obwohl nicht jeder gerettet werden konnte – oder es auch nur hatte versuchen wollen –, fuhr Ivy mit all denen fort, die es taten.

Denn jedes Mal, wenn jemand wie Matilda mit

einem ehemaligen Feind das Glück fand, wurde ihr Lächeln strahlender.

Als sie die Zeit sah, seufzte sie. Obwohl Freddie und Daisy jetzt Teenager waren, forderten sie immer noch mindestens einmal im Monat einen Spieleabend. Und nicht einmal die Tatsache, dass Ivy hochschwanger war, konnte sie davon abhalten. Selbst wenn sie in den Wehen lag, könnte Daisy immer noch versuchen, ein schnelles Spiel in Gang zu bringen.

Ivy kicherte leise und schaffte es schließlich, sich aus dem Stuhl zu hieven und zur Tür zu gehen. Sobald sie sie öffnete, fand sie Zain draußen stehen. „Wie lange wartest du hier schon?"

„Zu lange. Du hättest vor einer halben Stunde fertig sein sollen, Liebes."

Als Zain sie an seine Brust zog – sie musste sich wegen ihrer Schwangerschaft mittlerweile dafür ein wenig drehen –, schmiegte sie sich in seine Hitze und sagte: „Matilda hatte große Neuigkeiten – sie wird einen der Drachenwandler in Skyhunter paaren. Ich konnte wohl schlecht sagen: ‚Tut mir leid, aber die Zeit ist um! Schönen Tag noch', oder?"

Er grunzte. „Ich hätte das gemacht."

Sie lachte. „Man sollte doch meinen, dass du nach Jahren mit mir gelegentlich ein bisschen Zeit für dich haben möchtest."

„Niemals." Er berührte ihre Wange. „Außerdem bin es nicht nur ich. Du weißt, dass Daisy einen

Suchtrupp koordinieren wird, auch wenn es bedeutet, Tristans und Brams Zorn zu riskieren."

„Apropos, wenn wir die Pizza nicht in den Ofen schieben, wird sie nicht rechtzeitig fertig. Und ich weiß ja nicht, wie es dir geht, aber ich will nicht Teenager, bei denen die Hormone sowieso schon wüten, auch noch hungern lassen."

Er küsste sie vorsichtig, bevor er sie an seine Seite drehte. „Ich denke, wir sollten von nun an festlegen, dass sie für diese verdammten Gelegenheiten kochen. Ich werde nicht zulassen, dass du dich übermüdest, sobald das Baby da ist."

Sie legte eine Hand auf ihren Bauch und streichelte ihn. „Wenn ich mich schon dabei verausgabe, eine Pizza in den Ofen zu schieben und den Timer einzustellen, dann habe ich weit größere Sorgen."

Zain knurrte, aber sie nahm seine Hand und legte sie auf die andere Seite ihres Bauches. Wie so oft trat der Kleine in Zains Gegenwart. Der Gesichtsausdruck ihres Gefährten wurde weicher. Ivy fuhr fort: „Ich denke, du bist nur ungeduldig, ihn kennenzulernen, und ich denke, es wird großartig sein, die Cousins zu haben, wenn er oder sie aufwächst."

In Zeiten wie diesen dachte Ivy oft an die Familie, die ihr Kind nie treffen würde – ihren Bruder und seinen Partner. Alles, was sie tun konnte, war, ihrem Kind einige wunderbare Geschichten von den Onkeln zu erzählen, die es nie treffen würde.

Zain küsste ihre Wange und brachte sie in die

Gegenwart zurück. Er antwortete: „Solange sie nicht anfangen, unserem Kleinen beizubringen, wie man von dem Tag an, an dem er anfängt zu laufen, in Schwierigkeiten gerät, wäre es vielleicht schön, sie in der Nähe zu haben."

Sie biss sich auf die Lippe, um nicht zu lachen. Ivy hatte vor langer Zeit gelernt, dass Zain versuchte, hart zu sein, selbst wenn er es nicht sein musste. Selten noch bei ihr, aber sie dachte, er könnte versuchen, es für ihr Kind zu tun.

Da sie noch über einen Monat Zeit hatte, um mit ihm darüber zu sprechen, deutete sie mit dem Kopf in Richtung Küche. „Komm, sonst haben wir hier bald ein paar mürrische Teenager."

Als sie sich an ihren Gefährten lehnte und sie gemeinsam den Flur entlang gingen, machte ihr Baby einen Salto in ihrem Bauch, was sie breiter lächeln ließ.

Es war schwer zu glauben, dass sie einst so voller Hass gewesen war. Aber zum Glück hatte sie ihren perfekten Partner gefunden und jetzt nur noch ein Leben voller Liebe.

Vom Drachen geschätzt

Stonefire Drachen #13

Hätte jemand Dawn Chadwick vor einem Jahr gesagt, sie würde bei einem Kindertheater auf dem Gebiet eines Drachenwandler-Clans mitwirken, hätte sie ihn für verrückt gehalten. Ihre Tochter Daisy hatte Dawns Vorurteile langsam abgebaut, und so meldet sie sich schließlich freiwillig, um bei dem Stück zu helfen. Sie soll einem exzentrischen Drachenmann bei den Spezialeffekten helfen. Womit sie nicht gerechnet hatte, waren die Kuppelversuche ihrer Tochter.

Blake Whitby arbeitet lieber in einem Labor als in der Nähe von Menschen. Er ist ein seltener weißer Drache mit einem schwarzen Fleck, und die Aufmerksamkeit von Kindesbeinen an hat ihn dazu veranlasst, sich vor anderen zu verstecken. Doch Kinder sind seine Schwäche, und er willigt ein, beim Stück zu helfen. Auf eine bezaubernde Menschenfrau mit Humor und herzerwärmendem Lächeln war er nicht vorbereitet. Sein Drache will sie, doch Blake zögert – bis zwei Kinder es unmöglich machen, sich zurückzuhalten.

Auch wenn Dawn dem Gefährtenrausch mit Blake zustimmt, gibt es keine Garantie, dass es zwischen ihnen funktioniert. Und als Dawns Familie droht, sie und Daisy zu verstoßen, muss Blake beide davon überzeugen, dass er sie als seine Zukunft will.

Die Wahl des Drachen

Die Gefährten der Tahoe-Drachen #1

Nachdem José Santos' jüngere Schwester beide heimlich für die jährliche Drachenlotterie angemeldet hat und sie ausgewählt werden, stimmt er widerwillig der Teilnahme zu. Das bedeutet, eine Menschenfrau aus einem riesigen Raum voller Kandidatinnen auszuwählen und gerade lange genug zu bleiben, um sie zu schwängern. Doch als sein Drache eine Frau bemerkt, die sich hinter einem Buch versteckt, hat José einen neuen Plan – seine vom Schicksal bestimmte Gefährtin für sich zu gewinnen, koste es, was es wolle.

Victoria Lewis fühlt sich mit einem Buch zu Hause, fern von Menschenmassen, am wohlsten. Doch sie sehnt sich danach, Drachenwandler aus nächster Nähe zu studieren, und so kratzt sie all ihren Mut zusammen, um sich für die Drachenlotterie zu bewerben. Als sie als eine der potenziellen Kandidatinnen ausgewählt wird, beschließt sie, tatsächlich mitzumachen. Schließlich ist es ja nicht so, dass der Drachenwandler ausgerechnet sie wählen würde – eine introvertierte Leseratte, die Jeans und Lounge-wear Röcken oder schicker Kleidung vorzieht. Bis er plötzlich vor ihr steht, mit blitzenden Augen, und sagt, dass er sie will.

Während José versucht, seine Schicksalsgefährtin für sich zu gewinnen, braut sich Ärger in seinem Clan zusammen. Wird er seine Gefährtin für immer bei sich behalten können? Oder wird das American Department of Dragon Affairs sie in einem anderen Clan unterbringen, um sie zu schützen?

Bücher von Jessie Donovan

Über die Autorin

Jessie Donovan hat mehr als eine halbe Million Bücher verkauft, Hunderttausende weitere kostenlos an ihre Leser*Innen verschenkt und es sogar auf die Bestsellerlisten der *NY Times* und *USA Today* geschafft. Sie ist vor allem für ihre Drachenwandler-Serie bekannt, schreibt aber auch über Elfenhexen, Vampire, Alien-Krieger und hat sogar eine verrückt-komische Liebesromanreihe aufgelegt, die in Schottland spielt. Wenn sie nicht gerade ein Buch liest, auf ihrem Laufband joggt oder mit nur wenigen Groschen in der Tasche durch ein fremdes Land reist, findet man sie oft auf Facebook oder TikTok, wo sie mit ihren Lesern interagiert. Sie lebt in der Nähe von Seattle. Dort regnet es zwar oft, doch der Regen macht auch alles grün.

Besuchen Sie ihre Website unter: www.JessieDonovan.com